Für Stephen

KNAUR
SCIENCE FICTION FANTASY

Herausgeber
Werner Fuchs

Die prophezeite Katastrophe, die große Verheerung, ist hereingebrochen. Kriege, Umweltverschmutzung und Raubbau an Bodenschätzen haben die Welt verwüstet und sie dem Unkraut überlassen. Nur wenige haben überlebt, und die Männer unter ihnen unterdrücken ihr eigenes Entsetzen und den Vorwurf in den Gesichtern der Frauen durch ein strenges Regime: Sie lernen, strikt nach Regeln für ihre Altersgruppe in der Anonymität aufzugehen. Den Frauen aber lastet man alle Schuld für das Geschehene an – ein Vorwand, sie völlig zu versklaven. Sie müssen die Augen gesenkt halten, schweigen und sich um ihre eigenen Angelegenheiten kümmern – niedrige Arbeiten und vor allem die Fortpflanzung. Manchen Mädchen schneidet man gleich die Zunge heraus, damit sie erst gar nicht in Versuchung kommen – und sollte eine Frau Macht über einen Mann gewinnen, so wird sie verbrannt. Doch ist da ein Mann, der aus der Anonymität ausbricht. Er macht sich auf die Suche nach seinem Vater, er wagt die große – und verbotene – Auseinandersetzung. Eine Frau ist unterwegs in seiner Truppe, die sich von allen unterscheidet. Ihr ist es gelungen, heimlich Intelligenz, Sprache und Kräfte des Körpers zu schulen. Dies ist ihre Chance, auszubrechen: Alldera, die Tochter der Apokalypse...

SUZY McKEE CHARNAS, 1939 in New York geboren, zählt zu den bedeutenden neuen Autorinnen in der Science Fiction. Nach Studium und Lehrberuf begann sie in den siebziger Jahren SF zu schreiben. Ihr Erstling ist das vorliegende Buch – von namhaften Kollegen wie Joanna Russ, Samuel R. Delany und William S. Burroughs als prophetische Science Fantasy gepriesen. Die Fortsetzung dieses Romans erscheint unter dem Titel »Alldera und die Amazonen« als Band 5772 der Reihe »Knaur Science Fiction«.

Deutsche Erstausgabe

Titel der Originalausgabe »Walk to the End of the World«

Aus dem Amerikanischen von Thomas Ziegler
Umschlagillustration Bob Habberfield
Satz Hanseatische Druckanstalt GmbH, Hamburg
Druck und Bindung Clausen & Bosse, Leck
Printed in Germany · 1 · 9 · 1283
ISBN 3-426-05770-0

1. Auflage

Suzy McKee Charnas

Tochter der Apokalypse

Fantasy-Roman

Deutsche Erstausgabe

Knaur

ISBN 3-426-05770-0 580

Inhalt

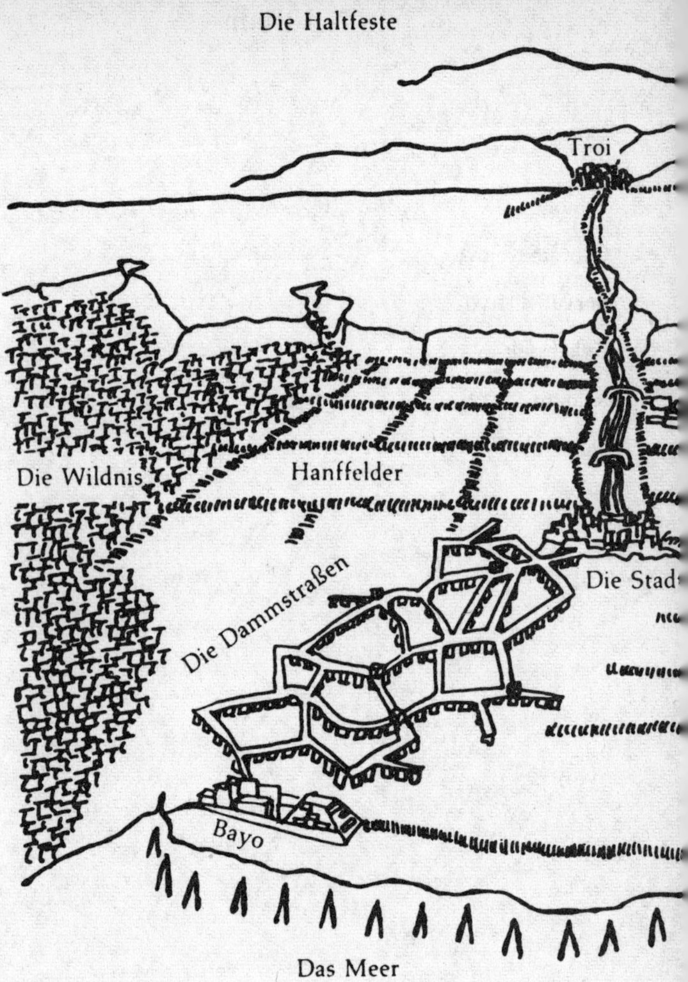
Die Haltfeste
Troi
Die Wildnis
Hanffelder
Die Dammstraßen
Die Stad
Bayo
Das Meer

N
Die Alte Stadt
Hanffelder
Die Wildnis
Lammintown
Wegend
Fährenpylonen

Prolog

Die prophezeite Katastrophe, die Verheerung, ist hereingebrochen und – wie es scheint – wieder abgeklungen. Umweltverschmutzung, die Erschöpfung der Ressourcen und unvermeidliche Kriege zwischen den unter Geburtenexplosion und Armut leidenden Ländern haben die Welt verwüstet und sie dem Unkraut überlassen. Wer hat überlebt?

Eine Handvoll hoher Politiker besaß Zugang zu den Bunkern, die man für den Fall eines feindlichen Angriffs angelegt hatte. Einige von ihnen dachten daran, Frauen mitzunehmen. Die Frauen hatten zu dieser Zeit nicht der verzweifelten Regierung angehört; sie hatten resigniert oder waren als Idealisten oder Hysteriker hinausgeworfen worden. Als die Welt draußen zerfiel und die Finsternis anbrach, glaubten die Männer, Vorwürfe in den bleichen Gesichtern der Frauen zu erkennen, die sie gerettet hatten, und die Stimmen der Frauen klangen anklagend in ihren Ohren. Viele dieser Frauen hatten ihre Kinder in dem Holocaust verloren.

Die Männer bemerkten nicht das Entsetzen in ihren eigenen Gesichtern und die Verzweiflung in ihren Stimmen. Sie hatten, wie sie glaubten, verantwortungsvoll und richtig gehandelt – und alles verloren. Sie erkannten nicht, daß sie auch ihre geistige Gesundheit verloren hatten.

Sie untersagten den Frauen, sich zu versammeln, und befahlen ihnen, die Augen gesenkt zu halten, zu schweigen und sich um ihre eigenen Angelegenheiten zu kümmern, und zwar um die Fortpflanzung.

Im stillen sagten sich die meisten Frauen, ganz auf die Art, wie man es den Frauen beigebracht hatte, wie schön und erleichternd es doch wäre, sich um nichts anderes als um Babys zu kümmern, und da die Männer verrückt waren vor Kummer, Schuld und

Hilflosigkeit, sollte man sie doch unterstützen und ihnen keine Schwierigkeiten machen. Laßt uns ihnen für den Moment gehorchen, sagten diese Frauen zueinander.
Einige wenige wehrten sich und sagten, nein, diese Männer werden uns versklaven, wenn wir es zulassen. Niemand sonst ist übriggeblieben, den sie versklaven können, nur wir! Sie versuchten, die anderen zu überzeugen.
Die Männer erfuhren davon, und sie waren erfreut, endlich einen Feind gefunden zu haben, den sie unterwerfen konnten. Eines Nachts, wie geplant, rissen sie alle Frauen aus dem Schlaf, trieben sie zusammen und redeten ihnen ins Gewissen. Denkt daran, daß ihr die Verheerung verursacht habt, sagten sie. Es war die Weigerung einer schwarzen Frau, im hinteren Teil des Busses zu sitzen, die den Aufstand der Schwarzen auslöste; schlitzäugige Weiber kämpften in den Ostkriegen gegen unsere Truppen; weibliche Terroristen stellten Bomben her und standen Seite an Seite mit unseren rebellischen Söhnen, die von ihren Müttern zu Halbmenschen erzogen worden waren; weibliches Gesindel aller Art setzte Abermillionen Nachkommen in die Welt, um uns unsere Nahrungsmittelvorräte und unseren Lebensraum zu rauben! Die Frauen selbst waren für die Verheerung der Erde verantwortlich!
Und die Männer, mit Stöcken und Riemen bewaffnet, erinnerten sie daran und sorgten dafür, daß sie diese Dinge nicht noch einmal vergaßen.
Es sind ihre männlichen Nachkommen, die die Zuflucht verlassen und feststellen, daß es in der Welt kein tierisches Leben und kaum noch Bodenschätze gibt. Sie führen die heroische Pioniertradition ihrer Art fort; sie töten die wenigen mißgebildeten Mutanten, die draußen überlebt haben, und reinigen ein Flußtal und einen Streifen Meeresküste von dem dornigen Unterholz und errichten eine neue Zivilisation. Sie nennen ihr Land Haltfeste, nach den Ranken, mit denen sich der Seetang an den Steinen festhält und dem Sog der Strömung widersteht.
Seetang ist eine wichtige Ernährungsquelle dieser neuen Männer; ebenso der winterfeste Hanf, der von ihren Vorfahren noch als

schädliches Unkraut betrachtet wurde, jetzt aber als Nutzpflanze gilt, die Spinnfasern liefert, als visionäre Droge benutzt wird und, da die neuen Menschen notwendigerweise erfinderisch sind, auch ein Nahrungsmittel ist. Ziegelsteine formt man aus Lehm; Ruinen werden nach Metall durchsucht; ein Flöz weicher und öliger Kohle liefert Brennstoff; Holz schafft man aus den niedrigen und dornenreichen Wäldern der Wildnis jenseits der Grenzen der Haltfeste herbei. Nichts ist im Überfluß vorhanden, aber die Männer leben. Sie haben Technologie und Kultur nicht ganz vergessen, und sie übernehmen, was sie brauchen können.

Woran erinnern sie sich noch? Sie erinnern sich an die bösen Rassen, deren rote, braune, gelbe oder schwarze Haut, deren Teint, verschieden wie die Farbe frisch umgegrabener Erde, sie als bloße Imitationen der Männer entlarvt, die weiß sind; an junge Leute, die die Lebensart ihrer Väter in Frage stellten; an Tiere, die die Ernten der Männer vernichteten und den Männern in den wilden Gegenden der Welt auflauerten und sie töteten; und vor allem an die verschlagenen, habsüchtigen Frauen der Männer. Sie waren die Rebellen, die die rechtmäßige Herrschaft der Männer zu Fall brachten. Die Männer nennen sie »Unmänner«. Von allen »Unmännern« sind nur die Frauen und ihre Nachkommen übriggeblieben und noch immer die Feinde der Männer.

CAPTAIN KELMZ

1

In einem Gäßchen des stillen Pennelton-Viertels in Lammintown wartete ein Mann. Wegen des Nachtfrostes hatte er die Hände in die Ärmel geschoben. Er war ein Captain der Waldläufer, und unter seinem Gewand verbarg sich eine Uniform. Er stand allein im Schatten eines Hauseingangs.
Die meisten der Straßenlaternen an den Ecken der Gebäude waren eingeworfen worden. Im Licht einer der wenigen unversehrten Lampen konnte er obszöne und beleidigende Schmierereien an den Granitmauern erkennen. Die Pennelton-Bruderschaft war in diesem Fünfjahr nach Süden abkommandiert worden, und junge Männer aus anderen Bruderschaften hatten das leere Viertel vorübergehend in ein Sündenbabel verwandelt. Er war einer Gruppe wilder Burschen gefolgt, die auf der Suche nach verbotenen Vergnügungen waren.
Jener, dessen Dienste sie sich heute nacht erkauft hatten, war der Mann, den er verfolgte: d Layo der DunkelTräumer. Auch ein junger Mann, aber ohne Bindung, ohne Zucht und ohne legitimen Nutzen für seine Freunde.
Muskulös, geschmeidig, ein lohfarbener, nächtlicher Herumtreiber, ein herumschleichendes Raubtier mit einem breiten, plattnasigen Gesicht und gekräuselten Lippen, so tauchte d Layo vor seinem geistigen Auge auf. D Layo sah tatsächlich so aus, obwohl es nicht ehrenhaft für einen Captain war, sich dieses Subjekt als Tier vorzustellen, auch wenn es noch so verdorben war.
Die Trompeten von Lammintown ertönten, so wie jede Viertelstunde. Stumm begann der Captain die Schutzhymne zu rezitieren, um die Visionen zu vertreiben. Die Hymne begann mit einem Bericht über die Größe und Ausdehnung der Haltfeste und der Bruderschaften der Männer, die in ihr lebten. Es war kein großes oder beeindruckendes Werk, aber es diente dazu, einen Mann an

seine Brüder zu erinnern und an das, was sie von ihm erwarteten.
Die Haltfeste war ein Streifen Ebene, der von einem Fluß zerschnitten wurde. Ein guter Läufer konnte die Ebene in Nord-Süd-Richtung an ihrer breitesten Stelle in drei Tagen durchqueren oder die Länge des Flusses von der Küste bis nach 'Troi in sieben Tagen zurücklegen. Der Fluß ergoß sich von dem landeinwärts gelegenen Hochland von 'Troi in die Ebene. Weiter im Osten, dort, wo sich der Fluß gabelte, erhob sich die Stadt. Der nördliche Arm mündete bei Lammintown unter den bleichen Klippen ins Meer, der südliche führte durch die sumpfigen Niederungen bis nach Bayo. Sie waren die Besitztümer der Männer – Bastionen der Ordnung, der Nüchternheit und der Willenskraft –, zu denen sich eines Tages auch wieder der Rest der Welt gesellen würde.
Aber nicht, dachte der Captain verdrossen, wenn die Rückeroberung von Männern wie ihm abhing. Er verzichtete auf den Schluß der Hymne. Nicht weil er, allein in der Finsternis, die Geister von Tieren sah, obwohl die Finsternis selbst in den tapfersten Männern derart unwillkommene Gedanken auslösen konnte. In der Nacht spürte man, wie sich die Erde nach allen Seiten ausbreitete, und nur der Wind und die Strömung des Wassers milderte ihre ungeheure Reglosigkeit. Der Verstand schrak vor dieser grenzenlosen Leere zurück und neigte dazu, sie mit Gespenstern zu bevölkern.
Nun, es war das ganz persönliche Laster des Captains, sich andere Menschen – selbst anständige, männliche Menschen – als Tiere vorzustellen. Die Verheerung hatte die Welt in eine Strauchwüste verwandelt und nur wenig Vorteile hinterlassen. Die Vernichtung aller Lebewesen, die niedriger waren als der Mensch, gehörte dazu. An die Tiere zu denken war, als ob man willentlich die Geister toter Feinde beschwor.
Er sah hinauf zum Himmel und hoffte, daß der DunkelTräumer vor dem Aufgang des Mondes herauskommen würde. Der Mond war der Verbündete von Kreaturen wie d Layo. Der Captain hatte seine Waldläufer zurückgelassen und besaß keine Verbündeten.
Trompeten schmetterten; ein Tonkrug zerbarst irgendwo auf den

Pflastersteinen einer Straße. D Layo tauchte aus einer schmalen Gasse zwischen zwei Gebäuden auf. Er war allein und schien sich offenbar in einem milden Traum-Schockzustand zu befinden, denn er schwankte beim Gehen und tastete an der Wand entlang, um seinen Weg zu finden. Nicht viele DunkelTräumer wagten sich während des Traumrausches auf die Straße, aber d Layo galt als tollkühner junger Mann.

Der Captain spürte den Drang, sich zu räuspern und so die Beklemmung aus seiner Kehle zu vertreiben, die ihn jedesmal vor einem Kampf befiel. Er wartete, bis d Layo an ihm vorbeigewankt war. Dann sprang er ihn an, legte seinen Unterarm um den Hals des DunkelTräumers und ein Bein um seine Beine, um zu verhindern, daß er nach ihm trat. Dann warf er sich mit seinem Opfer nach hinten und stützte sich mit den Schultern an der Wand ab.

Der DunkelTräumer glitt wie eine Meereswoge nach vorn; er schien nicht die geringste Furcht zu empfinden. Er riß den Captain mit, zerrte ihn über die Straße und ließ sich dann fallen, so daß beide Männer mit den Köpfen gegen die gegenüberliegende Wand prallten. Der Captain grunzte und verstärkte seinen Griff. Er schabte mit dem Fuß über Pflasterstein, suchte Halt und benutzte sein Gewicht, um den DunkelTräumer mit aller Kraft zu Boden zu drücken. D Layos Kopf schlug auf das Pflaster, er gab einen erstickten Laut von sich und erschlaffte.

Der Captain kniete auf dem Rücken des DunkelTräumers und sah sich hastig um. Alles war leer. Er dachte daran, das Messer zu ziehen, das sich in der Scheide an seinem Oberschenkel befand. Es wäre befriedigend, seine ursprüngliche Absicht auszuführen und diesen Lumpen einfach zu töten.

Statt dessen packte er d Layos dichten Haarschopf und riß den Kopf hoch. »Ein Senior möchte sich mit dir unterhalten«, sagte er zu dem ausdruckslosen, hübschen Gesicht.

D Layo stöhnte. Das Stöhnen wich einem Schluckauf. Sein Atem war vom süßen Duft des Mannas, der Traumdroge, gesättigt.

In barschem Flüsterton wiederholte der Captain seine Botschaft. Dann richtete er sich auf und trat zurück. Er fühlte sich erschöpft.

Diese Art Arbeit sollte man besser im hellen Sonnenlicht erledigen und sie einem jüngeren Mann überlassen.
D Layo setzte sich auf. Er rieb über sein Gesicht und hob die Hand, um festzustellen, ob sie blutig war. Ein breites, aus metallenen Gliedern bestehendes Armband wurde sichtbar und glitzerte. Undeutlich fragte er: »Sind Sie dieser Spürhund, der mir seit zwei Monaten nachschnüffelt? Um mir diese Nachricht zu übermitteln?«
»Bis vor einer Woche lauteten meine Befehle anders«, grollte der Captain.
»Sie sind Captain Kelmz, nicht wahr?«
»Waldläufer-Captain Kelmz von der Hemaway-Bruderschaft.«
»Ah.« D Layo stand auf und strich mit beiden Händen geistesabwesend über sein verschmutztes Gewand. Er war verletzt. Im trüben Licht der Straßenlaterne konnte der Captain erkennen, daß ein dunkler Riß unter d Layos Auge klaffte. »Sagen Sie Ihrem Senior, er kann mich am Strand in einem der Schuppen treffen. In dem, der noch benutzt wird. Sagen Sie ihm, er soll nur seiner Nase folgen.«
»Nein. Sie werden mit mir kommen und mit ihm sprechen.«
»Aber nicht doch«, flötete d Layo, und seine Stimme klang mit einem Mal irritierend weich. »Seien Sie doch vernünftig. Wenn Sie mich töten wollen, brauchen Sie meine Hilfe nicht, aber wenn Sie mit mir reden wollen, sind Sie auf mich angewiesen. Machen wir es also auf meine Art – sofern es Ihnen nicht nach einer weiteren Runde gelüstet.«
Der Captain spürte nicht das Verlangen nach einer Fortsetzung des Kampfes. Er war müde, seine Glieder waren schwer.
»Es ist enttäuschend für Sie, ich weiß«, fügte der DunkelTräumer hinzu, »nachdem sie mir die ganze Zeit nachgeschnüffelt und darauf gehofft haben, mein Blut zu kosten. Vergessen Sie es, Teufel auch. Sie haben mir in der letzten Zeit eine ganze Menge Unannehmlichkeiten bereitet. Geben Sie sich damit zufrieden.«
Der Traumschock war jetzt gewichen. D Layos Stimme klang nun genauso wie damals, als er sie zum erstenmal gehört hatte: hell, gedehnt und süß vor Bosheit. »Vielleicht haben Sie ein anderes

Mal Gelegenheit, mich zu töten, also nehmen Sie es nicht so schwer. Nebenbei, wer von meinen vielen guten Freunden hat Ihnen verraten, wo ich heute nacht zu finden war?«
»Friß Weiberscheiße!«
D Layo lachte.

Lammintown war ein sturmumtoster, frostbelagerter Ort, »Stein auf Stein«, wie seine Bewohner sagten, wenn sie mit ihren Häusern prahlten, aus Blöcken errichtet, die aus dem Fels der Klippen gehauen waren. Sie behaupteten, daß die Männer von Lammintown die Haltfeste auf ihren breiten Schultern trugen, denn ohne den von ihnen in der Bucht geernteten Seetang, Lammin genannt, konnte niemand überleben.
In diesen Tagen herrschte große Aufregung in Lammintown. Seit mehreren Jahren und vor allem seit dem letzten Sommer war die Lamminernte in beunruhigender Weise zurückgegangen. Die jungen Leute von Lammintown, die in diesem Frühjahr für die Küstengewässer verantwortlich waren, gaben dem Einfluß des Mondes auf die wechselnden Meeresströmungen die Schuld dafür. Sie behaupteten, ungewöhnlich warmes Wasser hätte die Reife des jungen Seetangs verzögert. Aber die Senioren waren überzeugt, daß die jungen Leute während des vergangenen Frühlings nicht rechtzeitig den Grund der Bucht mit Steinbrocken präpariert hatten, worauf die neuen Lamminsamen keinen Halt gefunden hätten und abgestorben oder weitergetrieben waren. Diese Mißernte stellte den Höhepunkt einer Serie wirtschaftlicher Rückschläge in der Haltfeste dar.
Die Senioren hatten begonnen, ohne Vorankündigung die Arbeitsterrains der Junioren zu inspizieren – in der Hoffnung, sie beim Unterschlagen eines Teils der mageren Ernte für ihre eigenen Zwecke zu überraschen. Diese Senioren wurden von Waldläufer-Eskorten begleitet, und oft verzichteten sie auf die Formalität, diesen Offiziere voranzustellen. Waldläufer waren die mächtigen Beschützer der Senioren und ihrer Interessen, aber sie waren nur schwer zu kontrollieren, und die meisten Senioren besaßen nicht die notwendige Autorität, um mit ihnen fertig zu werden.

Es war zu Zwischenfällen gekommen, Unruhe hatte sich breitgemacht.
Die jungen Männer der 'Ware-Bruderschaft, zu deren Arbeitsterrain in diesem Fünfjahr der gesamte Küstenstreifen mit den Lamminfeldern gehörte, waren immer aufsässiger geworden. Angesichts der Spannungen zwischen den unruhigen Junioren und den mißtrauischen Senioren war eine mondbeschienene Nacht schwerlich die richtige Zeit für vorsichtige Männer, sich zu den Schuppen am Strand von Lammintown zu begeben.

Um die Hitze in den großen Bottichen hoch zu halten, ohne die ganze Nacht die Feuer schüren zu müssen, hatte man die Wandmatten der Schuppen herabgerollt und befestigt. Die wartenden Männer waren umhüllt vom bitteren Gestank des kochenden Lammins und dem Fauchen der Öfen unter den beiden in Betrieb befindlichen Kesseln.
Eine Schar Waldläufer, die Kelmz' Kommando unterstanden, hatte sich neben dem Senior aufgebaut, der um ihre Begleitung ersucht hatte. Sie waren nervös in dieser fremden Umgebung, aber sie würden sofort handeln, wenn ihnen Kelmz einen mündlichen Befehl erteilte oder ihnen ein Handzeichen gab. Der Senior legte das gleiche Verhalten an den Tag wie auf seinem Anwesen in der Stadt. Er stand da, die stämmigen Beine gespreizt, die Hände über dem Bauch gefaltet. Trotz der Hitze hatte er nicht einmal seinen gestärkten, faltenwerfenden Mantel vom Hals und von den Schultern gelöst. Sein runder, kahler Kopf war in den Nacken gelegt.
Hoch über ihnen verband ein Netz aus straffen, dicken Tauen die Öffnungen der Kessel. Zwei junge Männer balancierten barfüßig über die Seile, so geschwind, daß es fast gespenstisch anmutete. Hin und wieder verharrte einer von ihnen für einen Moment, um einen forschenden Blick auf die brodelnde Oberfläche der »Suppe« zu werfen, die sie kochten. Die Metallhaken, die sie in den Händen hielten, schwangen funkelnd hin und her. Ihre Haut glänzte vor Schweiß und war rußverschmiert. Sie rasierten sich sämtliche Körperhaare ab, um die Suppe nicht zu verunreinigen, und sie

trugen nur kurze Hosen. Die Haken, die ihnen halfen, das Gleichgewicht zu bewahren, wirkten wie natürliche Fortsätze ihrer Hände, so wie die Finger an den Händen des Captains. »Verliert nicht den Halt, sonst verliert ihr die Suppe«, warnten die Arbeitsgesänge der Schuppen.
Es war zweifellos die schmutzigste Arbeit, die es in der Haltfeste gab. Regelmäßig tauchten Vorschläge auf, sie den Weibern zu überlassen, aber diese Zubereitungsphase des Hauptnahrungsmittels der Männer war zu wichtig, um sie den Weibern anzuvertrauen. Zudem war die vorübergehende Verbannung in die Schuppen ein wirksames Mittel, um ungehorsame junge Männer zur Vernunft zu bringen. Nur einer der beiden Burschen, die auf den Seilen turnten, trug das Zeichen der 'Ware-Bruderschaft am Hosenbund aufgenäht. Der andere trug kein Emblem und arbeitete hier eine Strafe ab.
Plötzlich legten sich die Haken um den dick umwickelten Griff einer Schöpfkelle. Der junge Mann schnellte los und sprang von einem Seil zum anderen, wobei sein Gewicht und sein Schwung die Kelle drehten, so daß sie die Suppe umrührte. Der Captain wandte hastig den Blick ab. Der Anblick des Burschen drehte ihm den Magen um, wie er scheinbar schwerelos in der dampfgesättigten Luft schwebte, wie ein Tier aus den alten Zeiten, die in den Ästen großer Bäume herumgehüpft waren ...
Die Waldläufer waren unruhig; d Layo betrat den Schuppen. Irgendwie mußte es ihm gelungen sein, sich von der Arbeit in der Region der 'Wares freizukaufen, denn die Seiltänzer schenkten ihm nicht einmal einen flüchtigen Blick. Das war das Schlimme an diesen Lumpen wie d Layo: Sie korrumpierten die anderen.
»Servan«, begann der Senior und hob seine Stimme, so daß sie das Fauchen der Öfen übertönte. »Wo können wir reden?«
»Hier, Senior«, erwiderte der DunkelTräumer. »Dieser Ort ist sicher. Die Patrouillen bewachen in der Nacht den Strand, und die Burschen dort oben können uns nicht hören.« Er setzte sich auf den Deckel einer Kohlenkiste und klopfte auffordernd auf den freien Platz neben sich.

Der Hemaway-Senior blieb an seinem Platz stehen und holte tief und bedächtig Luft.
»Nun, Senior – Bajerman, nicht wahr?« fuhr d Layo fort, bevor der Ältere zum Sprechen ansetzen konnte. »Seit unserer letzten Begegnung ist einige Zeit vergangen. Oh, bitte, lassen Sie uns unsere Feindschaft vergessen, die Vergangenheit ist die Vergangenheit. Im Interesse der brüderlichen Harmonie wollen wir uns wie Männer benehmen, die sich zum erstenmal begegnen. Ich hoffe, sie lehnen den Vorschlag nicht ab, nur weil ihn ein jüngerer Mann macht.« Er lächelte liebenswürdig. Der Senior ignorierte seine Unverschämtheit, und d Layo fügte glattzüngig hinzu: »Nun, was kann ein unbedeutender junger Mann wie ich für einen so berühmten Senior wie Sie tun? Doch nicht etwas, das allzuviel Mühe erfordert, oder? Ihr Bote hat mich zur unpassenden Zeit gefunden; im Augenblick bin ich vollkommen ausgeträumt.«
»Ich bin nicht gekommen, um d Layo den DunkelTräumer zu sprechen«, erklärte der Senior ruhig.
»Dann Servan den Gesetzlosen?«
»Sie romantisieren sich«, wies ihn der Senior zurecht.
»Welches Verbrechen soll ich für Sie verüben, Senior?« fragte d Layo. »Es muß für euch Senioren etwas sehr Wichtiges sein, wenn ihr mir nicht mehr nach dem Leben trachten und statt dessen meine Dienste in Anspruch nehmen wollt.«
»Einige Gesetze müssen gebeugt werden, damit sie wieder zurückschnellen und vielleicht eine festere Form gewinnen als zuvor.«
»Ich hoffe«, sagte d Layo salbungsvoll, »daß die Jahre mich mit einer Weisheit versehen werden, die der Ihren ebenbürtig ist.«
Dinge zu erfahren, die ihn nichts angingen, hatte dem Captain bisher nichts als Ärger eingebracht. Er zog sich in seine eigenen Gedanken zurück, ohne in seiner Aufmerksamkeit nachzulassen. Die Augen eines Offiziers waren darauf trainiert, rastlos hin und her zu schweifen. Sein Erfolg hing von seiner Fähigkeit ab, alle unabsichtlich ausgelösten Reize rechtzeitig zu bemerken, die seine Waldläufer zum Handeln veranlassen konnten, und ihnen gegenzusteuern. Eine schwierige Aufgabe, vor allem in einer fremden Umgebung.

D Layo und der Senior konnten die Waldläufer nervös machen, wenn sie mit barscher Stimme sprachen oder heftige Bewegungen machten, aber sie stritten sich nicht. Im Gegenteil. Der DunkelTräumer spottete und witzelte mit seiner Stimme und seinen Gesten. Der Senior stand steif da und blieb gelassen. Immer wieder sprach er mit der Beharrlichkeit eines Mannes, der versuchte, eine Diskussion, die aus den Fugen zu geraten drohte, auf das eigentliche Thema zurückzubringen. Beide Männer beherrschten das Spiel ausgezeichnet und widmeten sich ihm mit Vergnügen. Sie ignorierten sogar das Klirren, mit dem eine Kelle über den Kesselrand schabte, so vertieft waren sie in ihr Spiel.

Der Captain begann mit einem eigenen Spiel, er stellte sich den Senior als ein großes, gehörntes Tier vor. Der rot-schwarze Mantel verwandelte sich in das glänzende Fell einer breitschultrigen Kreatur, behäbig, aber stark, selbstsicher und geduldig, bereit, dem schlauen Streuner ein Schnippchen zu schlagen, der vor ihm stand, dem braungebrannten Jäger d Layo. Komm in meine Fänge und Klauen, lockte d Layo; komm unter meine Hörner und Hufe, grollte der andere. Sie lächelten und fuhren fort, einander zu drohen und zu schmeicheln.

Kelmz schüttelte den Kopf, aber er konnte diese Visionen ebensowenig abschütteln, wie er das Prasseln der Feuer aus seinen Ohren verbannen konnte, während er in der Nähe ihrer Glut stand. Er fuhr mit der Hand über seine Brust und verrieb die kitzelnden Schweißbäche, die ihm über die Haut rannen. Er war noch immer erschöpft von seinem Kampf mit dem DunkelTräumer. Kelmz war zu alt für derartige Raufereien.

Es schien, daß Senior Bajerman inzwischen sein Ziel erreicht hatte. Er führte die Unterhaltung zu ihrem Ende und wies darauf hin, wie notwendig es war, die rohe Kraft der jungen Männer durch die Weisheit der älteren im Zaum zu halten.

»Wie wahr«, murmelte d Layo. »Sie erlauben mir also, einen reifen Mann mit auf diese Reise zu nehmen, damit ich an den Segnungen seiner Weisheit teilhaben kann? Ein Mann mit Erfahrung im Umgang mit Waldläufern wäre sehr nützlich.« Seine dunklen Augen warfen dem Captain einen spöttischen Blick zu.

»Nein!« stieß Kelmz hervor, aber dann verstummte er, um die Waldläufer zu beruhigen, die auf seine Erregung reagiert hatten. Die Pause gab ihm Gelegenheit, seine Beherrschung zurückzugewinnen. Er sagte: »Ich meine, Senior, falls d Layo mich meint, würde ich lieber darauf verzichten.«
»D Layo meint Sie«, bekräftigte der DunkelTräumer. Er erhob sich und beugte den Rücken wie unter einer Last, die ihm bereits aufgebürdet worden war.
»Das ist ein Befehl, Captain«, sagte der Senior.
Kelmz neigte den Kopf, um seinen Gehorsam auszudrücken und sein wütendes Gesicht zu verbergen. Der selbstgefällige Blick des Seniors verriet, daß er d Layos Bitte erwartet hatte.
Der Senior erklärte, er würde auf seiner Reise flußaufwärts zur Stadt direkt das Kommando über Kelmz' Waldläufer übernehmen, und er fügte mit freundlicher Stimme hinzu: »Es dürfte Ihren Wünschen entgegenkommen, Captain, daß Sie nun für einige Zeit von Ihren normalen Pflichten entbunden sind.«
Der Captain sagte nichts, löste das Dienstarmband und legte es dem Senior um. In den hohlen Kettengliedern befanden sich die sorgsam abgemessenen Dosen Manna, mit denen ein Offizier seine Waldläufer an sich band. Kelmz sah die Waldläufer an, die besten der neuen Gruppe. Er glaubte nicht, daß sie je wieder unter seinem Befehl stehen würden. Sein Arm war so leicht, als hätte er seine Knochen fortgegeben.
»Helden!« wandte sich der Senior an die Waldläufer. »Ich brauche euren Schutz in Zeiten der Gefahr!«
Sie traten einen Schritt vor und erklärten voller Leidenschaft und wie ein Mann, wie kühn und tapfer sie seien und daß in ihrer Gegenwart keine Gefahr drohe. Äußerlich waren sie einander keineswegs ähnlich, aber der Eifer, der aus ihren Gesichtern sprach, verwischte die Unterschiede. Sie waren sehr erregt. Die Übergabe des Kommandos war stets ein heikles Unterfangen. Der Senior wiederholte mehrmals die traditionellen besänftigenden Antworten. Dies würde genügen, bis er Zeit fand, sie mit einem Manna-Traum formell an sich zu binden.
Die imaginären Gefahren, die sich in den Gedanken der Waldläu-

fer traumfixierten, machten sie nicht nur wachsam und berserkerhaft in ihrem Zorn, sondern auch ungeheuer gefährlich, solange sie nicht von kundigen Händen geführt wurden. Jeder Waldläufer, in seiner isolierten Vorstellung von sich als Held, der stets auf Wacht war, bezog alle Befehle und alle Ereignisse einzig und allein auf sich. Der Dünkel eines Waldläufers galt als Beweis für geistige Gesundheit und männlichen Individualismus. Dieser Dünkel wurde ständig gefördert, so daß selbst der Versuch, auch nur zwei von ihnen zu effizienter Zusammenarbeit zu bewegen, ein schwieriges Unterfangen war.

Einen Moment lang wünschte Kelmz, daß es dem Senior nicht gelingen würde, sie zu kontrollieren. Aber was auch immer dem Senior Bajerman in diesem Fall zustoßen mochte, die Waldläufer würde man als Verbrecher töten, daher war dieser Gedanke eines Offiziers unwürdig.

»Sichere Reise«, sagte der Senior. Zum Gruß öffnete er seinen Mantel. Die Haut seiner Schulter war kunstvoll mit den dunklen Farben seiner hohen Stellung verziert.

Kelmz und die Waldläufer berührten ebenfalls ihre Schultern und verbeugten sich. Aber der DunkelTräumer lächelte.

»Haben Sie vergessen, wie man grüßt?« fragte der Senior schneidend.

»Haben Sie vergessen, daß man einem Ausgestoßenen die Haut von der Schulter abzieht? Er kann keinen Gruß mehr entrichten. Das gehört zu den reizvollen Vorteilen, die man besitzt, wenn man keiner Bruderschaft mehr angehört.«

»Erledigen Sie diese Aufgabe, und Sie gehören wieder dazu.«

»Vorausgesetzt, der Senior erinnert sich meiner, wenn das Werk vollbracht ist.«

»Ich werde mich an Sie erinnern«, erwiderte Senior Bajerman trocken. »Sie sind ein junger Mann, den man nicht so leicht vergißt.«

Er drehte sich um und schritt davon, gefolgt von den Waldläufern, die wachsam seinen Rücken sicherten.

»Wir geben ihm Zeit, den Strand zu verlassen«, erklärte d Layo. »Wir haben noch etwas Dringendes zu erledigen, das für einen so wichtigen Mann wie den Senior uninteressant ist, dann brechen wir auf.«
Kelmz sagte nichts. »Wollen Sie nicht wissen, was unser Ziel ist? Sie haben uns überhaupt nicht zugehört.«
»Niemand hat mit mir gesprochen«, bemerkte Kelmz.
»Ich spreche jetzt mit Ihnen.«
Schmerzhaft wurde Kelmz bewußt, daß er trotz seines Alters nicht über jenen hochmütigen Tonfall und jene schneidende Autorität verfügte, mit denen reife Männer ihre Junioren in Zaum hielten. Nichts von beidem war je nötig gewesen. Er hatte mit seinen Waldläufern zusammengelebt, unter denen das Alter keine Bedeutung besaß. Jetzt stellte er fest, wie hilflos er d Layos Spott ausgesetzt war und angesichts der Worte des DunkelTräumers erbebte. Ihre Mission hatte mit Wegend zu tun.
Offenbar war am gleichen Nachmittag eine Pilgergruppe frühzeitig von dort zurückgekehrt und hatte die unerhörte Neuigkeit verbreitet, daß Wegend geschlossen war. Es war zwar schon mehrmals geschehen, daß Pilger nach Wegend gekommen waren und die Waldläufer auf dem Dach des Gebäudes Wache hielten, während am Fahnenmast eine schwarze Flagge flatterte. Das bedeutete, der diensthabende Endhelfer war gestorben und mußte ersetzt werden. Allein mit vier mitleidlosen Waldläufern und dem Besucherstrom todgeweihter Pilger, drohte jeder Endhelfer der Versuchung zu erliegen, für sich ebenfalls einen Becher Todestrank zu mischen. Dann wurde er rasch durch einen jungen Verbrecher ersetzt. Die Berufung auf diesen Posten kam in der Tat einem Todesurteil gleich, obschon mit einem gnädigen Aspekt: Dem Übeltäter wurde durch diesen Dienst Gelegenheit gegeben, seine sündige Seele zu läutern, bis er selbst bereit war, wie ein Mann zu sterben.
Nun, niemals hatten Pilger den Mast unbeflaggt, die Türen verriegelt und die Brustwehr verlassen vorgefunden. Es schien, als

habe sich der derzeitige Endhelfer einfach zurückgezogen und die Pilger ausgeschlossen.

Zweck von Wegend war es, Senioren, deren Zeit gekommen war, auf einfache, schmerzlose Art zu erlösen und ihnen einen Platz in den Gedenkhymnen zu sichern. Sich in Wegend in den Tod zu träumen, so hieß es, bewahrte einen Mann davor, bei den nachfolgenden Generationen in Vergessenheit zu geraten, solange die Sonne den mannatragenden Hanf beschien, der das Träumen möglich machte. Wegend vor den Todgeweihten zu verschließen war ein entsetzliches Vergehen.

D Layo hatte von Senior Bajerman den Auftrag erhalten, Wegend aufzusuchen und den Endhelfer herauszuholen – keine leichte Aufgabe, da die Anlage so konstruiert war, daß ein Mann sie gegen Hunderte von Gegnern verteidigen konnte. In der Geschichte war Wegend mehrmals angegriffen worden – von Junioren, die junge Freunde rächen wollten, die, von Schuld oder Verzweiflung unerfüllter Liebe getrieben, dorthin gegangen waren. Alte Männer, so wurde gemunkelt, konnten junge Rivalen dazu bringen, daß sie den Tod auf dem Felsen suchten, statt sich ihnen offen in den Straßen der Ehre entgegenzustellen, wie es Männer taten.

»Besorgt?« fragte d Layo.

Natürlich war Kelmz besorgt. Er hatte schon zu lange mit Waldläufern zu tun gehabt und zu viele Kämpfe unter den Bruderschaften überlebt, um für den Tod noch irgendeine Faszination zu empfinden oder sich Illusionen über ihn zu machen. Schon mehrmals hatten ihm seine älteren Vorgesetzten den Rat gegeben, seine Seele in Wegend zu befreien. Aber Kelmz verspürte nicht den Wunsch, sich zu ihnen zu gesellen – weder um den Mantel eines Seniors zu tragen noch um würdigen Schrittes einem ehrenvollen Tode auf dem Felsen entgegenzugehen. Senioren waren keine Offiziere. In normalen Zeiten war es unter ihrer Würde, Waldläufer zu kommandieren. Und so wie sich Kelmz nach Ablauf seines dreißigsten Lebensjahres und in jedem folgenden Jahr geweigert hatte, seinen Mantel anzulegen, hatte er ebenfalls die Pilgerrobe zurückgewiesen. Er wollte nicht seine Waldläufer gegen die Privilegien einer höheren Stellung oder gegen den Traumtod eintauschen. Beides bedeutete, die einzige Gesellschaft aufzugeben, in der er sich wohl fühlte, die seiner wildäugigen Waldläufer.

Als d Layo entschied, daß es Zeit zum Aufbrechen war, begaben sie sich nach draußen, wo Bündel gekochten Lammins zum Trocknen an einem Gitter hingen – wie kleine graue Tiere, die einst in dichten Trauben an Höhlendecken gehangen hatten, dachte Kelmz fröstelnd. Melancholisch stimmendes Tröpfeln drang an ihre Ohren, und der Sand unter ihren Füßen hatte sich mit dem bitteren Geruch des Meeres vollgesogen.

Der Mond war aufgegangen und erhellte die Küste. Kleine Tonlampen waren am Strand aufgereiht. Einige von ihnen brannten noch immer. In ihrem Licht waren die zusammengekauerten Gestalten der Weiber zu erkennen, die die Feuchtigkeit aus den Lammins wrangen. Junge Männer wanderten zu zweit zwischen ihnen auf und ab, und in den Händen hielten sie Rohrstöcke mit aufgesplitterten Enden. Hin und wieder ertönte ein klatschender Laut, gefolgt von einem Aufschrei, der den monotonen, unverständlichen Singsang der Weiber zerriß. Die jungen Männer hatten ihre Kapuzen aufgesetzt, aus Furcht vor der Mondhexe, der Herrin der Weiber, und vor dem Bösen, das in ihnen lauerte. Ältere Männer hatten diese Furcht längst abgelegt.

Bei den Weibern handelte es sich um alte Vetteln, die zu schwach für andere Tätigkeiten waren. Jede hockte da, den Kittel über den Kopf gezogen, ein Bein ausgestreckt, um ihre Hände und die flackernde Lampenflamme vor dem Wind zu schützen, bei deren Licht sie arbeiteten. Die Finger der Weiber waren dunkel vom Saft der Lammins.

Hier draußen war der Himmel weit. Kelmz zog es vor, die Nacht von den geraden Silhouetten der Dächer gezähmt zu sehen. Er suchte nach den vier Sternen, die ein Kreuz bildeten, und zog das Zeichen auf seiner Brust nach. Es symbolisierte den Gegensatz von Vater und Sohn. Obwohl die alte Religion diskreditiert war, hatte das Zeichen aufgrund der ihm innewohnenden großen Wahrheit überlebt.

Sie folgten weiter dem Pfad zwischen den erloschenen Lampen. Zu ihrer Linken kletterte die Stadt in erleuchteten Straßenzügen den Hügel hinauf. Zu ihrer Rechten wogte öd und schwarz das Meer unter den Sternen. Kelmz setzte seine Kapuze auf. Er war froh, daß Wegend außer Sichtweite lag.

D Layo schritt barhäuptig und summte vor sich hin. Leise fragte er: »Haben Ihre Senioren schon lange versucht, Sie loszuwerden? Nun, es ist offensichtlich, daß ihr Bestreben darauf gerichtet sein muß. Ein Mann wie Sie, mit grauen Haaren und nur mit Juniorstreifen an der Schulter, muß sie nervös machen. Dann taucht die Frage auf, warum Sie sich außerhalb der Ordnung stellen, wie man sagt. Vielleicht empfinden sie Ihre Weigerung als Beleidigung, als sei für Sie die Gesellschaft Ihrer Brüder nicht gut genug.«

»Mir gefällt meine Arbeit«, entgegnete Kelmz.

»Zu sehr für den Geschmack Ihrer eigenen Senioren, obwohl andere sie weit mehr zu schätzen wissen. Haben Sie davon gehört, daß sich Männer der Chester-Bruderschaft hier in Lammintown aufhalten und damit prahlen, daß ihre zweite Waldläufer-Garde von Captain Kelmz von Hemaway ausgebildet wurde? Sie müssen Ihrer Bruderschaft ein Vermögen verdient haben, seit man Ihre Dienste an andere Bruderschaften vermietet hat. Ich würde sagen, Hemaway zeigt seine Dankbarkeit auf sehr sonderbare Weise.«

Gedämpftes Hämmern und der helle Klang von Weiberstimmen drangen aus dem vor ihnen gelegenen Häckselschuppen. Im Mondlicht waren die Wände des Schuppens fast schwarz. Sie wiesen die eingeschnitzten Embleme der Bruderschaften auf, die einander Fünfjahr auf Fünfjahr abgelöst hatten.

»Will Bajerman Sie loswerden, weil er eifersüchtig ist?« erkundigte sich d Layo nachdenklich. »Hat unser hochgeachteter Senior vielleicht ein Auge auf einen Ihrer Waldläufer geworfen?«

»Waldläufer sind armselige Liebhaber.«

»Oder haben Sie ein Techtelmechtel mit jemand außerhalb der Waldläufer-Garde, mit jemand, den Bajerman für sich selbst will?«

»Ich habe daran kein Interesse.«

»Aber die Burschen mögen Narben«, bemerkte d Layo und hob

seine Stimme, um den lauter werdenden Lärm aus dem Häckselschuppen zu übertönen. Er wollte noch etwas hinzufügen, schwieg dann aber. Jemand winkte ihnen aus dem offenen Eingang zu. »Nun, was ist das? Ich bewahre im Hinterzimmer einige von meinen Habseligkeiten auf. Dinge, die wir brauchen werden.«
Vorsichtig ging er weiter. Kelmz folgte ihm ein wenig seitlich versetzt. Er hatte kein Interesse daran, von irgend etwas getroffen zu werden, das für d Layo bestimmt war.
Der Mann im Eingang des Schuppens war einer der beiden jungen 'Wares, die die Häckselgruppe überwachten. Er äugte nach draußen und sagte gereizt zu d Layo: »Jemand wartet im Hinterzimmer auf dich.«
»Was für ein Jemand?«
Der 'Ware rümpfte die Nase. »Einer der Pilger, die heute von Wegend zurückgekehrt sind, obwohl man ihn hätte einlassen müssen, wenn man bedenkt, was für ein Gestank schon von ihm ausgeht. Er sitzt seit heute nachmittag im Lager. Ich hoffe, er hat es nicht mit irgendeiner Krankheit verseucht. Sorg dafür, daß du ihn bis zum Morgen loswirst, und wenn irgend etwas von deinem Zeug fehlt, gib nicht mir die Schuld. Er ist der einzige, der sich dort drinnen aufgehalten hat.«
D Layo nickte. »Danke, Jevv.«
»Nichts zu danken«, knurrte der 'Ware. Er fuhr herum und brüllte in den Schuppen hinein: »Schneller, ihr Huren! Wenn euch die Herren beim Bummeln erwischen, werdet ihr dafür bezahlen!«
Er ließ seinen Rohrstock auf den Tisch klatschen. Die Weiber, die in Gruppen an der niedrigen Tischplatte arbeiteten, preßten ihre flachen Bäuche gegen die Tischkanten. Sie stockten nicht in ihrem Gesang. Die Häckselmesser sprangen ohne Pause zwischen ihnen hin und her, zerkleinerten das Lammin und schoben die Schnipsel weiter, bis zum anderen Ende des Tisches, wo sie in die Säcke fielen.
Der Lagerraum roch durchdringend nach den Pökelfässern, die an einer Wand standen. Eine Pyramide aus Lamminballen erhob sich im Zentrum des Raums. Neben dem Haufen brannte eine Lampe, und am Rande ihres Lichtscheins saß steif und gerade ein Mann.

»Jesusgottessohn!« fluchte d Layo. »Schließen Sie die Tür. Diese Huren haben gute Ohren, und die 'Wares nicht minder.«
Der Lärm der Häckselmesser sank zu einem dumpfen, vibrierenden Trommeln ab. D Layo bückte sich und hob die Lampe, so daß ihr Licht den Fremden im Grau der Pilger beschien. Das Haar des Mannes war schwarz, sein Gesicht wirkte seltsam bleich, sah man von den blauen Flecken um die Augen und den dunklen Stoppeln an seinem Kinn ab. Es war ein junges Gesicht, höchstens Mitte Zwanzig, aber es war so hart und abweisend wie das einer Gipsmaske.
»Woher wußtest du, wo ich zu finden bin?« fragte d Layo.
»Wer ist das da in deiner Begleitung?« Der Fremde sprach stockend, als sei er das Reden nicht mehr gewöhnt.
»Einer von meinen Männern«, erklärte d Layo freimütig, dem die Vorstellung offenbar gefiel. »Captain Kelmz von den Hemaways.«
Der Fremde verzog den Mund. »Also haben sich die Hemaways bereits eingemischt.«
»Bajerman hat mich aufgesucht, erinnerst du dich an ihn? Damals im Jungenhaus unterwies er uns in Etikette. Jetzt behauptet er, für den gesamten Rat der Senioren zu sprechen. Zweifellos ist dies mit einer Beförderung verbunden.«
Unglückseligerweise ahnte Kelmz, wer der Fremde sein mußte. Während des vergangenen Fünfjahrs hatten die Hemaways im Jungenhaus gelehrt. Sie hatten über zwei der Jungen völlig die Kontrolle verloren, worauf sich nur noch ein Ausweg bot: der Ausschluß. Einer wurde Endhelfer in Wegend, der andere – d Layo – sollte den Tod in der Wildnis finden. Kelmz hatte zu dieser Zeit in Lammintown Waldläufer ausgebildet, aber die Neuigkeit hatte sich rasch in der gesamten Haltfeste verbreitet.
»Du hast einen Handel mit Bajerman abgeschlossen«, stellte der Endhelfer fest.
»Es ist ein Geschäft, ja. Ich soll dich aus Wegend herausholen und dich zu ihm in die Stadt bringen, damit er dich dem

Disziplinarausschuß des Rates wegen des Verlassens deines Postens übergeben kann.« Der Endhelfer machte eine abrupte, ungeduldige Kopfbewegung. »Falls du einen anderen Plan hast«, fügte d Layo hinzu, »schlage ich vor, daß du ihn mir so schnell wie möglich verrätst.« Er ließ sich im Schneidersitz auf den Boden nieder und bedeutete Kelmz mit einer weit ausholenden Handbewegung, sich ebenfalls zu setzen.

Diese beiden gehörten genau zu jener Sorte abgebrühter Burschen, in deren Nähe sich Kelmz schon immer unwohl gefühlt hatte. Zudem waren die beiden Junioren zusammen aufgewachsen, was Kelmz ohnehin aus ihrer Gemeinschaft ausschloß. Er blieb stehen.

D Layo zuckte die Achseln und wandte sich wieder dem anderen zu, musterte ihn forschend. »Jevv hatte recht«, sagte er mit einer Grimasse. »Du stinkst. Du bist doch nicht krank, oder?«

»Es ist das Gewand«, antwortete der Endhelfer. »Ich habe es einem aus der letzten Pilgergruppe abgenommen, um nicht aufzufallen. Der Geruch der Krankheit schützt vor Neugier.«

»Wer weiß sonst noch, daß du hier bist?«

»Niemand. Ein paar Männer wissen, daß ein Pilger nach dir gefragt hat, das ist alles. Sage mir, was die Hemaways dir angeboten haben.«

D Layo lächelte. »Eine Senior-Stellung im Rat! Wie gefällt dir das? Stell dir vor, was ich mit der Immunität eines Ratsmitglieds alles anstellen könnte! Sie glauben, sie können mich mit ihren Ränken und Winkelzügen bremsen, aber mit ein wenig Phantasie und Nervenkraft gibt es für mich in einer derartigen Stellung keine Grenzen!

Und jetzt verrate mir, warum alles ein wenig komplizierter ist, als ich mir es vorstelle.«

»Einfacher. Die Fehler in unserem Fall haben die Hemaways auf lange Sicht sehr viel gekostet. Sie wollen uns beide tot sehen, Servan.«

D Layo sah zu Kelmz hinauf. »Ich wußte, daß sie mich nicht mögen, aber sie scheinen auf jeden Fall Verwendung für mich gefunden zu haben.«

»Ja, um uns beide in ihre Hände zu bekommen.«
»Oh, ich kann von ihnen verlangen, was ich will, ohne daß sie etwas dagegen unternehmen können«, erklärte d Layo unbesorgt. »Ich habe ein Geschäft abgeschlossen, Eykar. Kannst du mich daran hindern, meinen Teil des Handels zu erfüllen?« Er hüstelte hinter der vorgehaltenen Hand. »Schließlich dürfen wir meine Mannesehre nicht unberücksichtigt lassen.«
Der Endhelfer sah ihn lange und eisig an, aber d Layo lächelte hämisch zurück. Dennoch schienen sie über eine andere Möglichkeit nachzudenken, auf die stillschweigende Art zweier Männer, die einander sehr gut kannten. Dies war nicht der d Layo, der Senior Bajermann gereizt hatte. Diese beiden jungen Männer vereinte eine Beziehung, die schon lange bestand. Und in der Entscheidung, die sie treffen würden, konnte es keinen Platz für Kelmz geben.
»Komm schon, Eykar, besteche mich«, forderte d Layo. »Du mußt mir doch etwas anbieten können, das für mich wertvoll genug ist, um dich vor ihnen zu verstecken.«
»Ich möchte mich nicht verstecken«, sagte der Endhelfer. »Ich möchte mich nur lange genug ihrem Zugriff entziehen, um meinen Vater zu suchen.«
Kelmz wandte unbehaglich den Blick ab. Dieser bleiche junge Mann war in der Haltfeste schon vor seiner Ernennung zum Endhelfer ein einzigartiger Mensch gewesen. In einer Gesellschaft, die Schmerz auf sich nahm, um die Beziehungen individueller Väter und Söhne durch die Beziehungen zwischen Senioren und Junioren zu ersetzen, wußte dieser Mann den Namen seines Vaters.
In der ganzen Haltfeste kannte man keine blutsverwandtschaftlichen Bande. Alle Männer waren Brüder – das war das Gesetz der Generationen –, obwohl einige Brüder älter und andere jünger waren. So unterband man die Feindschaft zwischen Vätern und Söhnen, die, sobald sie einander kannten, sich gegenseitig in den Untergang treiben würden. Die Söhne der Alten hatten sich gegen ihre Väter erhoben und die Welt zugrunde gerichtet. Selbst Gottes eigener Sohn war, den alten Geschichten zufolge, von seinem

Vater gestraft worden. Alt und jung waren natürliche Feinde; jeder wußte das. Erfuhr man den Namen des Vaters, so bedeutete das, daß man – wenn auch aus weiter Ferne – den eisigen Wind des Todes spürte.
In gewissem Sinne war allerdings der Endhelfer selbst der eisige Wind des Todes. Er schien keine Angst zu haben.
»Du bist es leid geworden, darauf zu warten, daß der alte Mann zu dir nach Wegend kommt?« fragte d Layo.
Der Endhelfer rieb sich die Stirn, als hätte er Kopfschmerzen, und entgegnete: »Ich habe mich dabei ertappt, wie ich beim letztenmal einen Becher für mich gemischt habe.« Er sah auf. »Ich kann nicht warten, bis er kommt.«
»Ich verstehe nicht, warum er bisher noch nicht aufgetaucht ist«, brummte d Layo. »Er kennt deinen Namen und weiß, wo du zu finden bist. Warum hat er dich also nicht getötet, um sein eigenes Leben zu schützen?«
»Genau das will ich ihn fragen.«
Ungläubig stieß d Layo hervor: »Du willst ihn suchen, nur um mit ihm höflich zu plaudern?«
»In erster Linie bin ich ein Mann und nur in zweiter sein Sohn«, erwiderte der Endhelfer. »Der Kontakt von einem vernunftbegabten Wesen zum anderen sollte durch Worte und nicht durch sinnlose Gewalt hergestellt werden.«
»Erspar mir das«, bat der DunkelTräumer und hob die Hand. »Ich hätte es mir denken können. Die Suche nach ihm ist nur eine weitere Prüfung, die du auf dich nimmst, um ...«
»Allein«, unterbrach der Endhelfer kühl, »werde ich ihn nie finden. Ich brauche deine Hilfe.«
Kelmz hatte das Gefühl, dieses Gespräch über Dinge, die nie öffentlich erwähnt wurden, nur zu träumen, aber der Endhelfer saß dort wirklich vor ihm. Trotz seiner Jugend war sein Gesicht von den Spuren innerer Kämpfe geprägt, gebleicht vom Ringen um Selbstbeherrschung, das sogar die eisige Iris seiner Augen nicht verschont ließ. Die Blässe der Haut wirkte gespenstisch und wurde noch verstärkt von den Augenbrauen und dem kurzgeschnittenen schwarzen Haarschopf. Mit den hervorstehenden

Wangenknochen und der scharfen Trennung von Schwarz und Weiß war es das Gesicht eines Fanatikers, dazu prädestiniert, das Gesetz zu brechen.
D Layos Stimme klang sanft. »Plötzlich, Eykar, bist du der Versucher und ich der Versuchte.« Ihn mußte die Gefahr anziehen, der Reiz der unentdeckten Möglichkeiten im Vergleich zu der Gewißheit, die der Handel mit Bajerman brachte. »Um Raff Maggomas zu suchen«, fuhr er fort und benutzte wie selbstverständlich den Namen von Eykars Vater, »müssen wir uns nach Süden in Richtung Bayo wenden und versuchen, dort seine Spur aufzunehmen. Es ist schon Jahre her, seit er verschwunden ist – so viele Jahre, wie wir sie seit der Entlassung aus dem Jungenhaus erlebt haben. Vielleicht wird er sich verstecken – falls er das nicht schon längst gemacht hat –, wenn er erfährt, daß du ihn verfolgst. Es wird nicht leicht sein, ihn zu finden.«
»Wenn dir das Sorgen macht«, sagte der Endhelfer, »dann haben dich diese Jahre weit mehr verändert als mich.«
»Eykar«, erklärte der DunkelTräumer, »sie haben dich nicht im geringsten verändert.« Er schwieg einen Moment, um so ihr stilles Einverständnis zu betonen. Dann deutete er mit seinem Kinn auf Kelmz.
»Und was ist mit diesem alten Waldläufer-Captain? Jetzt, wo sich unser Plan geändert hat, scheint es mir, als wäre ich ihm etwas schuldig für die schlaflosen Nächte und die Mühe, die es ihn gekostet hat, mir in jeder Spelunke der Stadt nachzuschnüffeln, obwohl ihm das Vergnügen bereitet hat. Hast du etwas dagegen, Eykar, wenn ich mit ihm abrechne, bevor wir aufbrechen?«

3

Wankelmütig wie ein Weib, dachte Kelmz bitter, oder genauso verschlagen, um das die ganze Zeit über geplant zu haben. Wie dem auch sei, d Layo war Wolf genug, um Kelmz hier und jetzt anzugreifen und auf ein offizielles Duell auf den Straßen der Ehre zu verzichten.

Der Endhelfer musterte Kelmz mit ruhigem, kühlem Interesse, obwohl er d Layo meinte, als er sagte: »Das also ist der Mann, der seinen Mantel nicht annehmen wollte. Hat Bajerman ihn dir zugeteilt, um ihn loszuwerden?«
»So ist es«, bestätigte d Layo heiter und zog ein Messer aus dem Ärmel. Eine gut ausbalancierte Waffe mit schmaler Klinge und aus einem glänzenden, seidig wirkenden Material, bemerkte Kelmz – ein kostbares Stück. »›Grauer Kopf weicht junger Klinge‹, so sagt man, nicht wahr?«
»Captain Kelmz«, fuhr der Endhelfer fort, »wenn Senior Bajerman jetzt hier wäre, dann würde er darauf bestehen, daß Sie die Durchführung des ursprünglichen Handels durchsetzen. Um das zu tun, müßten Sie jetzt gegen Servan kämpfen. Trotz Ihres Rufes glaube ich, daß Servan Sie töten würde. Ich schlage vor, Sie kehren jenen den Rücken, die Ihnen den Rücken gekehrt haben. Begleiten Sie uns. Es ist keine Schande, in einem Kampf den Tod zu finden, aber ich würde Sie lieber als unseren Verbündeten denn als Leiche an diesem nach Weibern stinkenden Strand liegen sehen.«
»Eykar, du bist zu unvorsichtig«, tadelte d Layo. »Er wird ja sagen und sich später gegen uns wenden. Glaubst du nicht, daß schon andere Männer versucht haben, ihn von den Hemaways loszukaufen? Am Schluß wird er loyal zu seiner Bruderschaft stehen, gleichgültig, was er jetzt sagt, um sein Leben zu retten.«
»Verrat ist *dein* Metier«, fauchte der Endhelfer. »Deshalb brauche ich einen Mann wie den Captain. Ich bin kein Narr und reise mit dir allein durch die Haltfeste, Servan.«
Der DunkelTräumer setzte eine gekränkte Miene auf. »Ich versuche dir zu helfen, und was habe ich davon? Beleidigungen!« Er lächelte Kelmz an. »Kommen Sie, Captain, Sie können dem Ruf der Pflicht nicht widerstehen: ›Held, ich brauche deinen Schutz in Zeiten der Gefahr!‹ «
Kelmz ignorierte ihn. »Ich habe eine Frage«, erklärte er und räusperte sich. »Was ist mit den Waldläufern von Wegend

geschehen? Es waren immer vier von ihnen dort, besonders ausgebildete Waldläufer mit dem Befehl des Rates, den Endhelfer zu schützen – im Innern von Wegend.«

»Das ist richtig.« Der Endhelfer richtete sich auf. Er war nicht groß und von leichtem Körperbau, aber sehr muskulös. Kelmz kannte diesen Typ: schwächlich wirkend, aber sehnig und zäh, wenn es darauf ankam. Er legte den Kopf zurück, so daß er Kelmz scheinbar auf gleicher Höhe, Auge in Auge, gegenüberstand. »Die Waldläufer vom Wegend hätten mir nicht erlaubt fortzugehen, aber sie waren verwundbar. Zu ihren Pflichten gehörte der Abtransport der Toten. Die Zentralkammer in Wegend ist ein überdachtes Rund, wo das Getränk gemischt und den Pilgern übergeben wird. Dann begibt sich jeder Mann in eine eigene Zelle, um sich auf die rechte Art in den Tod zu träumen, so, wie er auch sonst träumt – in der Abgeschiedenheit. Meine Aufgabe ist erfüllt, wenn ich dem letzten Mann seinen Becher gereicht und seinen Namen für die Aufnahme in die Gedenkhymnen notiert habe.

Später erscheinen die Waldläufer und bringen die Leichen zurück in die Zentralkammer, wo sich eine Rutsche befindet, die zu einem unter dem Fußboden befindlichen Verbrennungsofen führt. Wenn die Leichen beseitigt sind, gehen die Waldläufer hinaus und verriegeln die Kammer hinter sich, und ich öffne von draußen ein Schleusentor. Das Meer überflutet die Kammer und spült sie leer.

Diesmal schloß ich die Waldläufer ein, während sie noch arbeiteten, und öffnete die Schleuse. Sie sind ertrunken.«

»Haben Sie sie beobachtet?«

»Ja, von der Brustwehr aus.«

Manchmal mußte ein Offizier seine eigenen Waldläufer töten, wenn sie verstümmelt waren oder verrückt wurden. Kelmz hatte diese Notwendigkeit schon vor langer Zeit anerkannt. Er hatte das Gefühl, daß ein Mann, der sein tödliches Handwerk nicht beobachtete, kein richtiger Mann war.

»Dann sind Sie allein hierher gewandert?« fragte er stirnrunzelnd. Es war unvorsichtig von einem Mann, seine geistige Gesundheit

zwischen der Leere des Himmels und des Landes aufs Spiel zu setzen.
»Nein«, antwortete der Endhelfer. »Ich wartete draußen vor Wegend, bis die nächste Pilgergruppe erschien. Sie begannen verwirrt hin und her zu laufen, als sie entdeckten, daß auf dem Felsen etwas nicht in Ordnung war. Ich habe mich unter sie gemischt, mit diesem Gewand bekleidet, und kehrte mit ihnen auf der Fähre zurück.«
Abwartend sah er den Captain an. Seine Augen waren erschrekkend klar und ruhig. Kelmz konnte ihrem Blick nicht lange standhalten. Das matte Schwarz der Endhelferuniform sah an Brust und Ärmel unter dem Pilgergewand hervor.
»Sind Sie zufrieden?« erkundigte sich der Endhelfer.
Der Captain sah ein nachtdunkles Wesen, nervös und wachsam, am Boden, aber in der Luft ein finsteres und geschmeidiges Geschöpf, das den Wind mit rauhen Schreien zerriß.
»Oh, Kelmz ist zufrieden«, warf d Layo mürrisch ein. »Schau ihn dir nur an, er hat sich schon halb in dich verliebt.« Er ließ das Messer verschwinden und stand gähnend auf. »Ich werde die Sachen zusammenpacken, die wir brauchen. Ihr beide könnt schlafen. Wir brechen nicht vor Morgengrauen auf.«
»Ich habe genug geruht«, erklärte der Endhelfer. »Captain, wollen Sie mit mir draußen ein wenig spazierengehen?«
»Natürlich will er das«, sagte d Layo mit einem lüsternen Blick. »Aber kommt vor Sonnenaufgang zurück. Es ist besser, wenn man euch beide nicht sieht.«
Der Strand war leer. Selbst im Häckselschuppen war es jetzt still. Die Hörner von Lammintown übertönten in periodischen Abständen das Rauschen der See. Sie gingen dicht am Wasser entlang. Der Endhelfer ballte die Fäuste in den Taschen und verhinderte so, daß der Saum seiner Pilgerrobe vom feuchten Sand beschmutzt wurde. Er blickte in Richtung Osten über das Wasser, als ob es dort draußen etwas zu sehen gäbe.
Da der Mond so hell war, befanden sich keine Netzgruppen auf See, um die Wellen zu sieben. Das Plankton, nach dem sie fischten, kam nur in dunklen Nächten oder bei stürmischer See an die

Oberfläche, wenn es vom Boden aufgewühlt wurde. Der Herbst war noch zu jung, um schlechtes Wetter zu bringen. Kelmz fragte sich, wo er wohl sein würde, wenn die Stürme losbrachen. Er konnte sich nicht vorstellen, länger mit diesen beiden Männern zusammenzuleben. Es war unwahrscheinlich, daß er sich in der Gegenwart des Endhelfers jemals wohl fühlen würde.

Eine Zeitlang wanderten sie dahin, ohne etwas zu sagen, bis Kelmz zufällig den Arm des Endhelfers streifte und ihn ein Frösteln durchlief.

»Es ist kalt«, sagte der Captain. »Kehren wir um.«

»Das werde ich, Sie brauchen es nicht.«

Kelmz blieb stehen und sah hinauf in den heller werdenden Himmel. »Ich bin verpflichtet, Sie zu begleiten. Ich werde nicht versuchen, Sie Bajerman oder dem Rat auszuliefern, mein Wort darauf. Ich bin ein Mann und kein Junge mehr. Sie können mir vertrauen.«

»Was bleibt mir anderes übrig?« Der Endhelfer stieß einige abgehackte Laute aus, die nur schwach an Gelächter erinnerten. »Natürlich muß ich Ihnen vertrauen, und Servan, und wer weiß wieviel anderen zwielichtigen Gestalten noch, bevor unsere Reise endet. Aber ich kann versuchen, meine Risiken zu vermindern. Sie müssen ungefähr im Alter meines Vaters sein. Ob sie nun einen Mantel tragen oder nicht, Captain, die Jahre machen uns zu Feinden.«

»So, wie die Lage aussieht«, bemerkte Kelmz, »haben Sie nichts als Feinde. Selbst Ihre Altersgenossen würden Sie für ein paar Extrapunkte an den Rat verkaufen und alles tun, um ihren Anteil an der Lamminernte zu erhöhen, so winzig ist er. Falls Sie glauben, mein Alter mache mich zu einem besonderen Risiko, warum haben Sie dann eben nicht zugelassen, daß mir d Layo die Kehle durchschnitt?«

»Mir gefällt Servans Hang zum Töten nicht«, sagte der Endhelfer trocken. »Er ist unberechenbar. Aber ich kann allein mit ihm fertig werden, wenn es nötig ist.«

»Schauen Sie, außer Ihnen habe ich niemand, an den ich mich wenden kann.« Kelmz verfiel unvermittelt in Schweigen und

fühlte die Hitze der Scham auf seinen Wangen brennen. Wie konnte er so etwas nur einem jüngeren Mann gegenüber zugeben!
Zu seiner Erleichterung brummte der Endhelfer nur: »In Ordnung.«
Nur Altersgenossen schüttelten einander die Hände. Sie nickten einander knapp und zustimmend zu und machten sich auf den Rückweg. Schon konnten sie hören, wie sich von der Stadt her eine Weibergruppe näherte. Der leise Klang ihrer monotonen Stimmen nahm im Rhythmus ihrer Schritte zu und ab.
Der Endhelfer knurrte: »Man sollte ihnen das Singen verbieten. Finden Sie ihre Stimmen nicht auch störend?«
Nach Kelmz' Meinung besaßen die meisten Männer zuviel Vorurteile, was diese Kreaturen betraf. »Nein.«
»Aber ich.« Der Endhelfer streifte seine Kapuze über.
Jenseits des verlassenen Häckselschuppens griff der Pier hinaus in das Meer. Die Netzerboote waren an den großen Pflöcken vertäut, die den Pier säumten. An der Spitze des Landestegs, wo sich ein Fährenpylon in den Himmel reckte, war die Winde der Küstenfähre erkennbar. Schräg zeichnete sie sich als dunkler Schatten gegen das Morgengrauen ab.
Jemand stand dort und winkte ihnen aufgeregt zu: d Layo.
Sie sahen einander an, beschleunigten ihre Schritte und eilten geschwind an dem Schuppen vorbei. Als er hinter ihnen lag, richtete sich ein Mann auf, der Fußabdrücke im Sand untersucht hatte. Der Mann war ein hochrangiger Senior. Auf seinen Ruf hin bogen zwei andere Männer um den Schuppen – Waldläufer.
Während er lief, schwenkte der Captain in Richtung Meer ab und stieß den Endhelfer hinein. Sie wateten durch die eisigen Wellen und kletterten in das erste der Netzerboote. Ein Seil war am Bug befestigt und am Ende mit einem Enterhaken versehen. Kelmz schwang den Enterhaken und schleuderte ihn nach oben. Der Querhaken fand Halt an einem der Pfosten.
Der Endhelfer zog sich hoch, der vom Meer durchtränkte Saum seiner Robe klebte an seinen Beinen. Kelmz folgte ihm.
Wie erwartet, waren die Waldläufer von der Richtungsänderung

der Fußspuren irritiert worden. Sie stürmten den Weg zurück und die Stufen hinauf auf den Pier, am landwärts gelegenen Ende des Stegs. Kelmz hastete über den Pier, um den Endhelfer zu decken, falls dies erforderlich wurde, denn die Waldläufer waren gefährlich nahe. Einen knappen Meter vor ihnen hasteten Kelmz und der Endhelfer über die Planke und an Bord der Fähre. Jemand stieß die Planke fort, und kaltes Wasser spritzte über die Reling.
Die beiden Waldläufer verharrten keuchend auf dem Landungssteg und beobachteten ihre entkommenen Opfer. Kelmz' Waldläufer wären hinübergesprungen und hätten sich auf die Feinde gestürzt. Es war ein Zeichen der Zeit, daß diese Waldläufer darauf verzichteten, obwohl Kelmz sie (anhand ihrer Messer, die an der linken Hüfte befestigt waren und rasch gezogen werden konnten) als Produkte eines erstklassigen Ausbildungsoffiziers der 'Ware-Bruderschaft erkannte. Sie waren sich selbst ein wenig unsicher und benötigten die Befehle eines Offiziers, nicht die des 'Ware-Seniors, der am Ende des Piers stand und mit einem anderen Mann sprach.
D Layo ignorierte die Waldläufer und ihren Herrn und stellte die beiden Neuankömmlinge einem Fährmann vor, der schwerfällig an der Reling lehnte. Dieser Mann, massig in seiner salzverkrusteten Kleidung, musterte sie mit seinem einzigen Auge. Die andere Höhle wurde von einer farblosen Klappe bedeckt. Er war ein noch junger Mann, aber wenn man genau hinschaute, bemerkte man, daß er sich mit Erreichen der kritischen Altersgrenze auch dem Ende seines Status als Junior näherte. Sein Name war Hak. Ein salzzerfressenes Chester-Symbol war schief an seiner Kappe angenäht.
Er wies mit dem Daumen in Richtung der beiden 'Wares, die nun auf die Fähre zuschritten. »Freunde von euch?«
»Schwerlich«, entgegnete d Layo.
Der weißhaarige Senior befand sich an der Spitze, obwohl er sich nicht schnell bewegte. Senioren kannten keine Hast.
Hak sah Kelmz von oben bis unten an. »Was bist du, Mann, unter deinem Mantel?«
»Ein Hemaway.«

Die gebieterische Stimme des nahenden 'Ware-Seniors erklang. »Ihr da, auf der Fähre!«

»Zufällig Captain Kelmz?« fragte Hak mit mildem Interesse.

»Ja«, nickte Kelmz.

»Richtig.« Der Fährmann kniff sein Auge zusammen und drehte sich herum, musterte den 'Ware-Senior mit einem kühlen Blick. Offenbar stimmte das, was d Layo behauptet hatte. Es waren die Chester, die sich an das erinnerten, was Kelmz einst für sie getan hatte und wodurch es ihnen gelungen war, kürzlich einige Siege im Kampf gegen ihren Rivalen, die 'Ware-Bruderschaft, zu erringen. Ausdruckslos fragte Hak: »Kann ich etwas für Sie tun, Senior?«

»Liefern Sie mir diese drei Männer aus.«

Hak starrte nachdenklich ins Wasser. »Meine Laufplanke ist über Bord gegangen, Senior. Dort ist sie. Sie treibt ab.«

Der Senior sah nicht nach unten. Er trug einen Bart nach Art der Senioren von Lammintown, und er hatte seine Augenbrauen versengt, damit sie dick und buschig nachwuchsen. So wie er seine Stirn runzelte, machte er einen bemerkenswert grimmigen Eindruck.

»Es ist nicht das erste Mal in diesem Fünfjahr, daß wir Ärger mit euch Chesters haben. Ihre Vorgesetzten werden nicht erfreut sein.«

»Das sind sie nie«, bestätigte Hak traurig.

Eine kurze Pause folgte. Der Morgenwind zerrte an dem Fährenkabel, das sich von der Spitze des Pylons bis zur Winde auf dem Deck zog. Zwei Fährmänner standen mit besorgter Miene neben der Winde.

Drohend erklärte der Senior: »Das ist kein Spiel, Bürschlein.«

Auf diesen beleidigenden Ausdruck reagierte Hak lediglich, indem er bedächtig in das Wasser zwischen der Fähre und dem Pier spuckte.

Der andere 'Ware, ein Junior, hielt sich unglücklich im Hintergrund und gab vor, blind und taub zu sein, aus Furcht, später dafür bezahlen zu müssen, Zeuge der Niederlage eines Seniors in der Auseinandersetzung mit einem Junior geworden zu sein. In

der Theorie durfte der Senior keine der nach einem Punktesystem bewerteten Auseinandersetzungen mit dem jungen Mann beginnen, da für jeden, der das dreißigste Lebensjahr überschritten hatte, der Zuwachs an Jahren jeden sonstigen persönlichen Wert auf einer absoluten Skala übertraf. Aber im Alltag war sowohl unter den Senioren als auch unter den Junioren grimmige Rivalität die Regel, obwohl man sich normalerweise mit verbalen Wettkämpfen wie diesem begnügte. Ältere Männer sahen in dem Zuwachs an Spielpunkten (die sie zu verachten vorgaben) eine Möglichkeit, inoffiziell die starre Ordnung der bei ihnen gültigen Altersskala aufzulockern.
Dieser 'Ware-Senior beherrschte sorgsam seinen Zorn, um weitere Niederlagen in seinem Zusammentreffen mit dem Chester-Fährmann zu vermeiden.
»Hören Sie«, sagte er, »Sie sollten sich besser darüber klarwerden, in was Sie sich da einmischen. Mir liegen Informationen vor, daß das Arbeitsterrain meiner Bruderschaft auf ungesetzliche Weise mißbraucht worden ist. Dies dort sind die Täter. Es sind zwei Unbekannte, wahrscheinlich Skidro-Herumtreiber, die sich auf dem Heimweg über Bayo befinden, zusammen mit dem, was sie in Lammintown entwendet haben, mehrere Ballen erstklassigen Lammins eingeschlossen, die im Lager vermißt werden. Der dritte ist der DunkelTräumer d Layo, der schon lange hätte brennen sollen. Ein Preis ist auf seinen Kopf ausgesetzt; genug Punkte, um Sie für ein Fünfjahr von allen Pflichten zu entbinden.«
Der Fährmann setzte seine verschmutzte Mütze ab und kratzte sich den Kopf. Er sah zur Küste, wo sich der nächste Pylon erhob, und weiter zu den Pylonen, die dahinterlagen. Sie standen in einer Linie parallel zum Strand und reichten, so weit man sehen konnte.
»Wer behauptet, daß ich meine Arbeit nicht richtig mache?« fragte er plötzlich. »Wer von den Chesters wagt es? Oder sind es nur die 'Wares, die das sagen?«
Der Senior wölbte die borstigen Augenbrauen. »Ich habe nicht die Art kritisiert, wie Sie Ihre Arbeit ...«
»Was soll dann dieses Geschwätz, mit dem Sie mich von meinem

Boot locken wollen? Versuchen Sie, mich zu übertrumpfen, Senior? Einen Vorteil aus einem einfachen, arbeitenden Burschen zu schlagen, der schon zu lange zur See gefahren ist?«
Der Senior wandte sich an seinen Untergebenen und befahl knapp, die Waldläufer außer Hörweite des Gesprächs zu führen. Der alte Mann erkannte offenbar die Probleme seiner Position, und er suchte Zeit zum Nachdenken zu gewinnen. Er konnte schwerlich nach einem Chester-Senioren schicken, denn es wäre eine unbeschreibliche Demütigung für ihn und seine Sippe, einen von ihnen um Hilfe bei der Auseinandersetzung mit einem aufmüpfigen Junior zu bitten.
Der Senior lehnte sich über das Geländer und erklärte unheilvoll: »Ein Mann, der einem Dieb hilft, ist schlimmer als ein Dieb, vor allem in diesen mageren Zeiten. Vergessen Sie nicht, daß Sie kein Pennelton sind, wenn Sie dieses Schiff in Bayo verlassen und für den Rest des Fünfjahres in Sicherheit schlafen, weil die ganze Küste zwischen uns liegt. Sie werden auf Ihrer Rückfahrt wieder hierher kommen, und wenn das geschieht, werde ich dafür sorgen, daß man Ihnen die Rangabzeichen von der Haut schält. Sie decken ein Verbrechen, das meiner Bruderschaft auf ihrem eigenen Terrain zugefügt wurde, und das ist in aller Augen ebenfalls ein Verbrechen. Es wird die Chesters eine Menge kosten, das wiedergutzumachen. Und Ihnen wird es sicherlich den Kopf kosten.
Denken Sie darüber nach, Junior, und fragen Sie sich: Wer sollte den Preis für einen Diebstahl zahlen – Sie oder die Diebe?«
»Viele Dinge liegen zwischen den Chesters und den 'Wares im argen. Vielleicht ist es Zeit, sie ein für allemal zu bereinigen. Dann werden wir erfahren, wer wem etwas schuldet.«
Ohne ein weiteres Wort wandte sich der Senior ab und schritt davon, hastig gefolgt von dem jungen Mann, der ihn begleitet hatte.
»Hau ab und flenn dich bei den Weibern aus«, knurrte Hak. Er schenkte Kelmz ein säuerliches Lächeln, stapfte in Richtung Windendeck und brüllte die Männer an, die dort herumstanden. Sie sprangen auf, eilten an die Winde und packten die Kurbel mit

ihren Seemannspranken, die von Stulpenhandschuhen geschützt wurden.
D Layo seufzte. »Nun, Captain«, bemerkte er, »ich schätze, ich muß Ihnen am Ende doch ein wenig Nützlichkeit bescheinigen.«

4

Kein Senior fuhr mit den Fähren, sah man von den seltenen Gelegenheiten ab, in denen sie sich ihnen als Passagiere anvertrauten. Als geschickte Verwalter (einige besaßen sogar einen legendären Ruf) blieben sie an Land und erledigten die organisatorischen Arbeiten. An Bord der Fähren waren die älteren Junioren für die Mannschaft, die Passagiere und die Fracht verantwortlich, solange sich die Schiffe auf See befanden. Der einäugige Hak war seit Beginn des Fünfjahres Kapitän der Küstenfähre.
Die Fähre selbst war ein umgebauter Flußdampfer, der den legendären, vor langer Zeit verlorengegangenen Ozeanbezwinger ersetzt hatte. Der Geschichte nach hatte ein Senior darauf bestanden, Waldläufer auf eine Seereise mitzunehmen, und einer von ihnen war verrückt geworden und hatte das Kabel durchgeschnitten, das das Schiff mit der Küste verband. Die Fähre war auf die leere Unendlichkeit des Meeres hinausgetrieben und nie wieder gesehen worden. Der größte Flußdampfer war daraufhin umgebaut worden, um seinen Platz einzunehmen, denn schon zu dieser Zeit war der Schiffsbau eine Kunst gewesen, die mit den Bäumen verschwunden war, von denen man die Haltfeste befreit hatte.
Natürlich gab es Sagen, nach denen die Schiffe der Ahnen von Feuer und geheimen und fremdartigen Substanzen angetrieben worden waren, die einen Mann töten konnten, wenn er sie berührte. Diese Legenden waren den Geschichten über die Maschinen vergleichbar, die sich mit Menschen an Bord in die Luft heben und große Entfernungen überbrücken konnten. Das war in den Tagen gewesen, als es noch soviel Metall auf der Welt gegeben hatte, daß man mächtige Maschinen bauen konnte.
In der Haltfeste wandten sich die Senioren, wenn Metall benötigt

wurde, an den Rat, der die Anforderung dann unter Umständen an die Stadt 'Troi weiterleitete. Nicht viele Bitten wurden erfüllt. Die Schmelzöfen von 'Troi konnten nur soviel Metallwaren produzieren, daß es kaum für das Fünfjahr reichte. Werkzeuge, Waffen und Ersatzteile für die wenigen Maschinen, die noch immer in Betrieb waren, besaßen Vorrang. Zusätzliche Arbeitszeit und Material wurde zumeist für Luxusgegenstände wie Juwelen verwendet, die sich nur die Senioren leisten konnten.

Die Fähren wurden von Maschinen angetrieben. Ingenieure aus 'Troi hatten ein System von Getrieben konstruiert, durch das die Kraft der Männer an der Winde verstärkt und auf rotierende Ruderblätter am Heck des Schiffes übertragen wurde. Daß man in Sichtweite des Landes blieb, wurde von dem langen Kabel garantiert, das von den Pylons über ein Rad führte, das auf dem Mitschiffsdeck installiert war. Die Konstruktion war langsam und schwerfällig, aber frei von den Gefahren schneller, ungesicherter Boote. Die Haltfeste konnte es sich nicht erlauben, eine weitere Fähre zu verlieren.

Alles, was von den Fähigkeiten eines Schiffers verlangt wurde, war, die Kessel zu flicken und sie mit Holz zu befeuern, das man aus der Wildnis heranschaffte. Jedes Stück des kostbaren Materials wurde poliert und von der Hand eines jeden Mannes in jeder Mannschaft zurechtgeschnitzt, bevor man es unter einer Zeremonie dem Feuer übergab. Die Namen der Männer, die sich in die leeren Länder jenseits der Grenzen der Haltfeste wagten, um Holz zu holen, fanden Eingang in die Lobeshymnen, die einzig und allein für die Fähren galten. Kam es zu einer Reparatur, war jeder Handgriff – wie fast alles, was die Fährmänner taten – Teil eines überlieferten Ritus, der dazu diente, die Ordnung unter den Fährschiffbesatzungen aufrechtzuerhalten, wie es sich für Männer gebührte, trotz ihrer Einsamkeit zwischen der leeren See und dem leeren Himmel.

Der gewaltige Leib der Küstenfähre wurde erhellt von Hängelampen und dem spärlichen Sonnenlicht, das durch die hoch angebrachten Luken drang. Die Luft war heiß, feucht und ständig mit dem Geruch von Schweiß, Lammin und Bier durchsetzt. Der Lärm brach nie ab.

Im Zentrum des Schiffsbauches befand sich der Spielring, ein Flecken Sand, auf dem die nie endenden Wettkämpfe und Spiele stattfanden, mit denen die Fährmänner ihre dienstfreien Stunden ausfüllten. Irgend etwas war immer im Spielring los und an den gekachelten Spielbrettern, die sich darum erstreckten. Jeder Wettkampf zog einen Schwarm brüllender Zuschauer an.

Weiter vorn hantierte der schwitzende Smutje mit Töpfen und Pfannen an den metallenen, Tag und Nacht brennenden Feuerstellen. Achtern, hinter dem Laderaum und den nebeneinanderliegenden Hängematten der Mannschaft, betätigte sich stets jemand als Geschichtenerzähler und brüllte seine Mär dem Publikum entgegen, um den allgemeinen Lärm zu übertönen. Das gesamte Schiff vibrierte unablässig unter dem Rattern der Winde und der Schraubenblätter.

Die kupferne Haut der Fährmänner, die unter Deck Shorts oder überhaupt nichts trugen, erinnerte Kelmz an die Panzer von Insekten. Selbst die endlose Geschäftigkeit und der Krach kam ihm wie die Mimikry des sinnlosen Treibens jener seltsamen, winzigen Tiere aus den alten Zeiten vor.

Niemals zuvor hatte er für eine Reise den Wasserweg gewählt, sah man von den Fahrten auf den Schleppkähnen ab, im Schutz der Sonnensegel, die sich über das Deck spannten. Gewöhnlich zog er den Landweg vor, begleitet von zwei Waldläufern oder einem ganzen Verband. Auf der Fähre gab es keine Waldläufer, nichts war vertraut oder angenehm. Die Hitze machte ihn benommen; durch die stickige Luft wurde ihm schlecht; das ständige Rollen und Stampfen kostete ihn mehrere Mahlzeiten. Es war unmöglich, in dem Lärm zu schlafen, aber er brauchte auch nicht viel Schlaf, da er wenig zu tun hatte, und er aß nur sehr wenig.

Die Mahlzeiten – die ebenso mager ausfielen wie überall am Tisch der Junioren – bestanden gleichbleibend aus Algeneintopf mit Brocken aus dem Stärkemehl der Hanfwurzeln, die man Taydo nannte, dünnen Scheiben Hanfkornbrot, beschmiert mit Planktonmarmelade, und dünnem Bier, um alles hinunterzuspülen. Die einzige Abwechslung war hin und wieder frischer Salat aus dem Lammin, das d Layo bei seiner Ankunft an Bord dem Smutje übergeben hatte. Durch dieses Geschenk hatte er gleich zu Beginn Freunde gewonnen.

Seine begeisterte Teilnahme an den Wettkämpfen im Spielring hatte diese Freundschaften vertieft. Als DunkelTräumer und Gesetzloser lebte er außerhalb des Systems aus Arbeits- und Spielpunkten, so daß er sich seine Gewinne in bar auszahlen ließ. An sich hätte er dadurch Schwierigkeiten bekommen müssen, denn Junioren waren immer knapp an Barem, ihrem einzigen Mittel, um sich neben dem von den Bruderschaften garantierten Unterhalt hin und wieder etwas Besonderes leisten zu können. Dennoch gelang es d Layo scheinbar mühelos, so beliebt unter den jungen Chesters zu werden, daß er ihr privates Statussystem beeinflußte.

Offiziell wurde anhand der Arbeitspunkte jedes Fünfjahr der Anteil einer Bruderschaft am gesamten Haushalt errechnet, wogegen die Spielpunkte in einen bestimmten Barbetrag zur individuellen Verwendung der Junioren umgewandelt wurden. Aber untereinander wetteiferten die jungen Männer darum, wer die meisten Narben besaß. Begonnen hatte dies mit der trotzigen Bewunderung für die Male, die man nach körperlichen Züchtigungen zurückbehielt. Inzwischen griff der Rat zu subtileren Mitteln, um die Disziplin aufrechtzuerhalten, doch die Junioren der Haltfeste hatten eine geheime Rangordnung entwickelt, die nicht nur auf den Ergebnissen verbaler Auseinandersetzungen, sondern auf den Narben beruhte, die man sich in Kämpfen zuzog. Es war selten, daß ein junger Mann keine Narben besaß, selbst wenn er sich dafür selber Wunden beibringen mußte.

Zu Kelmz' Überraschung hatte der DunkelTräumer unter seinem Gewand wenig zu bieten. Nur die bleichen Flecken der Rangtätowierung, die durch Säure entfernt worden war, und einige verblaßte Wundmale, die zu vergrößern oder aufzufrischen er sich keine Mühe gab. Seine glatte Haut hätte d Layo Nachteile erbringen müssen, aber etwas an seiner Art und seinem beeindruckenden Auftreten bei den Spielen der Fährmänner verwandelte dies in einen Vorteil. Binnen weniger Tage nach der Abfahrt von Lammintown wurde es auf der Fähre Mode, seine Narben bescheiden unter einem Hemd zu verbergen. Nach der Theorie, daß ein Mann, der bereit war, seinen Mut jederzeit unter Beweis zu stellen, keine Veranlassung hatte, die Zeugnisse vergangener Tapferkeit zu entblößen.

Gleichzeitig, denn d Layo trug keine Juwelen, sondern nur sein Manna-Armband, legten die jüngeren Fährmänner bald ihre teuren Keramikohrringe, Anhänger, Fußkettchen und Ziergürtel ab. D Layo schrieb diese Veränderungen spöttisch Kelmz' Einfluß und nicht seinem eigenen Beispiel zu.

Aus beruflichen Gründen lehnte der Captain Schmuck ab. Er trug weiter sein geflicktes und fadenscheiniges Gewand und schonte seine Uniform. Es war nicht die Art eines Waldläufers, seinen Körper wie ein prahlerischer Junge zu entblößen. Kelmz hoffte, daß ihm die Anonymität seiner einfachen Kleidung helfen würde, die Reise in stiller Abgeschiedenheit hinter sich zu bringen.

Nun, als er am nächsten Morgen aus einem unruhigen Schlummer erwachte, wartete ein knochiger, sommersprossiger Bursche mit angeberisch zur Schau gestellten Narben an Brust und Armen schweigend neben seiner Hängematte. Der Junior bat höflich, Captain Kelmz möge sich doch zu der Gruppe im Geschichtenwinkel gesellen. Sobald sich Kelmz aus Höflichkeit einverstanden erklärt hatte, fand er sich in einem Ritual gefangen, das sich – zu seinem Erstaunen – jeden Tag wiederholte.

Die jungen Männer lobten ihn. Wenn man ihnen glauben wollte, dann war Kelmz stark, begabt, tüchtig, loyal, mutig, ehrlich und ... und ... und ... bis er nicht mehr wußte, ob sie nun das mythische Ideal männlicher Eigenschaften beschreiben oder ihn zum Narren halten wollten. Er saß bei ihnen, die faltigen Wangen leicht gerötet, die großen Hände gefaltet, bis er die Bewunderung, die aus ihren leuchtenden Gesichtern sprach, nicht mehr ertragen konnte. Wenn er sich schließlich erheben und fortgehen wollte, sagte jemand: »Würde der Captain von dem Tag erzählen, an dem zwei Waldläufer verrückt wurden und ihn auf der Dammstraße nahe der Alten Stadt angegriffen haben?« Oder sie wollten von

dem Kampf mit dem Brij in den Brauereien der Stadt hören, von einem Duell auf der Straße der Ehre in Lammintown, oder wie er seinen Freund Danzer, der schwer verwundet gewesen war, acht Kilometer auf dem eigenen Rücken getragen hatte.
Diese Burschen kannten Kelmz' Leben besser als er selbst, und schamlos quetschten sie ihn über Dinge aus, die er zu vergessen vorgezogen hätte. Der Brauch verlangte, daß ein Mann keine Geschichte für sich behalten durfte, die er kannte, und er beim nächsten Mal wiederkommen und sie beenden mußte, falls er bei einer unterbrochen worden war. Und Kelmz' Geschichten wurden immer unterbrochen.
D Layo behauptete, einige der Chester, die normalerweise Geschichten erzählten, seien wütend, weil Kelmz ihnen das Publikum stahl. Kelmz erwiderte, er verstünde nicht, wieso die jungen Männer soviel über ihn wußten.
Der DunkelTräumer lachte. »Kelmz, Sie sind ein Einfaltspinsel. Haben Sie sich eigentlich schon jemals um etwas anderes als um Ihre Waldläufer gekümmert? Mann, Sie sind eine lebende Legende, und diesmal sind keine Senioren in der Nähe, um die Gefühle der jungen Männer zu überwachen. Was glauben Sie eigentlich, wie die Burschen einen berühmten Kämpfer sehen, der an seinem Juniorstatus und seinen traumberauschten Waldläufern klebt und sich weder dem Brauch noch irgendwelchem Druck beugt?«
»Sie wissen nicht das geringste davon«, brummte Kelmz und weigerte sich, das Thema zu vertiefen. Er hatte das Gefühl, unverdienterweise den Respekt der jungen Chester gewonnen zu haben.
Die Lage wurde ernst, als der sommersprossige Junge eines Morgens mit einem vergoldeten Ohrring erschien, den er dem Captain als Geschenk aufnötigte. Dann bat er um eine Geschichte, die zu einer Reihe »Liebesabenteuer« gehörte. Kelmz machte sich keine Sorgen um die Eifersucht des früheren Freundes des Jungen, einem älteren Junioren, der in den letzten Tagen vor allem durch seinen mürrischen Gesichtsausdruck hervorstach, aber er war überzeugt, daß er kein Recht besaß, den jungen Chester aus der

Gemeinschaft seiner Bruderschaft und Altersgruppe herauszureißen. Obwohl Kelmz kein offizieller Senior war und nicht den Mantel trug, war der sommersprossige Bursche biologisch ein Mitglied der Junioren. Das angemessene Verhalten, das ein älterer Mann einem jüngeren entgegenbringen mußte, war kritisches Interesse und nicht Lust. Kelmz hatte nicht die Absicht, dem Laster der Jungenliebe zu verfallen. Zudem hatte Kelmz nach den Jahren mit Danzer sich daran gewöhnt, engere Beziehungen zu anderen Männern zu vermeiden.

Er zog sich zurück. Er ging hinauf an Deck, wo er den Endhelfer an der Reling traf.

Der Endhelfer verbrachte dort die Tagesstunden allein, über ihm der leere Himmel und unter ihm die Unergründlichkeit des Meeres, und nichts als die vorbeigleitende Küstenlinie, an der das Auge Halt fand. Er drehte sogar den singenden Fährmännern an der Winde den Rücken zu, als ob ihm die Einsamkeit im Freien tatsächlich gefallen würde. Wind und Sonne hatten ihn mild gebräunt. Seine Augen waren noch immer die bleichen Fenster in der frostigen Maske seines Gesichtes.

Kelmz nickte ihm grüßend zu, der Gruß wurde knapp erwidert. Dann lehnte er sich in einigem Abstand über die verwitterte Reling. Er betrachtete das Wasser, das unter ihm vorbeiströmte. Das war ein Fehler.

Der Anblick der wogenden Meeresoberfläche, in dessen Tiefen nichts mehr lebte, rief ihm jene entsetzlichen Geschichten ins Gedächtnis zurück, die er im Unterricht im Jungenhaus gehört hatte und an die sich kein Mann erinnern, geschweige denn, sie sich in allen Einzelheiten ausmalen sollte. Häusergroße Fische, die Schiffe verschlangen, vielbeinige, aufgedunsene Ungeheuer, die am Meeresgrund krabbelten und die Leiber der ertrunkenen Männer fraßen ... Kelmz schloß die Augen und drehte das Gesicht dem läuternden Licht der Sonne entgegen.

Glücklicherweise sichteten sie an diesem Nachmittag das hohe Sumpfgras, das zwischen Bayo und der Küste wuchs. Und genau an diesem Tag wurde der Endhelfer erkannt.

Verantwortlich dafür war der sommersprossige Junge und dessen

Freund, der ständig stichelte und einige Chester, die gleichaltrig mit d Layo und dem Endhelfer waren, dazu veranlaßte, sich Gedanken über den Begleiter des DunkelTräumers zu machen. Als Kelmz und der Endhelfer zum Abendessen unter Deck gingen, gerieten sie in eine Versammlung. Hak sprach hitzig auf die zusammengeströmten Männer ein, während jene, die die Krise ausgelöst hatten, in einer Gruppe zu seiner Rechten standen, angeführt von dem Junior mit dem mürrischen Gesicht und dem sommersprossigen Burschen.

Hak erklärte, daß er aufgrund von Kelmz' Ruf und seiner natürlichen Sympathie für jeden jungen Mann, der Ärger mit den Senioren hatte, die Fremden an Bord der Fähre genommen und ihnen sicheres Geleit versprochen hätte. Er hatte nicht damit gerechnet, daß sich einer der Flüchtlinge als ein ausgestoßener Endhelfer entpuppen würde.

D Layo richtete sich auf, klopfte Sand von seiner Brust und seinen Armen. Obwohl seine Haut mit roten Flecken übersät war, die er sich bei einem Wettkampf im Spielring zugezogen hatte, wirkte er gelassen und warf mit ungläubig klingender Stimme ein: »Lassen wir doch die Frage nach der Identität für einen Moment beiseite – wird hier etwa ernsthaft vorgeschlagen, daß diese jungen Chester sich weigern sollen, anderen jungen Männern zu helfen ... oder wollt ihr sie vielleicht sogar gegen Bares an die Mantelgockel ausliefern?«

Die Zuhörer rissen die Augen auf. Junge Männer belegten die Senioren manchmal mit diesem Spottnamen und meinten damit, der Mantel sei das einzige, womit ein alter Mann noch protzen konnte.

Der Junior mit dem mürrischen Gesicht entgegnete: »Wenn es eine Belohnung gibt, warum nicht? Nicht jeden Tag hat ein Mann die Möglichkeit, seine männliche Pflicht zu erfüllen und dafür auch noch gut bezahlt zu werden.«

In diesem Moment bemerkte jemand die beiden Neuankömmlinge, und ein Schrei ertönte: »Da ist der Kerl!«

Hak rief: »Bist du Eykar Bek, Endhelfer von Wegend?«

Und der Endhelfer antwortete: »Ja.«

»O Jesus«, stieß Kelmz voller Verärgerung hervor. Ihr Leben so einfach wegzuwerfen war ein Verbrechen. Er legte seine Hand an den Griff des Messers.
»Dann muß etwas geschehen«, grollte Hak. »Ich weiß, wem die Schuld jener hier aufgebürdet wird, wenn dieses Fünfjahr endet und die Arbeitspunkte und die Spielpunkte, die unsere Bruderschaft gesammelt hat, vom Rat für ungültig erklärt werden, weil wir einen abtrünnigen Endhelfer unterstützt haben. Viel wird man uns dann nicht mehr lassen. Der Rat wird nach Gründen suchen, um die Zuteilungen zu kürzen, wo er kann.«
Gemurmel brandete bei diesen Worten auf. Die Chesters warfen den Außenseitern finstere Blicke zu oder sahen zu Boden und vermieden es, ihnen in die Augen zu schauen.
D Layo lächelte.
»Brüder«, rief er und trat mit unvermuteter Anmut einen Schritt nach vorn. »Ich habe euch eine Geschichte zu erzählen. Hört mir zu!«

5

Bei diesen Worten nahm er die Pose der Geschichtenerzähler ein und erhielt damit auch das Recht zu sprechen.
»Einige Jahre nachdem meine Lehrzeit begonnen hatte«, begann er, »wurde ein bestimmter Junge in meine Klasse versetzt. Jeder redete über ihn. Nicht, weil er klug und seinen Altersgenossen weit voraus, sondern weil er auf andere Weise etwas Besonderes war: Er kannte den Namen seines Vaters, und sein Vater kannte ihn.«
Sie stöhnten auf. Er hatte sie mit seiner Erzählung gepackt. Keiner von diesen jungen Männern hatte die größte Furcht seiner Jugendzeit vergessen, sein Vater könnte ihn auf irgendeine Art erkennen und vernichten. Es gab einige bekannte Fälle in der Geschichte, in denen Senioren für den Tod mehrerer Jungen gesorgt hatten, weil sie sie für ihre eigenen Söhne hielten. Dies war der Grund für die Unsicherheit, die jeden Jungen erfüllte,

sobald er die natürliche Feindschaft zwischen den Generationen begriff. Diese Unsicherheit waren sie nie losgeworden.
Außerdem ergab es einen Sinn. Söhne, die frisch aus den Bäuchen der Weiber kamen, waren von der Zerstörungslust vergiftet, die ihre Mütter prägte. Deshalb waren sie gefährlich. Für Väter war es natürlich, sich vor den unfreiwilligen, irrationalen Angriffen ihrer Söhne zu schützen, indem sie zuerst zuschlugen.
Andererseits benötigte die Haltfeste diese Söhne, damit sie lang genug lebten, um das Weibergift auszuscheiden und die Stelle der reifen Männer einzunehmen. Dies war der Grund für die Existenz des Jungenhauses und die Rechtfertigung für die Strenge, der das Leben seiner Bewohner unterworfen war. Die Regeln waren hart und dienten nicht nur dazu, das unmännliche Erbe so rasch wie möglich auszulöschen, sondern auch dem Schutz der Jungen vor dem gerechten Zorn ihrer Väter.
Es hatte Zeiten gegeben, in denen erwachsene Männer tödliche Überfälle auf jeden Jungen oder jede Jungengruppe unternommen hatten, deren sie habhaft werden konnten. Dieser Sport hatte als Mahnung gedient, daß die Männer niemals die Mißgeburten vergessen sollten, die Söhne der Ahnen, die sich während der Verheerung gegen ihre Väter gewandt und für ihren Verrat mit dem Leben gezahlt hatten. Jetzt fanden keine Überfälle mehr statt. Das Jungenhaus schützte die Jungen und damit auch die Zukunft. Hier wurden ihre Seelen hart gemacht, damit aus ihnen die Seelen von Männern wurden.
Später waren die Männer dann alt genug, um sich fortzupflanzen und in den Gesichtern der Jungen danach zu forschen, ob einer davon Ähnlichkeit mit ihnen selbst besaß. Aber niemand vergaß die Zeit, die er selbst hinter den Mauern des Jungenhauses verbracht hatte, in der anonymen Menge seiner Altersgenossen.
Die jungen Chesters duckten sich an ihren Plätzen, als sie an den Jungen dachten, der den Namen seines Vaters gekannt und dessen Vater davon gewußt hatte.
»Nun, wie konnte das geschehen?« fragte d Layo. »Es verstößt gegen das Gesetz der Generationen. Dieser Mann – der Vater –, ein Tekkan aus Lammintown namens Raff Maggomas, entführte

ein Weib in der ersten Nacht ihrer Hitze aus den Zuchtkammern Tekkans und nahm sie mit sich zu einem geheimen Ort, bis sie sich wieder abgekühlt hatte. Er zeichnete ihren Hals, direkt im Genick unter dem Haaransatz, mit blauer Rangfarbe« – die Chesters zischten vor Empörung, als sie das hörten – »und brachte sie dann unerkannt zurück. In der Zeit, in der Maggomas sie bei sich behalten hatte, war von niemand bemerkt worden, daß ein kaltes Weib ihren Platz in den Zuchtkammern eingenommen hatte, denn ein Weib sieht fast wie das andere aus. Dieser Maggomas besaß eine hohe Stellung und genug Verbindungen, um seine Tat auszuführen.

Später sorgte er dafür, daß er in der Stadt war, als dieses Weib ins Krankenhaus geschickt wurde, um ihr Junges zu werfen. Nun, was meint ihr, was wohl geschehen wäre, hätte diese Hure ein kleines Weib geworfen?«

Gelächter. Jemand rief: »Er wäre dann schneller nach Hause zurückgekehrt, als er gekommen war!«

»Da ihr mich fragt, werde ich es euch verraten«, fuhr d Layo fort. Er war talentiert, und er setzte sein Mienenspiel und seine Gesten ein, um die Zuhörer zu bannen und ihnen köstliche Abscheu angesichts der unnatürlichen Begebenheiten zu vermitteln, von denen er berichtete. »Maggomas besaß einen Komplizen im Krankenhaus, und dieser Mann markierte das Junge mit genau jenem blauen Zeichen, das sich am Hals des Weibes befand, das es geworfen hatte. Als sich Maggomas dann am nächsten Tag ins Jungenhaus schlich, fand er das gekennzeichnete Balg und las den Namen, den die Lehrer auf dessen Erkennungsmarke eingraviert hatten.

Aber einen Komplizen zu besitzen bedeutet, Geheimnisse zu teilen, und ihr kennt alle das Geschwätz der Mantelgockel, wenn sie herumhocken, sich die müden alten Füße am Herdfeuer wärmen und Tag und Nacht dem Nichtstun frönen. Einige Jahre später wurde alles bekannt.

Zu dieser Zeit konnte nichts bewiesen werden, und es gab noch immer die Möglichkeit, daß irgendein junger Kerl das Gerücht verbreitet hatte, um Maggomas aus privaten Gründen eins auszuwischen.« Zustimmendes Nicken bei den jungen Chesters, die mit derartigen privaten Gründen vertraut waren. »Maggomas selbst hatte zu diesem Thema nichts zu sagen, obwohl ich bezweifle, daß man ihn jemals offen darauf angesprochen hat. Er war selbst ein Senior, und unter ihresgleichen sind sie so standesbewußt und höflich, daß sie nicht einmal Worte besitzen, um eine derartige Frage zu formulieren. So wurde das Weib verdächtigt, einen Mann dazu behext zu haben, das Gesetz der Generationen zu brechen. Sie wurde verbrannt, und der Rat beließ es dabei.

Nun denkt ein wenig über den Sohn nach, Eykar Bek. Da war er also, sich bewußt, daß ihn etwas von seinen Altersgenossen trennte, und er grübelte darüber nach, was es wohl sein mochte. Als ihm die Gerüchte zugetragen wurden, hörte er den Namen seines Vaters zum erstenmal. Stellt euch vor, mit diesem Wissen leben zu müssen, auf die Schritte eines Mörders in der Nacht zu lauschen, die Gesichter der Lehrer zu erforschen, ob einer von ihnen vielleicht bezahlt worden war, die Tat für Maggomas zu verüben...

Nun, falls solche Pläne geschmiedet wurden, so kamen sie niemals zur Ausführung. Dafür entwickelte sich eine unglückliche Freundschaft zwischen Eykar Bek und einem anderen Jungen – einem bösen Jungen, einem Burschen von deutlich korruptem Charakter, einem Jungen, der zweifellos dazu verdammt war, ein DunkelTräumer zu werden.«

D Layo verneigte sich spöttisch, und einige der Chesters applaudierten.

»Nun, was glaubt ihr, was aus dieser Verbindung entstand? Natürlich Ärger, wie jeder Narr vorhersehen konnte. Die Neugier trieb den schlechten Jungen dazu, die Kunst des DunkelTräumens zu studieren. Er verführte Eykar Bek ebenfalls dazu. Sie wurden entdeckt und dafür bestraft. Einer der Jungen wurde zum Sterben in die Wildnis gejagt. Der andere – zufällig der Sohn des Raff Maggomas – wurde nach Wegend verbannt, um Endhelfer zu werden, obwohl er noch nicht einmal in die Reihen der Junioren aufgenommen worden war.«

Plötzlich schoß d Layos Arm nach vorn. »Und dort steht er. Jetzt, wo er unter euch weilt, könnt ihr ihn fragen, warum er die ihm zugewiesenen Pflichten nicht erfüllt hat. Fragt ihn, warum er eine Horde nach Krankheit riechender Grauköpfe (und vielleicht ein paar junge Kerle mit vernebeltem Geist darunter) abgewiesen und es einem anderen – oder keinem – überlassen hat, in Zukunft das Todes-Manna zu brauen. Fragt ihn, wohin er geht und wen er sucht und was er vorhat, wenn er den Betreffenden findet!«

Der Junior mit dem mürrischen Gesicht nagte an seinem Daumennagel und sagte nichts. Alle schwiegen. Alle starrten den Endhelfer an.

Kelmz hörte, wie Bek sich heiser räusperte, bevor er das Wort ergriff. »Ich habe eine Frage an Raff Maggomas.«

»Nur eine Frage?« rief einer der Chesters. Es war kein Scherz, niemand lachte.

Ein anderer schrie: »Warum hat er dich nicht getötet?«

»Hast du irgendwelche Blutsbrüder, von denen du sicher weißt, daß sie es sind?«

»Meine Frage«, fuhr der Endhelfer fort und übertönte ihr aufgeregtes Gemurmel, »lautet: Ich will wissen, warum ich von jenen getrennt wurde, die sonst meine Altersgenossen geworden wären. Ich möchte den Grund dafür erfahren, warum mein ganzes Leben von dem Schatten eines anderen Mannes, einer anderen Generation verfinstert wurde.«

Ein Junior erhob sich und sagte: »Ich habe eine Frage, die ich gerne stellen würde, solange du selbst Fragen stellst. Dieser Maggomas muß jetzt ein alter Mann sein, vielleicht kennt er deshalb die Antwort. Ich würde gern wissen, wie es dazu kommt, daß Senioren in Saus und Braus leben können, ohne etwas dafür zu tun, während wir Arbeiter uns mit den armseligen Rationen zufriedengeben müssen, die sie uns zuteilen. Das würde ich gerne wissen.« Er setzte sich wieder.

Andere Fragen folgten. Die Chester-Junioren fragten, was sie einem Senioren niemals ins Gesicht zu sagen gewagt hätten: Wie es dazu kam, daß die Mantelgockel das wirkungsvollste Manna zu sich nahmen, um in ihren Träumen voller Güte und Rechtschaffenheit zu sein, während sie nach dem Erwachen dann doch voller

Haß und Habsucht waren? Wie kam es, daß sie das eine sagten und das andere taten und unablässig die Junioren des Hungerbetrugs bezichtigten? Wieso maßen sie der Altersgrenze solche Wichtigkeit bei, um sie ihrer eigenen Lust zuliebe dann doch durchlässig zu machen? Warum wurde nie eine Forderung der jungen Männer erfüllt, solange nicht die Ratsherren sie unterstützten, deren Macht über das Leben der Junioren von furchteinflößender Vollkommenheit war? Warum bestimmten sie, daß ein junger Mann sein ganzes Leben lang einen Namen tragen mußte, den sich die Ratsherren in ihren Träumen ausgedacht hatten, obwohl er vielleicht den Wunsch haben mochte, sich nach einem Freund oder einem Helden zu nennen und so sein Andenken in Ehren zu halten?

Mit vor Wut heiseren Stimmen ereiferten sich die Chesters immer mehr und gaben dem Endhelfer keine Gelegenheit, seine Rede fortzusetzen. Er stand still da, mit eisigen Augen, wie die Personifizierung der kalten Wut in ihren Herzen.

Als die Erregung abzuklingen begann, machte Hak einen letzten Versuch: »Woher sollen wir wissen, daß uns dieser DunkelTräumer die Wahrheit gesagt hat?«

»Frage jemand, dem du vertraust«, konterte d Layo. Er nickte Kelmz zu. »Was hat der beste Kämpfer in der Haltfeste, der Mann, der seinen Mantel nicht nehmen wollte, dazu zu sagen?«

Kelmz räusperte sich und versicherte, daß seiner Meinung nach alles stimmte.

Die Chesters stimmten ein Gebrüll an und begannen begeistert zu klatschen. Hak beugte sich ihrer Entscheidung. Er versprach im Namen der Bruderschaft, alles zu tun, um das Vorhaben des Endhelfers zu erleichtern. Augenblicklich sagte d Layo, was er von ihnen erbat.

»Als sich die Gerüchte über Maggomas' schändliche Tat verbreiteten, verließ er die Tekkans und begab sich nach Bayo, und seitdem hat niemand etwas von ihm gehört. Wir können uns nicht an den Rat wenden und fragen, wo er ist, und die Männer in Bayo sind Penneltons, die erst seit diesem Fünfjahr dort weilen, deshalb werden auch sie nichts wissen. Aber vielleicht erinnern sich einige

der älteren Weiber in Bayo, und wir werden alles aus ihnen herausholen, was sie wissen – falls wir zu ihnen gelangen und uns privat mit ihnen unterhalten können. Wir brauchen eure Hilfe, um sicherzugehen, daß wir in Bayo nicht aufgehalten werden. Setzt uns ein Stück weiter nördlich an der Küste ab und fahrt dann weiter flußaufwärts und legt wie gewöhnlich in Bayo an. Wir werden durch die Sümpfe marschieren und versuchen, nach Einbruch der Dunkelheit in die Quartiere der Weiber einzudringen. Ihr braucht nichts weiter zu tun, als aus dem Abendessen in Bayo eine so alkoholselige, vergnügliche Angelegenheit zu machen, daß keiner von den Penneltons sich draußen herumtreibt, während wir versuchen, in das Weiberviertel einzudringen und mit den Weibern zu sprechen.
Danach sind wir wieder auf uns allein gestellt – aber je länger unser Besuch bei euch geheim bleibt, desto besser für uns und für euch.«
»Gemacht«, erklärte Hak sofort, bevor noch weitere Fragen gestellt werden konnten. »Gemacht!« riefen die Chester-Junioren. Jemand fügte hinzu: »Und ein DunkelTraum, um den Schwur zu besiegeln!« Eine Forderung, die von den anderen aufgegriffen wurde.
Fährmännern war es nur gestattet, zwischen den Fahrten zu träumen, und dann auch nur unter der Aufsicht ihrer Senioren. Jetzt, in ihrer Erregung, wagten sie es, gegen das Gebot zu verstoßen. Als sie erfuhren, daß d Layo nur Manna für einige wenige von ihnen besaß, stellten sie rasch eine Gruppe von acht Personen zusammen, die die Komplizenschaft der gesamten Mannschaft bei ihrer spontanen Gesetzlosigkeit symbolisieren sollten. Der Junior mit dem mürrischen Gesicht und der sommersprossige Bursche gehörten dazu.
Für die anderen ließ Hak einige Fässer Bier öffnen und zum mageren Abendbrot ausschenken. Gegen Ende der Fahrt wurden die Vorräte immer knapp, und die einzigen Fährmänner, die sich heute nacht dem Hunger entziehen konnten, waren jene Glücklichen, die an dem Traum teilnehmen sollten. Einige der begabteren Sänger unter der Mannschaft versammelten sich um den

Spielring und improvisierten Lieder und obszöne Pantomimen, eine willkommene Ablenkung für die anderen.
Hak war ein guter Kapitän; er wußte, wie er seine Leute zusammenhalten konnte. Kelmz schämte sich wegen d Layos theatralischem Auftritt, und er hoffte, daß der einäugige Fährmann am Ende nicht für all das büßen mußte. Für einen Mann, der selbst keine Verantwortung trug, war d Layo sehr geschickt darin, jene zu manipulieren, auf deren Schultern sie lastete.
Die Traumgruppe begab sich in den Geschichtenwinkel und hängte Matten an die Decke, um allein für sich zu sein. Ein Fährmann brachte einen Krug Bier und einige rohgetöpferte Becher auf einem Tablett, ein anderer besorgte einen Schneebesen aus Strohhalmen, die von einer Schnur zusammengehalten wurden. D Layo kauerte sich neben einem Kohlebecken nieder und erhitzte das Bier, ohne sich mit den Vorbereitungshymnen aufzuhalten. Die anderen, die in einem Kreis um ihn herumsaßen, begannen die Dankeshymne zu murmeln, die die Segnungen des Hanfes pries: Er lieferte Fasern, damit sich der Mann kleiden konnte, Nahrung für seinen Leib und Manna für die Träume seiner Seele. Der Junior mit dem mürrischen Gesicht schwitzte heftig und stotterte jedesmal, wenn er den Refrain intonierte.
Es war, dachte Kelmz, als ob er sich dafür entschuldigte, daß er träumen wollte.
D Layo benutzte den übereinandergeschlagenen Saum seines Hemdes, um den heißen Griff des Kruges zu berühren. Ein süßer Duft stieg auf, als er das Pulver aus den hohlen Gliedern seines Armbandes in die dampfende Flüssigkeit rieseln ließ. Er goß die Becher voll, bevor er von jedem den zeremoniellen ersten Schluck nahm.
Ein Mann konnte sich an die Rituale gewöhnen, vor allem, wenn er (wie Kelmz) sich zumeist als Traumspender für die Waldläufer betätigte, die in dieser Hinsicht vollkommen von ihm abhängig waren. Die Befehlshymnen, die die Träume der Waldläufer begleiteten, gingen Kelmz nicht aus dem Kopf. Er warf dem Endhelfer einen Blick zu, aber Beks Gesicht war undurchdringlich.

Natürlich war es absurd anzunehmen, daß auch er davon berührt wurde. Die Träume, die er verteilt hatte, waren immer tödlich gewesen. Er konnte nur schwerlich sein Dienstarmband mit einem anderen Gefühl als Erleichterung abgelegt haben.
D Layo begann die Becher zu verteilen. Bek lehnte mit einem wortlosen Kopfschütteln ab, und niemand kümmerte sich darum, aber als Kelmz zögerte, da bemerkte er, wie ihn mehrere der Fährmänner ängstlich ansahen. Wahrscheinlich hatten sie noch nie einen DunkelTraum erlebt. Sie vertrauten Kelmz' Urteilsvermögen und warteten darauf, daß er trank.
Dies würde nicht das erste Mal sein, daß Kelmz sich dem DunkelTraum hingab. Er hatte, zusammen mit befreundeten Offizieren, ein- oder zweimal an einer derartigen Zeremonie teilgenommen, wenn auch ohne große Wirkung gespürt zu haben. Das war noch vor jenem Zeitpunkt gewesen, als er begonnen hatte, Tiere zu sehen, ein Phänomen, das plötzlich auftauchte, nachdem ein verrückter Waldläufer Danzer die Kehle durchgeschnitten hatte und der Freund gestorben war. Seitdem hatte Kelmz auf weitere DunkelTräume verzichtet. Die Visionen, die ihn im Wachzustand plagten, genügten ihm vollauf.
Jetzt starrte er in den Becher, wärmte seine Hände an der glasierten Oberfläche und dachte: Warum nicht? Er war ein Ausgestoßener unter Ausgestoßenen, sein gesetzestreues Leben lag hinter ihm. Er trank.
Das Manna-Bier schmeckte leimig. D Layo hatte sich nicht die Zeit genommen, es richtig zu mischen, dieser schlampige Halunke.
Die anderen tranken ebenfalls. Sie rückten enger zusammen und lauschten d Layo, der einen leisen Singsang angestimmt hatte.
Von einem Mann wurde erwartet, daß er eine Persönlichkeit war. Von ihm wurde erwartet, daß er seinen eigenen Weg beschritt und seine Seele mit einem jener Träume stärkte, die im Jungenhaus gelehrt wurden und die alle die gleichen heroischen Themen behandelten. Träume von siegreichen Schlachten gegen Ungeheuer, Träume von Macht und Wohlstand, den man zum Wohl der rangniedrigeren Männer verwendete, Träume von mannhafter Liebe und lebenslanger Loyalität, Träume von Mut und

Heldentaten – eine endlose Folge von grundlegenden männlichen Tugenden. Auf diese Weise konnte die Seele lernen, sich von den Fesseln des Fleisches zu befreien. Jeder Mann, als Herr über seine eigenen Träume, wählte jenen Traum, der seinen eigenen Bedürfnissen und Schwächen am meisten entgegenkam.

D Layo befahl ihnen, all das zu vergessen, und ihm die Kontrolle über die Träume zu überlassen. Er würde ihnen zeigen, wie köstlich es war, seine Seele zu öffnen und zu erkennen, wer man war, und nicht, wer man sein sollte. Es war aufrührerischer Unsinn, der die männliche Selbstbeherrschung und Disziplin untergrub, aber er verstand es, sie davon zu faszinieren.

»Laßt mich euch lehren«, murmelte d Layo, »eure Gedanken und eure Seele zu entspannen, das dunkle Innerste eures Selbst zu öffnen und zu befreien, was dort wohnt. Jede Seele ist vor einem DunkelTräumer gleich, und jede Seele ist einzigartig. Was ist eure Seele?«

Der tückische Reiz des DunkelTräumers beruhte teilweise auf dieser offenen Ablehnung der Hierarchie. D Layo führte sie in die Leere ihres versteckten Selbst, wo jedes verrückte Chaos möglich war. Er war geschickt und gehörte nicht zu jenen unfähigen Narren, denen Kelmz früher begegnet war. Sanft griff der DunkelTräumer nach dem Junior mit dem mürrischen Gesicht und bestärkte ihn in den zögernden Bewegungen seiner Glieder und dem unsicheren Zucken seiner Finger. Der Mann lächelte geziert und strich mit den Händen über seine Brust, seine Schenkel. Er duckte sich, er schmolz, er wurde zu einem Weib.

Angewidert wandte Kelmz den Blick ab. Er hatte gehofft, erkannte er, Tiere zu sehen – richtige Tiere, heißblütige, stechend riechende fremde Tiere – und nicht die erschütternde Verderbtheit anderer Männer.

Jetzt kümmerte sich d Layo um Hak. Und der einäugige Hak, Kapitän der Mannschaft der Küstenfähre, sackte vornüber und krümmte sich auf dem Boden, versuchte, unsichtbare Tritte und Schläge abzuwehren, jammerte. Der DunkelTräumer schien um ihn zu tanzen, die Darbietung des Fährmanns durch eine Berührung, ein Flüstern, ein Zupfen am Ärmel zu vervollkommnen.

Kelmz begann zu zittern.
Er konnte nicht die Absicht des aufrecht daherschreitenden Wesens erkennen, das sich ihm näherte, an ihm schnüffelte, ihn mit heißem, sanftem Griff packte. Panikerfüllt wich er zurück, wollte fliehen, doch etwas hielt ihn auf. Er schlug um sich. Das Wesen glitt zur Seite und zurück. Allein, eingesperrt, kniff er die Augen zusammen und wandte sein Gesicht von der hellen, flammenden Hitze und dem Brandgeruch ab. Heftige Furcht erfüllte ihn. Er schwankte hin und her und schnüffelte, suchte nach einem vertrauten Geruch. Es gab keinen.
Ein Laut bahnte sich den Weg in seine Kehle, ein Wimmern. Er verlagerte sein Gewicht von einer Schulter auf die andere und winselte seine Verzweiflung und Einsamkeit hinaus, doch niemand antwortete ihm.

Es war Tag. Dicht neben ihm schlief ein Mann, die Glieder ausgestreckt, schnarchend. Ein anderer hatte sich unter einem Haufen Wollmatten vergraben, so daß nur noch sein Gesäß sichtbar war.
»Stehen Sie auf, Captain«, befahl der Endhelfer.
Er hatte das Recht, diesen Befehl zu erteilen, obwohl er nur ein Junior war. Blinzelnd erhob sich Kelmz.
»Sonnenfeuer!« krächzte er. »Ich war ein Tier!«
D Layo lachte. »Schau ihn dir an, er ist ganz verlegen, weil sein Geheimnis entdeckt ist. Was für ein Geheimnis! Jeder Mann, den ich kenne, träumt sich ein Fell oder ein Federkleid, wenn er die Möglichkeit dazu hat!«

SERVAN D LAYO

6

Servan war voll bis zu den Haarspitzen. Jeder Manna-Genuß war für ihn ein schönes Spiel; die Wirkung auf ihn ließ sich aber nie genau vorhersagen. Wenn es seine Stimmung erhöhte, war er der Sieger. Er schüttelte das leere Kettenband an seinem Arm, während er weiterging. Er würde sich einen neuen Vorrat von diesem guten Stoff zulegen müssen, nachdem er alles, was er besaß, an dieses dumme Lumpenpack von der Fähre verschwendet hatte.

Die Fährmänner hatten sie gegen Mittag abgesetzt. Die drei Männer marschierten im ruhigen, warmen Licht des Nachmittags durch die Sümpfe. Der Fußmarsch gab ihnen Gelegenheit, sich von den Nachwirkungen der Träume zu erholen. Insbesondere Kelmz hatte dies nötig. Er war in finsterer, verwirrter Stimmung und schritt ein wenig abseits von den beiden anderen Männern durch den Morast.

Was Servan betraf, so war er noch immer von Euphorie erfüllt, aber trotz seines Rausches war er erfahren genug, um wach zu bleiben und sich normal zu bewegen. Daß ihr Ziel das Weiberzentrum der gesamten Haltfeste war, verstärkte seine gute Laune. Er hatte schon immer vorgehabt, Bayo zu besuchen, um die Lücke zu schließen, die in seinen beruflichen Kenntnissen klaffte – wie er seinen Begleitern mehrere Male erklärte, wenn er eine Pause zwischen seinen Liedern einlegte. In seinem Kopf jubilierte ein Lobeslied auf sein Glück, aus Liederfetzen zusammengewürfelt, die er verschiedenen, durch seine Hände gegangenen Weibern abgelauscht hatte. Völlig unfähig, selbst eine Melodie zu erfinden, hatte er einen Teil seines Lebens damit verbracht, der Musik anderer Menschen nachzujagen. Inzwischen war diese Manie gewichen, doch er hatte eine Menge gelernt und sang noch immer sehr gern, wenn auch recht unmelodisch. Allerdings besaß er noch

eine andere Manie, und zwar Eykar zu ärgern. Daß sein Gesang Eykar ärgerte, wußte er sehr genau.
Außer ihnen gab es niemand, der ihn hören konnte. Das Sumpfgras wucherte ungehemmt und mannshoch und bedeckte den salzigen Morast. Die Weiber von Bayo, die das Gras ernteten, weil man es zum Flechten benötigte, konnte man schon kilometerweit an ihren Arbeitsliedern hören, aber jetzt waren die Stoppelfelder und die Dickichte verlassen.
Der Boden war sumpfig, aber Servan gefiel das Schmatzen und Rascheln, das sie bei ihrem Marsch zwischen den hohen, gelben Stengeln erzeugten. Streifen aus Licht und Schatten zogen sich über ihre Haut und ihre Kleidung, so daß es in manchen träumerischen Momenten schien, als ob sie sich unter Wasser bewegten. Das Sonnenlicht stach schräg durch das gewellte Grasmeer; sie mußte schon ein tüchtiges Stück Weges zurückgelegt haben. Er hatte es nicht bemerkt.
Bald vernahmen sie die Klänge der Flöten von Bayo, von denen es hieß, daß sie so unaufhörlich pfiffen wie die Hörner in Lammintown tuteten. Wenn man einem Lied Glauben schenken wollte, dann atmeten die Flötisten bei jedem Luftholen die Geister toter Weiber ein, und jene Geisterstimmen sollten den Instrumenten ihren traurigen Klang verleihen. Ein interessanter Einfall. Servan war begierig darauf, den Weibern auf jenem Gebiet zu begegnen, das als ihre Heimat galt.
Bayo hatte als kleiner Außenposten der Stadt angefangen, die sechzig Kilometer weiter landeinwärts lag. Die Niederungen zwischen der Stadt und der Mündung des südlichen Flußarms war hervorragend für den Anbau von Laver geeignet. Diese Süßwasserpflanze, die nicht nur wohlschmeckend, sondern auch nahrhaft war, gedieh am besten in nährstoffreichen, seichten Gewässern. So war der Südarm des Flusses zu Weihern gestaut worden, in die man die Abwässer der Stadt leitete. Dann hatte man eine Dammstraße gebaut, die von der Stadt, an den Weihern vorbei und bis nach Bayo reichte. Schließlich hatte sich Bayo selbst verändert und war größer geworden, um den Zustrom an weiblichen Arbeitskräften aufzunehmen und jene Bruderschaften zu beher-

bergen, die turnusmäßig die Beaufsichtigung der Weiber übernahmen.
Seewärts von dem goldenen Gras umgeben, erstreckten sich die bogenförmig geschwungenen Häuserreihen von Bayo massig und schmucklos zwischen den südlichen Ausläufern der Staubecken und der Mündung des Flusses, wo die Fähre anlegte. Die Mauern Bayos bestanden aus Lehmziegeln, die gebrannt worden waren, um dem Sommerregen zu widerstehen. Alle Gebäude waren auf einem Ziegelunterbau errichtet worden, der von den Lagerhäusern am Hafen schräg ansteigend bis zur anderen Spitze des Halbmondes reichte, wo die pyramidenförmigen Bauten der Männer alles andere überragten. Die Quartiere der Weiber lagen im Zentrum des sichelförmigen Bogens.
An diesem Abend drangen von den durch zahlreiche Fenster aufgelockerten Gebäuden der Männer das fröhliche Trillern der Flöten und Trommelwirbel, die noch vom Stampfen tanzender Füße verstärkt wurden. Das Begrüßungsfest der Penneltons für die Fährmänner war in vollem Gang. Hoffentlich würden die Chesters das Geheimnis ihrer Zusammenarbeit mit den Flüchtlingen noch einige Stunden für sich behalten.
Die drei Männer kauerten im hohen Gras nieder, erschöpft und bis zu den Knien im Morast des Sumpfes versunken. Ein unangenehmer Geruch hing in der Luft und überlagerte sogar das naßkalte Salzaroma der Sümpfe. Wahrscheinlich hatte der Geruch mit den Abgaswolken aus den Schornsteinen zu tun, die sich auf den Dächern der Gebäude nahe der Lagerhäuser erhoben. Es mußte sich dabei um Werkstätten handeln, in die man leicht eindringen konnte, falls man an den Wächtern vorbeikam.
Sechs Waldläufer patrouillierten auf der erleuchteten Wehr, die dem Innenbogen des Halbmondes folgte. Nach Servans Meinung wurden die Waldläufer als Kämpfer weit überschätzt. Sobald man herausgefunden hatte, daß sie nach dem Prinzip des Erstschlages verfuhren, konnte man leicht mit ihnen fertig werden. Da sie selbst aus Furcht handelten, interpretierten sie die Furcht anderer als Vorzeichen eines Angriffs und reagierten darauf, indem sie zuerst losschlugen. Unter diesem Aspekt betrachtet, war ihr

Verhalten vernünftig. Servan hatte eine Theorie entwickelt, nach der die berühmte, von »Reife« zeugende Gelassenheit der Senioren zuallererst dem Selbstschutz diente, um zu vermeiden, unabsichtlich den Reflexmechanismus der Waldläufer auszulösen, und um so einem Angriff auf die Senioren vorzubeugen. Servan hatte sich beim Zusammentreffen mit Waldläufern ebenfalls zu würdevoller Ruhe gezwungen und Erfolg damit gehabt.
Nun, ein Mann wie Kelmz war in einer derartigen Situation von großem Nutzen. Servan wartete, während Kelmz unabhängig von ihm ihre Lage überdachte und zu der gleichen Schlußfolgerung kam. Der Captain bedeutete ihnen, an Ort und Stelle zu bleiben, und verschwand in Richtung Lagerhäuser. Für einen großen Mann konnte er sich sehr leise bewegen, wenn es notwendig war.
Servan nahm eine bequemere Haltung ein und bemühte sich, nicht an seinen Hunger zu denken. Seit dem Morgen hatten sie nichts mehr gegessen, und jetzt, wo die Wirkung des Manna-Rausches verflog, meldete sich sein Hunger. Er summte den Vers eines Liedes vor sich hin, das sich um »Waldläufer, die blutbefleckten, irr blickenden Wächter, so schrecklich und tödlich für Weiber« drehte.
Die beiden Waldläufer, die die Werkstätte und das Lagerhaus am Ende des sichelförmigen Bogens bewachten, schritten die Brustwehr entlang, kahlköpfig und schwerfällig wie zwei ungefüge Lehmmänner, die derselben Gußform entstiegen waren. Daß man ihre Gesichter im Schatten des Strohdaches nicht erkennen konnte, paßte dazu. Ihr anonymer Wahnsinn war ihr furchterregendster Aspekt. Servan wußte aus Erfahrung, daß sie fast so seelenlos waren wie die mechanischen Menschen aus den uralten Legenden. Sie stellten eine Fehlentwicklung dar, die im Keim erstickt werden mußte – was im Moment allerdings nicht durchzuführen war.
Er glaubte die Absicht Kelmz' zu kennen. Falls er Erfolg hatte, würde dies Servan einige Schwierigkeiten ersparen. Wenn nicht, würde er das tun, was notwendig war. Er mochte nicht zu weit in die Zukunft planen.
Die Waldläufer machten kehrt und marschierten wieder dorthin

zurück, woher sie gekommen waren. Ein Schatten erhob sich aus der Finsternis hinter ihnen, und Kelmz schloß sich ihnen lautlos an. Sie fuhren sichtlich zusammen, aber sie drehten sich weder um, noch verlangsamten sie ihre Schritte. Kelmz würde ihren Gang so perfekt nachahmen, daß jeder von ihnen nur seine eigenen Schritte und die seines Gefährten hörte, auf eine Art, vor der sie keine Angst zu haben brauchten, wie man ihnen beigebracht hatte, und so konnte sich Kelmz im Schutz ihrer Begleitung an die Arbeit machen.

Servan würde Kelmz später sagen, was für ein Künstler er doch war. Sein Lob würde den Captain zweifellos irritieren – Kunst war ein Beweis für Unzuverlässigkeit – und gleichzeitig würde es den Vorzug haben, wahr zu sein. Zudem hatte Kelmz unverschämtes Glück, die Chesters erfüllten ihre Aufgabe ausgezeichnet, denn niemand verließ den ummauerten Bereich der Männer, um zu pinkeln oder einen Wettstreit auszutragen. Der stampfende Rhythmus der tanzenden Penneltons erfuhr keine Unterbrechung.

Geschmeidig glitt der Captain näher und legte seine Hände auf die Schultern der Waldläufer. Er drehte sich mit ihnen herum, und sie schritten den Weg über die Brustwehr zurück, seinem befehlenden Griff gehorchend. Hätte er gezögert, dann hätten sie sich umgedreht und ihn niedergestochen. Als Servan und Eykar die Brustwehr erreichten, waren Kelmz und die Waldläufer wieder am anderen Ende des Patrouillenabschnitts und hatten ihnen den Rücken zugewandt.

Die Türen zu den Werkstattgebäuden waren nie verschlossen, denn kein Weib würde den Versuch wagen, an einer Waldläuferwache vorbei zu fliehen. Die beiden Männer gingen einfach hinein und betraten einen großen Raum, in dem es heiß war und säuerlich roch.

Der Zementboden war mit Maschinen, Kisten, Tischen und Schütten bedeckt. Am anderen Ende stapelten sich prall gefüllte Hanfsäcke bis zur Decke. Wahrscheinlich verstaute man in ihnen die fertigen Produkte. Der Großteil der Einrichtung schien unbenutzt. Ein paar Weiber hielten sich in dem Raum auf. Sie hatten

Schweißtücher um die Köpfe gebunden und trugen schmutzige Schürzen, die von der Armbeuge bis zum Knie reichten. Drei von ihnen befanden sich ganz in der Nähe und brachten ein Drahtnetz vor der Öffnung eines Rohrs an, das aus der Wand ragte. Das Rohr und der darunterliegende Trog schienen die Quelle des durchdringenden sauren Gestanks zu sein. Von dieser Gruppe und auch von den anderen Weibern drang Gemurmel an das Ohr der beiden Männer. Eine überraschende Entdeckung. Obwohl die Weiber bei der Arbeit gewöhnlich sangen, wurde den meisten von ihnen verwehrt, mehr Wörter als die zu lernen, die beim Umgang zwischen den Weibern und ihren Herren unbedingt erforderlich waren.
Keine Männer waren zu sehen. Das war das erste Mal, daß Servan mehrere Weiber zusammenstehen sah, ohne daß sich zumindest ein paar Junioren in ihrer Nähe aufhielten, um ihre Tätigkeit zu überwachen. Es entfachte ein Prickeln auf seiner Haut.
Ein Signal mußte gegeben worden sein. Plötzlich duckte sich jedes Weib oder fuhr leicht zusammen. Die Gesichter der ihnen nächsten verwandelten sich vor ihren Augen in träge, einfältige Grimassen. Zauberei? Er lachte fast. Er war Zeuge gewesen, als ein Schlafsaal im Jungenhaus unerwartet von einem Lehrer betreten worden war, die Jungen hatten sich dabei ähnlich verhalten.
Eines der Weiber, die an dem Rohr beschäftigt waren, näherte sich den Eindringlingen, und ihre schwieligen Füße schlurften über den Betonboden. Sie kniete nieder, um den Boden vor ihnen zu küssen. Auf ihrem schmalen Rücken waren Narben zu erkennen. Wie es schien, kümmerte sich in den Werkstätten von Bayo niemand darum, einen hübschen Eindruck zu machen. Für ein Weib besaß sie breite Schultern und einen starken Nacken, und sie besaß fast die Größe eines hochaufgeschossenen Jungen.
Servan sah auf ihren kurzgeschnittenen Haarschopf hinab. »Wo sind eure Herren?«
»Dieses Weib glaubt, daß sie alle im Viertel der Männer sind, so es Euch gefällt, Herr«, wimmerte sie und verschluckte die Silben nach Art der Weiber. Sie kauerte nun, nachdem er ihre Gegenwart zur Kenntnis genommen hatte, damit er ihr Gesicht sehen

konnte, wenn es ihm in den Sinn kam. »Gibt es etwas, das dieses Weib diesen Herren anbieten kann?«

Ein Rinnsal aus weißer Flüssigkeit tropfte aus dem Rohr in den Trog und löste bei den Weibern, die mit dem Netz beschäftigt waren, aufgeregtes Geschnatter und hektische Betriebsamkeit aus.

»Sie kann ihm ihre volle Aufmerksamkeit schenken«, fauchte Servan das vor ihm kniende Weib an. Gehorsam küßte sie erneut den Boden. »Gibt es hier ein Weib, das schon seit drei Fünfjahren in Bayo lebt?«

»Dieses Weib kann versuchen, die Herren zu einem solchen Weib zu führen«, erklärte sie und benutzte die richtige Formulierung, um den Eindruck zu vermeiden, daß sie irgendeine Befugnis dazu besaß. Auf seinen Wink hin erhob sie sich, um ihnen den Weg zu zeigen.

Dann öffnete sich die Außentür, und Kelmz erschien. Die beiden Waldläufer traten mit erhobenen Köpfen und bebenden Nasenflügeln vor ihm ein.

Jedes Weib im Raum erstarrte.

»Jesus«, seufzte Servan, »und sein unglücklicher Vater!«

Aus der Nähe betrachtet wirkten die Waldläufer sehr beeindruckend. Ihre kräftigen Gestalten glänzten, und die kurzen Jacken spannten sich um ihre Schultern. Sie standen da, gingen dann leicht in die Knie, als ob sie jeden Moment losspringen wollten. Jeder Waldläufer hielt in der rechten Hand ein Messer und hatte die behandschuhte linke Hand schützend vor den Bauch gelegt, bereit, das Metall ihrer Klingen durch die Luft sausen zu lassen oder den Stich einer feindlichen Waffe abzuwehren.

»Kelmz, Sie sind vom Mond besessen, sie hier hereinzubringen!« rief Servan.

»Ich habe sie im Griff«, versicherte der Captain.

Scharf fragte Eykar: »Wird man sie vermissen?«

Kelmz schüttelte den Kopf. »Sie sind wahrscheinlich erst eine knappe Stunde im Dienst. Niemand wird sich in der nächsten Zeit um sie kümmern. Ich schätze, ihre Hilfe ist das Risiko

wert, das wir dabei eingehen. Es ist besser, wenn diese Huren Angst haben, wenn man sich unter sie begibt.«
Seine Hände ruhten leicht auf den Schultern der Waldläufer. Er streichelte sie sanft, beruhigte sie. Aber sein Gesicht trug einen merkwürdigen, abwesenden Ausdruck, als wäre er mit seinen Gedanken ganz woanders.

7

Zu seiner Zeit hatte Kelmz zu oft Arbeitsgruppen der Weiber überwacht, um sich von ihrem Anblick jetzt aus der Fassung bringen zu lassen. Er konzentrierte sich auf die Waldläufer, die wachsam ihre Blicke hin und her schweifen ließen und leise erbebten. Für sie waren Weiber Dämonen, eine Folge der Droge, die sie zu sich genommen hatten.
Servan beobachtete Eykar, während sie die Quartiere der Weiber durchschritten. Eykars Augen, von denen Servan wußte, daß sie bemerkenswert scharf und unermüdlich waren, entging nichts, aber sein Gesicht blieb völlig ausdruckslos. Wahrscheinlich war dies nur eine Maske. Was man ihm im Jungenhaus über die Weiber beigebracht hatte, war (wie Servan wußte, da er den gleichen Unterricht genossen und seitdem Gelegenheit gehabt hatte, ihn mit der Wirklichkeit zu vergleichen) nicht genug und nicht einmal teilweise richtig. Es war eine Sache, wenn man hörte, daß Weiber übelriechende, mißgestaltete und fremdartige Kreaturen waren. Eine andere Sache war es, sich in ihrer Nähe zu befinden.
Kein Weib ging je nach Wegend. Sie besaßen keine Seelen, ihr Inneres bestand aus belebter Dunkelheit, die von der Leere jenseits der Sterne erschaffen worden war. Ihr Tod hatte keine Bedeutung. Einige Männer glaubten, daß dieselben Schatten immer und immer wieder in die neugeborenen Weiberkörper zurückkehrten, um mit den Seelen der Männer, die dem Licht entstammten, um die Welt zu ringen.
Es war schwer, eine Verbindung zwischen diesen rohen Lehmbehausungen und ihren Bewohnern und den großen Hexenweibern herzustellen, die die mächtige Zivilisation der Ahnen zerstört

hatten. Die Geschichtshymnen lieferten folgende Version: Auf dem Höhepunkt ihrer Macht waren die Männer der alten Zeit so fasziniert von ihrem eigenen technischen Fortschritt gewesen, daß sie die Überwachung ihrer verräterischen Frauen vernachlässigt hatten. Die Technik schien ihnen die Möglichkeit zu geben, das dumpfe Chaos der Leere selbst durch die Verbreitung des männlichen Willens vom Antlitz der Erde bis hinaus zu den Sternen zu besiegen. Die Ahnen hatten sich zuerst auf den Angriff auf den Mond konzentriert, durch den die Kräfte der Leere auf die Welt fokussiert wurden.

Die Mondhexe war nicht von den Raketen vernichtet worden, die die Ahnen ihr entgegengeschleudert hatten. Mit Hilfe ihrer Lieblinge, der Weiber, hatte sie zurückgeschlagen. Durch ihre Magie hatten die Weiber die natürlichen Feinde der Ahnen dazu gebracht, ein Bündnis zu schließen, um die Herrschaft der Ordnung und der männlichen Vernunft zu stürzen. Ein wenig unklar war, welcher von den zahlreichen Arten der niederen Wesen (die allgemein als Unmänner bezeichnet wurden) die Hauptschuld an der Rebellion der Verheerung angelastet werden mußte. Schließlich hatte jede Art unter der Herrschaft der Männer ihren angestammten Platz und ihre Aufgabe gehabt; die Tiere aller Elemente versorgten den Mann mit Rohstoffen; die faulen, wilden Schmutzhäute konnte man zur Arbeit zwingen; selbst die Weiber besaßen außer der Gabe, ihren Herren Söhne zu schenken, noch gewisse geringe Fähigkeiten, die man sich zunutze machte.

Wie dem auch sei, für den logisch denkenden Verstand lag die Antwort auf der Hand: Es hatte Tierweiber gegeben und Weiber unter den Schmutzhäuten, und die Söhne der Männer waren unter dem Einfluß ihrer Mütter verrückt geworden. Von allen Unmännern waren die Hauptverantwortlichen für Verderbtheit und Rebellion die Weiber gewesen.

Selbst zu dieser Zeit hatte es Namen für die Weiber gegeben, die darauf hindeuteten, daß man sich der Gefahr bewußt war, die von ihnen ausging. Eines der alten Bücher, die man im Jungenhaus benutzte, bezeichnete die Weiber als »Flintenweiber«. »Flinte« war in einer der alten Sprachen ein Wort für eine Waffe gewesen.

Somit war klar, daß ein »Flintenweib« ein bewaffnetes Weib war, das sich gegen die Herrschaft der Männer auflehnte.
Die Waffe der Weiber war Hexerei, und ihr konnte man nur begegnen, indem man die Hexen verbrannte. Die Ahnen hatten damit begonnen, andere Arten der rebellierenden Unmänner zu verbrennen, ohne die Macht zu erkennen, die die Weiber bereits gewonnen hatten. In dem Moment, als die Hauptverantwortung der Weiber für die Kriege der Verheerung den Ahnen richtig bewußt wurde, war den Männern bereits die Kontrolle über die Welt entglitten.
Dennoch fiel sie nie in die Hände ihrer Feinde. Die Hexenkraft der Weiber war von Natur aus irrational und erzeugte Epidemien, Aufstände wahnsinniger Schmutzhäute, vernichtende Stürme (denen die Ahnen zutreffenderweise Weibernamen verliehen hatten) und Gifte, die Luft, Erde und Wasser verseuchten. Diese Waffen waren so wirksam und unkontrollierbar, daß sie auch die Unmänner selbst töteten. Wenn überhaupt jemand überlebte, war das nur der Voraussicht und der Zähigkeit einer Handvoll regierender Männer zu verdanken.
Schon lange zuvor hatte man Bunker zum Schutz gegen die Überfälle der mächtigsten der Schmutzhäute geschaffen, der Roten und Gelben jenseits des Meeres und der Schwarzen zu Hause. Als sie schließlich erkannten, daß das Licht der männlichen Vernunft dazu verdammt war, von den Mächten des Chaos überwältigt zu werden, hatten sich die weisesten Führer der Männer in diese Bunker zurückgezogen und zum Zwecke der Vermehrung eine Anzahl Weiber mitgenommen.
Außerhalb dieser Zuflucht, wie man das Gebiet der Bunker nannte, fielen Männer und Unmänner den Plagen und Katastrophen zum Opfer, die die Welt verheerten. In hilflosem Entsetzen sahen die Männer in der Zuflucht (mittels wundersamer Beobachtungsmaschinen) dem Untergang der Zivilisation zu, die sie einst beherrscht hatten, ohne sie retten zu können. Einige der Flüchtlinge wurden verrückt, aber die stärksten unter ihnen (viele waren Militärmänner) organisierten für die Übergangszeit ein Leben, das der Disziplin und trotzigem Optimismus gewidmet war. Sie

glaubten, eines Tages würde die Oberfläche der Erde wieder bewohnbar sein. Und zumindest starben die Schädlinge, die für die Verödung der Erde verantwortlich waren, zusammen mit ihren Opfern.
Die Nachkommen der Flüchtlinge (und ihre sorgsam gezähmten Weiber) würden später die Zuflucht verlassen können und jenes Gebiet wieder in Besitz nehmen und urbar machen, das jetzt als die Haltfeste bezeichnet wurde. Dies war der erste Schritt zur Rückeroberung der gesamten Welt im Namen des Lichtes, der Vernunft und der Ordnung. Aber den Nachkommen der überlebenden Weiber würde man niemals wieder Gelegenheit geben, eine Gefahr für die Herrschaft ihrer Meister zu werden. Als einzige Art der Unmänner, die vor der Verheerung gerettet worden war, unterlagen die Weiber nun strengster Aufsicht. Den heutigen Männern wurde beigebracht, nie zu vergessen, daß diese Wesen von Natur aus die unversöhnlichen Erbfeinde alles Männlichen, Guten und Reinen waren.
Servan war enttäuscht, hier im Weiberviertel von Bayo kein Anzeichen von Hexenkraft zu entdecken. Gelegentlich hatte er bei bestimmten Frauen ein Geheimnis gespürt, als ob sie etwas verbargen. Aber es war ihm nie gelungen, mehr als ein oder zwei Lieder aus ihnen herauszubekommen, und oft verstand das Weib, das die Lieder sang, nur die Hälfte des Textes, der zumeist aus Klagen über die harte Arbeit und die seltsamen Wünsche der Herren bestand. Obwohl er daran gedacht hatte, einem Weib Manna zu geben und sie dann zu befragen, brachte er es dann nie übers Herz, den guten Stoff an sie zu verschwenden.
In der Haltfeste wurden Weiber, die man für schuldig befand, unnatürliche Kräfte von den schrecklichen Weibern der alten Zeit geerbt zu haben, als Hexen verbrannt. Hier im trüben gelben Licht der Wandlampen von Bayo schien die Existenz derartiger Kräfte nur einem lächerlichen Wahn entsprungen zu sein. Servan gratulierte sich zu seiner Skepsis.
Dennoch, in der Gegenwart all dieser gebeugten, dumpf dreinblickenden Wesen war er für die Begleitung der Waldläufer dankbar.

Ihre Führerin blieb stehen und bedeutete ihnen mit einer müden Geste, daß ihr Ziel hinter der Tür zu ihrer Rechten lag. Das Zimmer war spärlich mit Tontischen und Sitzsteinen möbliert. Ein altes Weib hockte da und aß Quarkkuchen aus einer rissigen Schüssel. Sie sprang sofort auf, eilte ihnen entgegen und wischte Mund und Finger am Saum ihres Kittels ab, damit sie nicht den Gestank von Weibernahrung an ihr riechen mußten. Sie kniete vor Servan nieder. Soweit war alles in Ordnung.

»Fossa erbietet sich, so es euch gefällt, ihr Herren, wichtige Neuigkeiten zu überbringen.«

Servan war kein Fanatiker, was die Weiber und ihre geziemende Stellung betraf, aber indem sie zuerst das Wort ergriffen hatte, war diese alte Hure (die es besser hätte wissen müssen) eines ernsten Vergehens schuldig. Kelmz schien bereit zu sein, ihr das knochige Genick zu brechen. Nicht aus Zorn, sondern weil es die Schicklichkeit verlangte, versetzte Servan ihr einen heftigen Schlag.

Sie wankte unter dem Hieb, aber fuhr gleich darauf mit derselben erstaunlichen Anmaßung fort: »Nachricht kam aus Lammintown. Die Pennelton-Herren halten nach Euch Herren Ausschau. Sie kommen selten nach Sonnenuntergang in diese Quartiere. Heute nacht waren sie schon zweimal hier.«

Die Männer sahen einander an. Senior Bajerman mußte von ihrer Begegnung mit den 'Wares gehört und Vermutungen über ihre Absichten und Ziele angestellt haben.

»Gibt es einen Ort, den die Männer niemals betreten?« fragte Servan.

»Es gibt einen Ort, den sie bisher noch nie betreten haben, so es Euch gefällt«, antwortete die Alte. Sie benutzte sogar den kantigen, männlichen Tonfall, statt nach Art der Weiber leise und undeutlich zu sprechen, so, als wollte sie verhindern, daß man sie mißverstand.

»Führe uns dorthin«, befahl Servan.

Witterung und harte Arbeit hatte Fossas Haut ledrig werden lassen, einen Teil ihrer Zähne hatte sie verloren, und eine Wange war eingefallen und ihr Kiefer schief. Sie schlurfte vor ihnen her,

gebeugt vom Alter und von der Demut. Dennoch verriet das Verhalten der anderen Weiber, denen sie begegneten, Respekt ihr gegenüber. Servan wurde neugierig.
Sie durchschritten eine Reihe niedriger, trüb erleuchteter Schlafsäle. Weiber schliefen oder dösten mit halb geschlossenen Augen in den Betten. Servan wurde an den kurzen Ausflug in das Krankenhaus neben dem Jungenhaus erinnert, der für die Heranwachsenden obligatorisch war und wo man ihnen die geschwollenen Bäuche der Weiber gezeigt hatte, die kurz vor dem Wurf standen. Das Licht war im Krankenhaus heller gewesen, aber die einschläfernde Atmosphäre war die gleiche.
Neben einigen der Weiber lagen kleine, farblose Bündel, und eines der Bündel begann zu zucken, und ein Schrei ertönte. Das Weib stützte sich auf den Ellenbogen, hielt die Augen noch immer geschlossen und legte ihre Hand über die Quelle des Lärms. Das Zucken hielt an, aber das Gejammer wurde zu leise keuchenden Lauten, die bald darauf ganz abbrachen. Das Weib rollte auf die Seite und schlief weiter.
Fossa schenkte Servan das ängstliche, einschmeichelnde Lächeln eines Weibes, das eine Mitteilung machen und gleichzeitig versichern wollte, daß sie nicht etwas zu wissen beanspruchte, was ihm vorbehalten war. »Wir bringen den Weibsbälgern bei, still zu sein. Eine gute erste Lektion im Gehorsam.«
Eine Reihe Weiber waren ohne Bälger. Servan deutete auf eine von ihnen und fragte, warum sie nicht an ihre Arbeit zurückgekehrt war, wo sie doch ihr Junges geworfen und offensichtlich verloren hatte.
Gehorsam antwortete das alte Weib: »Es gibt Möglichkeiten, den Milchfluß aufrechtzuerhalten, selbst wenn kein Balg da ist, um zu saugen. Besitzt eine Mutter viel davon, bleibt sie hier in der Molkerei. Manche verbringen hier ihr ganzes Leben, denn Weiber brauchen jetzt sehr viel Milch in ihrem wohlverdienten Verlust.«
Die Andeutung bezog sich auf die drastische Kürzung der Seetangration, die man den Weibern zuteilte, eine Kürzung, die vor mehreren Fünfjahren vorgenommen worden war. Zu dieser Zeit hatten aufeinanderfolgende Laver-Mißernten bei den Männern

offene Raserei ausgelöst, durch die sich die Zahl der Weiber verringert hatte (und zwar wegen des Todes der Hexen, die für das Unglück verantwortlich waren, denn danach hatte sich die Ernte wieder stabilisiert, wenn auch in geringerem Umfang.) Jetzt nahm die Weibsbevölkerung wieder zu, doch ihre Rationen waren nicht erhöht worden. Offenbar hatten sie sich eigene Nahrungsquellen erschlossen, wenn man Fossa glauben durfte.

»Die Herren sind durch den Quarkraum hereingekommen, in dem die Milch von diesen Weibern zu dem Quarkkuchen verarbeitet wird, den Weiber essen.«

Grimmig erklärte Kelmz: »Hätte ich gewußt, daß so viele von ihnen sprechen können, hätte ich mich in ihrer Nähe vorsichtiger verhalten. Aber diese alte Hure kann nicht einmal das, was wir gesehen haben, beschreiben, ohne zu lügen. Dieses Zeug, das sie essen, ist braun und eiskalt, nicht weiß.«

Nach einer Pause erwiderte das Weib: »Andere Dinge werden hinzugefügt, um den Weibern Stärke zu geben für die Aufgaben, die ihnen von ihren Herren gestellt werden.«

Eine Nische am anderen Ende des Schlafsaalkomplexes diente als Büro. An einigen Wandhaken hingen Zählschnüre, mit denen man offenbar die Produktion der Molkerei kontrollierte. Hier blieben sie stehen. Servan zog einen abgewetzten Sitzstein heran und plazierte sich so, daß er den Korridor beobachten konnte, durch den sie gekommen waren. Dieser Ort faszinierte ihn. Er war der Traum eines Dunkelträumers, mit seiner schlafschweren Luft, seiner Stille, den klumpigen, den großen und kleinen Gestalten unter den groben, grauen Decken, dem trüben Licht der vergitterten Lampen.

Kelmz nutzte die Pause, seine Kontrolle über die Waldläufer der Penneltons zu verstärken, streichelte sie, wie es ihr Offizier getan hätte, um sie auf Verletzungen zu untersuchen, die ihr berauschtes Bewußtsein niemals bemerken würde. Er sorgte dafür, daß sie der Molkerei den Rücken zuwandten.

»›Die rätselhaften Töchter des Mondes‹«, zitierte Servan leise. »Das ist aus einem Lied der Weiber. Und hier sind sie, in all ihrer Rätselhaftigkeit. Eykar, dreh dich um. Du bist noch ein Junge, was

diese Kreaturen betrifft. Du kannst dich nicht vor ihnen schützen. Vielleicht behexen sie dich, daß du dein hehres Ziel vergißt.«
Eykar verharrte im Schritt und richtete seine blassen Augen auf Servan. »Wenn dies geschieht, glaubst du, daß du allein herausfinden könntest, was wir herausfinden wollen?«
Dies war kein großes Problem. Servan fragte Fossa nach Raff Maggomas, und sie sagte es ihnen. Er war gekommen. Er war bei den Quarterbacks geblieben, die zu dieser Zeit hierher versetzt worden waren (eine schwere Zeit, von Laver-Mißernten geprägt). Nach Ablauf des Fünfjahres war er mit den Quarterbacks zur Stadt zurückgekehrt.
Jahre später tauchten Gerüchte auf, daß es mit Maggomas' Sohn im Jungenhaus Schwierigkeiten gab. Der Sohn war fortgeschickt worden, um Endhelfer zu werden, Maggomas war verschwunden. Sofort wurde ein neuer Skandal publik. Maggomas hatte offenbar einen Geliebten jenseits der Altersgrenze, einen Quarterback-Junioren, der zudem (wenn auch insgeheim) von einem Senioren der Angelist-Bruderschaft begehrt wurde, einem ranghöheren Senioren als Maggomas und Mitglied des Rates, wie einige behaupteten. Der junge Mann mit Namen Karz Kambl war ebenfalls verschwunden, vermutlich, um sich Maggomas anzuschließen. Erzürnt von dieser Wendung der Ereignisse, hatte der Rat eine Resolution gefaßt, die Maggomas den Anschluß an die Bruderschaften der Stadt in jeder Hinsicht verbot.
Soweit bekannt, hatte er es auch nie versucht, und von da an war er von keinem glaubwürdigen Zeugen mehr gesehen worden. Und das lag jetzt sechs Jahre zurück. Der jüngere Mann, der nun ein Senior war, sollte zurückgezogen in der Stadt leben.
Abgesehen von ein oder zwei Unterbrechungen (für die sie sich überschwenglich entschuldigte), bei denen Fossa zu einem der Weiber im Schlafsaal gerufen wurde, war der Bericht von beispielhafter Prägnanz und klarer Formulierung. Servan lobte das alte Weib für die Tüchtigkeit ihres geheimen Nachrichtendienstes. Sie war bemerkenswert gut informiert. Diese Gerüchte über eine Affäre waren nie an Servans Ohr gedrungen, wahrscheinlich, weil

er durch seine Beziehung zu Eykar zu sehr darin verwickelt war und man es nicht gewagt hatte, ihm davon zu erzählen.
Er begann sich über dieses alte Weib zu amüsieren und war nicht verärgert, als sie unaufgefordert fortfuhr: »Wenn der Herr mit dem Dienst des Weibes zufrieden ist, wird er sich dann herablassen und diesem Weib einen kleinen Gefallen erweisen?«
Sie sagte zwar nicht, eine Hand wäscht die andere, aber sie hätte es ebensogut tun können, diese unverschämte alte Schachtel. Servan brach in entzücktes Gelächter aus. Diese Episode war weit unterhaltender, als er gehofft hatte. Mit übertriebener Höflichkeit erkundigte er sich nach der Art dieses »kleinen Gefallens«.
»Wird der Herr einem Weib erlauben, ihn zu begleiten und ihm zu dienen?« Sie wollte einem Herrn ein anderes Weib zum Geschenk machen! Es war unglaublich.
Eykar fauchte: »Servan, das ist zuviel!«
»Es ist verdammt kurios«, nickte Servan, »aber vielleicht hat uns diese Hure noch etwas anderes als Informationen anzubieten – falls wir zusammenarbeiten. Nebenbei, vergiß nicht, Bares ist Bares, und vielleicht müssen wir in der Stadt viel ausgeben, um diesen Mann Kambl zu finden. Ob es einem gefällt oder nicht, Weiber sind wertvoll.«
Kelmz wandte ein: »Aber sie verursachen auch Ärger. Sie könnte uns mehr kosten, als sie wert ist. Weiber sind dumm und heimtückisch. Man weiß nicht einmal, warum, wenn sie dich an deine Feinde verraten. Ich kenne mich mit ihnen aus. Aber ich muß mich um diese Waldläufer kümmern. Wer also soll dann ein Auge auf das Weib werfen?«
»Servan«, sagte Eykar, »da sie ihm angeboten wurde, und falls er noch immer glaubt, sie sei den Ärger wert.« Kelmz zuckte in widerwilligem Einverständnis die Achseln, und Eykar wandte sich mit scharfer Stimme an das alte Weib: »Was für eine Hilfe bekommen wir für diesen Gefallen?«
Fossa küßte den Boden vor ihm. »Solch armselige Hilfe, die unwürdige Weiber anzubieten haben«, schmeichelte sie. »Obwohl die Herren sie vielleicht nützlich finden werden.«
Irgendwo in der Nähe klingelte eine Glocke. Einige der schlafen-

den Weiber setzten sich auf und griffen nach den gewickelten Bälgern, die neben ihnen lagen, oder nach den Tonkrügen, die unter ihren Betten standen. Jedem Balg wurde nur für einen kurzen Moment die Brust gegeben, dann dem nächsten wachen Weib überreicht, das kein eigenes Balg besaß, um den Milchfluß auszulösen. Einige der Weiber öffneten nicht einmal die Augen während der offenbar routinemäßig stattfindenden Prozedur. Die Krüge, die nun voller Frischmilch waren, wurden auf den Boden gestellt und von Weibern abgeholt, die Karren durch die Gänge zwischen den Betten schoben. Jene, deren Melkzeit erst später kam, schliefen ungestört weiter.

»Also los«, sagte Eykar heiser.

»So es Euch gefällt, ihr Herren«, murmelte Fossa, »wird dieses Weib gehen und jene von einem anderen Ort holen, von der gesprochen wurde.«

Servan erhob sich. »Wir werden dich begleiten.« Es würde ihr schwerlich Vorteile bringen, wenn sie sie verriet. Sie würde keine Belohnung erhalten, im Gegenteil: Stellte man fest, daß irgend etwas nicht in Ordnung war, wurden die Weiber in jedem Fall bestraft. Dennoch mußte man mit ihrer Irrationalität rechnen.

»Dieses Weib glaubt, daß es den Herren mehr Freude bereiten wird, wenn sie hier warten«, bemerkte sie.

Er lachte. »Wir sind stark genug, um alles zu ertragen, was du oder deine Art uns anbieten kannst, graue Hure. Vorwärts mit dir.«

Sie durchquerten einen Korridor, passierten die Molkerei und traten durch zwei massive Türen. Heiße Luft, ätzender Gestank und quälender Lärm schlug ihnen entgegen und ließ sie verharren.

Direkt zu ihren Füßen war ein Fülltrichter in den Betonboden eingelassen. Eine gewaltige Schraubenwelle, eingebettet in eine Schütte, ragte daraus hervor. Die Rotorblätter glitzerten scharf, und an ihnen klebten Fleisch-, Knochen- und Fettreste. In Kopfhöhe stand ein Weib auf einer Leiter und kratzte sorgfältig diese Verunreinigungen ab und warf sie in einen Eimer. Die Schütte führte an ihr vorbei zu einer Anzahl Trommeln, die auf einem Podest angebracht waren. Die Trommeln drehten sich langsam,

angetrieben von einer Winde, die von Weibern mit gekrümmten, verspannten Rücken bedient wurde. Andere befeuerten die Öfen unter den Trommeln und stiegen dabei mit ihren Schaufeln voller Kohle über eine Bodenrinne hinweg. In der Rinne floß eine gelbe Flüssigkeit, die aus einem Rohr von den hochliegenden Trommeln tropfte.
Fossa schob sich näher an Servan heran und rief, so laut sie konnte: »Dies ist die Abdeckerei, so es Euch gefällt, Herr.«

8

Die Waldläufer begannen zu zittern und zu knurren. Kelmz drehte sich um und schob sie zurück in den Korridor. Eykar, der niemals vor etwas weglief, folgte dem Weib bis zur anderen Seite des Podestes. Um sich keine Blöße zu geben, ging Servan ihm nach, benommen von der Anstrengung, mit seiner Haut oder den Ohren zu atmen, und mit tränenden Augen.
Auf der anderen Seite stand ein breiter, geneigter Tisch, auf dem die Trommeln geleert werden konnten. Von dort wurde der Inhalt erneut durch den Reißwolf gejagt und dann von Mühlsteinen zerkleinert. Auf dem Boden unter der Ausgabeöffnung der verborgenen Mühle erhob sich ein kegelförmiger Haufen aus dunklen, feucht wirkenden Teilen. Daneben stand ein großer, abgedichteter Flechtkorb, der mit Rädern versehen war. An den Haken an seinem Rand hingen Schöpfkellen aus Keramik.
Durch die halb zur Seite geschobenen Deckel der Trommeln erhaschte Servan einen Blick auf den Inhalt: Von den Schraubenblättern fielen Klumpen zurück in die schäumende Masse. Die letzte Trommel drehte sich langsamer und lauter als die anderen. Ihr Deckel war ganz geöffnet worden, so daß der Inhalt mit langstieligen Hacken herausgeholt werden konnte. Zwei Weiber kratzten den schwereren Bodensatz bis zum Rand der Trommel, so daß er auf den dampfenden Haufen fiel, der sich auf dem darunter angebrachten Tisch bereits aufgetürmt hatte.
Servans im DunkelTräumen geschärfter Verstand erfaßte den

Zusammenhang zwischen dem Treiben in diesem Raum und der Bemerkung des alten Weibes über die Zutaten zu ihrer Milchkost, die offenbar nicht in ausreichender Menge vorhanden war und gestreckt werden mußte. Und was war nahrhafter als das Fleisch toter Weiber oder das Fleisch von Weibsbälgern, die die Molkerei nicht überlebt hatten? Was für Männer angeblich giftig war, hatten die Weiber zu verzehren gelernt, weil ihnen sonst keine andere Wahl als das Verhungern blieb.

Irgendein Mann mußte diese Maschinerie erfunden haben. Sie war zu schön, zu effizient, um ein Werk der Weiber zu sein. Diese Erfindung, die sie buchstäblich unabhängig gemacht hatte, besaß eine gewisse grausige Perfektion, die zu erreichen den Weibern unmöglich war. Allerdings mußte er zugeben, daß eine Art männlicher Härte bei den Weibern erforderlich war, um sich eines derartigen Werkes bedienen zu können. Sofern sie nicht weniger abgehärtet, sondern nur zu verdorben waren, um Entsetzen dabei zu empfinden.

Fossa stieg auf die erste Stufe der Treppe, die hinauf zur Plattform führte. Die Weiber, die dort oben arbeiteten, sahen nach unten. Sie rief irgend etwas. Das Weib, das ihr am nächsten war, trat an den Rand, übergab ihre Harke einer der Heizerinnen unter ihr und stieg herab. Am Boden angelangt, nahm sie einen schmutzigen Lappen, der am Geländer hing, und wischte die schmierigen Reste fort, die an ihrer Haut klebten. Dann schritt sie vorsichtig an den Abfallhaufen vorbei, die überall herumlagen, und näherte sich mit gesenktem Blick den Männern.

Es hatte überhaupt keinen Sinn, in dieser Umgebung ein Gespräch zu beginnen. Als sie hinaus auf den langen Korridor traten, wandte sich Kelmz von seinen Waldläufern ab, maß das junge Weib von oben bis unten mit einem eisigen Blick und fragte mit unverhülltem Abscheu: »Müssen wir wirklich in Begleitung einer Kreatur reisen, die bestialisch nach ihren eigenen Toten stinkt?«

Seine Wortwahl war unglücklich. Mit harter, bitterer Stimme entgegnete Eykar: »Sie verdammter Narr, erkennen Sie nicht,

was eine Strafe ist, wenn Sie sie sehen?« Sehr phantasievoll von ihm, eine Ähnlichkeit zwischen Wegend und der Abdeckerei zu erkennen.
Noch immer wie betäubt von dem Eindruck, den die Abdeckerei auf sie gemacht hatte, wurden die Männer durch den Waschraum der Weiber – es war eine Erleichterung, den feuchtkalten Dreck der Sümpfe und den Gestank der Abdeckerei abzuschrubben – und wieder hinaus geführt. Ein Dutzend Weiber, bewaffnet mit Tuch, Nadel und Faden, stürzten sich auf sie und schnitten und stickten an ihren Gewändern herum, bis sie wie eine Gruppe Hemaways aus der Stadt aussahen. Um den Waldläufern der Penneltons das Aussehen von Hemaways zu geben, nahmen sie Kelmz' Uniform als Modell. Kelmz gelang es, die beiden Männer ruhig zu halten, obwohl sich die Hände der Weiber an ihnen zu schaffen machten.
Servan hatte die Mittel unterschätzt, die Fossa zur Verfügung standen. Die Kleidung der Männer, von Kelmz' abgetragenem Überzieher bis hin zu Eykars Uniform, war vollständig wiederhergestellt oder durch andere ersetzt worden. Das einzige, was ihnen die Weiber nicht besorgen konnten, war ein Manna-Armband. Da ein Senior, der den Befehl über Waldläufer hatte, zweifellos eines tragen würde, lieh Servan widerwillig dem Captain sein eigenes.
Die Arbeit wurde in der Küche durchgeführt, dem einzigen Ort, wo das Licht hell genug und der dennoch von den Quartieren der Männer aus nicht einzusehen war. Aus einer Ecke holte man einen Korb hervor und tischte Essen auf. Während sich die Männer an Blattquark und Bier gütlich taten, füllten die Weiber den Korb mit Vorräten für die Reise. Zuunterst ein weißer Topf mit Quarkkuchen für das Weib, das sie begleiten würde, zwei Krüge Bier, ein Riegel Kaulammin, einen Laib Hanfkornbrot, der in ein feuchtes Tuch eingewickelt war, damit er frisch blieb, und sogar eine kleine Schachtel getrockneter Laverflocken zum Würzen – in diesen Tagen ein richtiger Luxus. Es war nicht genug, um die Männer die ganze Reise über zu ernähren, aber sie waren daran gewöhnt, hungrig zu marschieren. Was sie erstaunte, war die Tatsache, daß

die Weiber überhaupt Zugang zu den Nahrungsmitteln der Männer besaßen.
Man gab ihnen sogar ein Rasiermesser, irdenes Eßgeschirr, Flickzeug, Feuerstein und Zunder und ein Paar Sandalen mit, die – nach ihrer Größe – nur für Kelmz bestimmt sein konnten.
Fossa zeichnete mit dem Ruß vom Kochherd eine Karte auf den Boden. Die Dammstraßen, die Bayo und die Stadt miteinander verbanden, waren bei Tageslicht gut zu übersehen, aber bei Nacht bildeten sie ein Labyrinth. Sie drillte die Männer, wenn auch auf respektvolle Art, bis sie den Weg im Schlaf finden konnten. Dann schlurfte sie ein paarmal mit den Absätzen über die Zeichnung, bis diese nicht mehr zu sehen war.
Das andere Weib, das junge, kam zurück, nachdem sie sich den Gestank und die Schmiere der Abdeckerei von der Haut und aus den Haaren gewaschen hatte. Sie wurde als Alldera vorgestellt, als die Haltmaid der Alten, was bedeutete, daß Fossas Herr eine Zeitlang auch dieses junge Weib besessen hatte. Wer immer es gewesen sein mochte, er schien interessante Anforderungen an seinen Weibshalt gestellt zu haben. Beide Weiber konnten sprechen; keines war in irgendeiner Weise hübsch, und zudem war das junge als Kurier ausgebildet worden.
Alldera besaß noch ein weiteres ungewöhnliches Attribut: Ihre Beine und ihr Gesäß waren stark entwickelt (Fossa hob den Kittel des jungen Weibs, um darauf hinzuweisen). Sie war als Läuferin ausgebildet worden, was illegal war und ihren Wert erhöhte. Lauftraining war den Männern vorbehalten, die sich darauf spezialisiert hatten, für ihre Bruderschaften Wettrennen auszutragen. Auf keinen Fall durfte ein Weib fähig sein, den Waldläufern davonzurennen.
Obwohl sie als Läuferin geschmeidiger und nicht so muskulös war wie die meisten Arbeitsweiber, war ihr Anblick nicht sehr reizvoll. Das nasse Haar, das an ihrem Kopf klebte, ließ die Breite ihres Kinns und ihrer Wangenknochen nur noch stärker hervortreten. Sie besaß weit auseinanderstehende Augen von gewöhnlicher blaßbrauner Farbe, eine Nase, die gebrochen gewesen und geheilt war und nun einen platten Rücken aufwies, und einen dicklippigen

Mund mit mürrisch nach unten gezogenen Winkeln. Das Beste an ihrem Gesicht war – trotz des ein wenig zu dunklen Teints – noch die gute Qualität der Haut.
Servan hätte ein hübscheres Weib vorgezogen, aber davon gab es nur wenige in Bayo. Wie dem auch war, so, wie sie aussah, würde sie ihrer Tarnung noch etwas mehr an Glaubwürdigkeit verleihen. Ein Weib von geringer Schönheit, aber mit besonderen Fähigkeiten ausgestattet, war genau die Art Eigentum, die sich ein Mann wie Kelmz zulegen würde, sobald er seinen Mantel anlegte und damit auch das Recht erhielt, persönlich Weiber zu besitzen.
Die vier würden sich als Senior Kelmz samt Gefolge vorstellen und vorgeben, auf jenen überraschenden Inspektionsreisen durch die Arbeitsterrains zu sein, wie sie seit kurzem in der Haltfeste gang und gäbe waren. Kelmz würde sich selbst darstellen, trotz des höheren Rangs, den er sich selbst zugelegt hatte. Die Penneltons, die ihnen auf den Dammstraßen begegnen mochten, würden kaum darüber informiert sein, daß Kelmz mehr oder weniger von seiner Sippe verstoßen worden war und keinesfalls die Würde der Seniorenschaft verliehen bekommen hatte. Männer, die in Bayo arbeiten mußten, mieden den Kontakt mit der Stadt bis zum Ende ihres Fünfjahres, um nicht von den Männern der Stadt mit »Mösenpfleger« oder anderen Spottnamen bedacht zu werden.
Die beiden jüngeren Männer trugen einfache Hosen und Tuniken, um ihre Rolle als Hemaway-Junioren und Begleiter ihres Vorgesetzten zu spielen. Beeindruckende Verstärkung erhielt die Gruppe durch die beiden als Eskorte dienenden Waldläufer und das Weib, der die Aufgabe des Gepäckträgers zufiel.
Sie, der angebliche Grund für die ungewöhnlichen Aktivitäten und Risiken auf seiten der Weiber, interessierte Servan. Sie sprach nie ein Wort. Ihre Geschichte, die Fossa erzählt hatte, war einfach und plausibel: Ein betrunkener Pennelton war ihr bis zur Werkbank gefolgt, ohne das rote Armband zu bemerken, das sie zu dieser Zeit getragen hatte. Sie hatte sich ihm verweigert, wie es ihre Pflicht war, um ihn vor der Vergiftung zu bewahren. Aber die Junioren des Mannes waren Zeuge des Vorfalls gewesen, und er verlangte Genugtuung für diese Schmach. Alldera war in die Abdeckerei

versetzt worden, während die Pennelton-Senioren darüber berieten, ob sie verbrannt werden sollte, weil sie den Mann so verhext hatte, daß ihm ihre Unreinheit nicht aufgefallen war. Eine derartige Entscheidung würde dem Betrunkenen seine Selbstachtung zurückgeben, und so war das Urteil vorhersehbar.

Deshalb mußte Alldera, um ihr Leben zu retten, Bayo verlassen. Die Weiber, die für die Abdeckerei zuständig waren, würden berichten, daß sie in die Sümpfe geflohen war, wo man ihre Leiche wahrscheinlich eines Tages finden würde, am Hunger zugrundegegangen wie schon andere vor ihr.

Es war für Servan nichts Neues, daß einige Männer durch die Vorstellung erregt wurden, ein Weib zu ficken, das von ihrem monatlichen Bluttribut an die Mondhexe beschmutzt war. Aber irgendwie klang die Erklärung falsch. Der Plan, den die alte Fossa entwickelt hatte, war für die Weiber zu gefährlich. Er konnte nicht nur dazu dienen, das Leben dieser breitnasigen Kreatur zu retten. Wieviel mochte ein Weib den anderen Weibern wert sein? Es konnte nicht einfach daran liegen, daß die beiden Weiber einst dem gleichen Herrn gehört hatten. Unter Weibern war dies eher eine Quelle des Zanks als ein Grund, einander näherzukommen. Etwas anderes mußte noch im Spiel sein, um die Anstrengungen zu rechtfertigen, die diese Weiber auf sich genommen hatten, um Alldera die Flucht aus Bayo zu ermöglichen. Selbst die Waldläufer würde man nicht vermissen, versprach Fossa; das konnte arrangiert werden. Sie besaßen keine Garantie, daß einer der Männer nicht irgendwann den Rat über die Verschwörung informieren würde, auf die sie in Bayo gestoßen waren, und die Konsequenzen mußten ihnen klar sein. Aber wenn diese Weiber sich darüber Sorgen machten, so ließen sie es sich nicht anmerken.

Nun, angenommen, sie verließen sich auf etwas, das bislang noch verborgen lag. Sollten sie doch versuchen, ihn zu überlisten und ihn für ihre eigenen Zwecke zu benutzen. Er nahm die Herausforderung an. Schließlich war jeder ein Feind, zumindest potentiell. Man mußte nur erkennen, daß dies so war, und dem anderen zuvorkommen und ihn benutzen. Das war besser, als selbst benutzt zu werden.

Endlich waren alle Vorbereitungen getroffen. Die Weiber sammelten Flicken und Fäden und löschten die Küchenlampen. Fossa und die junge Alldera führten die Männer auf das Dach des Nachbargebäudes, das an der Westseite direkt mit den Dammstraßen verbunden war. Dort fanden sich die Flüchtlinge plötzlich inmitten einer kreischenden, schnatternden Horde häßlicher alter Weiber wieder, deren Aufgabe es war, die Laverkarren an verschiedenen Stellen auf den Dammstraßen abzustellen, damit man am nächsten Tag mit ihnen die Ernte einsammeln konnte. Der Mond war aufgegangen, nicht mehr als ein Spritzer Licht, das nicht hell genug war, den Wachen die ungleichen Silhouetten der hochgewachsenen Männer zu enthüllen. Rasch fielen die erleuchteten Fenster und die Musik Bayos hinter ihnen zurück.

Fossa, eine schmale Gestalt im Sternenschein, trat einen Schritt vor. Sie sagte: »Sichere Reise, Herren.«

»Zu schade, daß nicht du mit uns kommst, altes Mädchen«, scherzte Servan. Nach dieser Bemerkung brachen die Männer und das junge Weib, das gebeugt unter der Last des Gepäckkorbes auf ihrem Rücken daherschritt, nach Westen auf, der Stadt entgegen, und sie marschierten, so schnell sie konnten.

Sie hatten vor, soviel Weg wie möglich unbeobachtet in dieser Nacht zurückzulegen, den Morgen in einem der Verschläge zu verbringen, die an allen Hauptkreuzungen der Dammstraßen errichtet worden waren, und dann am Nachmittag umzukehren und so langsam wie möglich Bayo entgegenzuwandern, als würden sie aus der Stadt kommen. Es war nicht ungewöhnlich, daß ein Senior einer Sippe unerwartet die Arbeit der Junioren einer anderen Sippe inspizierte. Es geschah sogar oft, im Namen des Wettkampfes und in der Hoffnung, einer konkurrierenden Sippe Arbeitspunkte abzunehmen. Nach einem Tag gemächlicher »Inspektion«, gefolgt von einer weiteren Nacht und einem Gewaltmarsch in die entgegengesetzte Richtung, sollten die Reisenden dann die Mauern der Stadt vor sich aufragen sehen.

Es war ein schlauer Plan, von der Art, wie man sie von verdrehten Kreaturen wie der alten Fossa erwarten konnte. Bajerman würde nichts dagegen unternehmen können, denn nie würde er freiwillig die Erniedrigung auf sich nehmen und wie ein Weib denken.

Sie erreichten den auserwählten Verschlag, als sich hinter ihnen gerade die Sonne über den Horizont schob. Der Verschlag war leer, wie Fossa gesagt hatte, und sie schliefen in seinem Schutz, während die Penneltons Weibergruppen über die Dammstraßen trieben, sie von einem Weiher zum anderen hetzten und ihre Arbeit beaufsichtigten. Servan verfiel nur in einen Halbschlaf und horchte auf näher kommende Schritte und die schrillen Pfeifsignale der Aufseher.
Gegen Mittag wuschen sich die Reisenden, verzehrten eine Mahlzeit und schoben die schäbigen, grasgefüllten Matratzen, auf denen sie geschlafen hatten, wieder unter die Bänke, die im Verschlag aufgestellt waren. Sie rollten die Vorhänge hoch, traten hinaus in den hellen Tag und brachen in Richtung Bayo auf.
Kelmz gab einen wahrhaft prächtigen Senior ab in seinem hellen, gestreiften Mantel. Er schien ironisches Vergnügen an dem Eindruck zu empfinden, den er machte, breit und zernarbt, wie er in seiner Pracht war. Unerwartet eitel, haßte er die offenen Sandalen, die er tragen mußte, als ob er sich durch den Anblick seiner schwieligen Plattfüße verraten fühlte. Die beiden Pennelton-Waldläufer schritten steif vor ihm einher, und Servan und Eykar folgten Kelmz in respektvollem Abstand und intonierten die Deklamationshymne mit ehrfurchtsvollen Stimmen.
Das Weib Alldera trottete allein am Ende der Kolonne, wo sie hingehörte. Servan sah sich um; sie war nur ein Weib, und zudem ein häßliches. Wenn in Bayo Zauberkräfte wirkten, dann hätten sie einen gnädigen Schleier aus Anmut und Liebreiz über eine derartige Schlampe werfen müssen.
Die künstlich langsame Gangart, die ihr Plan vorsah, ermüdete mit der Zeit, und es fiel schwer, sie beizubehalten, aber zumindest war dieser Nachmittag windig und wolkenlos. Zu jeder Seite breiteten sich die Laverteiche aus, wie Spiegel, deren Umrahmungen von den Dammstraßen gebildet wurden. In der Ferne, nur

verschwommen erkennbar, zogen Gruppen von Weibern an den langen, dehnbaren Seilen, die die unteren Lagen der Laverpflanzen hinauf ins Sonnenlicht hoben. Der Klang der Signalpfeifen der Penneltons hallte durchdringend über die glitzernden Niederungen. Die Pennelton-Junioren waren leicht an den von ihnen getragenen breitkrempigen Strohhüten zu erkennen. Sie waren paarweise unterwegs, und sie winkten und grüßten, wenn sie Kelmz' Mantel erblickten oder die Deklamationshymne hörten.
Es war erheiternd, mit anzusehen, wie sie freundlich ihre schlanken Arme kreisen ließen, während sie sich wohl im stillen fragten: Wie ist dieser Hemaway-Graubart hierhergelangt, ohne daß uns die Penneltons, die näher an der Stadt sind, eine Warnung zugepfiffen haben? Und sie würden schrille Pfiffe ausstoßen, damit ihre Weiber schneller arbeiteten, sie an andere Plätze befehlen, alles tun, um zu beweisen, wie fleißig sie ihre Aufsichtspflichten erfüllten, und um zu verhindern, daß man ihnen Arbeitspunkte abzog.
Kelmz trieb sein Spiel auf die Spitze. Sie kamen an einer Gruppe vorbei, die hochbeladene, mit nassen Sackleinen bedeckte Laverkarren auf die Dammstraße hob. Der Flaschenzug knirschte unheilverkündend. Kelmz sah im Vorbeigehen zu, als wollte er tatsächlich stehenbleiben und den verantwortlichen Penneltons den Kopf waschen, weil sie sich nicht um den Zustand der Ausrüstung kümmerten, die ihnen auf ihrem Arbeitsterrain zur Verfügung stand. Kein Wunder, daß er von jedem unterwürfig gegrüßt wurde. Er bot das überzeugende Bild einer Säule der Ordnung.
Spät am Nachmittag krochen sie in einen anderen Verschlag, um dort ihr Abendbrot einzunehmen und eine Weile zu ruhen, bevor der nächtliche Gewaltmarsch begann. Eykar trödelte draußen herum, und er schien den Moment hinauszögern zu wollen, in dem er wieder auf engem Raum mit dem Weib zusammensein mußte.
Kelmz hatte Eykars Unbehagen in Gegenwart des Weibes bemerkt. Er saß zwischen den Waldläufern, verfolgte, wie sie die Vorräte auspackten, und sagte zu Servan: »Sie tun Ihrem Freund

keinen Gefallen, wenn Sie diese Hure weiter mitnehmen. Niemand würde es bemerken, wenn Sie ihr den Befehl geben, sich unter eine der Gruppen dort unten am Teich zu mischen.«

»Sie ist mein Eigentum«, erklärte Servan. Der einschläfernde Marschschritt am Nachmittag hatte ihn erschöpft, und seine Kehle war trocken vom Singen. »Ich will Ihnen etwas sagen. Da sie Ihnen schon die ganze Zeit über im Kopf herumspukt, warum nehmen Sie sie nicht für eine Stunde oder so und verschwinden in den Büschen? Sie sind Ihr ganzes Leben lang auf der Jagd nach wilden Tieren gewesen. Versuchen Sie es statt dessen doch einmal mit einem Weib, kosten Sie von ihrem Geheimnis, erleben Sie ein Abenteuer Ihrer Seele.«

»Ich habe meine Pflicht in den Zuchtkammern erfüllt«, knurrte Kelmz. Er warf die Sandale zu Boden, die er abgestreift hatte, und massierte seinen Fuß. Die Waldläufer ahmten seine Bewegungen nach. »Ich bin nicht pervers und scharf auf Mösen.«

»Aber Sie glauben, Eykar ist es?«

»Nein.« Kelmz betrachtete den gekrümmten Rücken des Weibes. Die Waldläufer registrierten seine feindseligen Gefühle, und Knurren und Grollen regte sich tief in ihrer Kehle. »Aber er scheint genug um die Ohren zu haben, ohne sich auch noch Sorgen wegen einer verdammten Hure machen zu müssen.«

»Sie kümmern sich um Ihre Waldläufer, Captain, und ich kümmere mich um meinen Freund.«

9

Servan aß rasch. Es war wenig genug. Er nahm die Schüssel, die das Weib für Eykar vorbereitet hatte, und den kleineren Bierkrug und ging nach draußen. Eykar stand am Geländer (ohne sich anzulehnen, denn er erlaubte sich keine Trägheit) und sah zu, wie das Licht verblaßte. Er nahm seine letzte Essensration mit einem dankbaren Nicken entgegen und aß. Eine müde, nachdenkliche Aura umgab ihn, die Servan noch gut aus ihren Tagen im Jungenhaus kannte und die er immer zu vertreiben trachtete.

»Kelmz ist besorgt«, erklärte er. »Wegen dir und dem Weib.«
»Ich mache mir Sorgen um Kelmz«, entgegnete Eykar und schnitt eine Grimasse.
»Fühlst du dich verantwortlich?« Servan lehnte sich an die verwitterte Steinmauer.
»Er begleitet uns, weil ich ihn darum gebeten habe.«
»Wenn ich mich recht erinnere, um sein Leben zu retten, nicht wahr?«
»Vielleicht habe ich ihm damit keinen Gefallen getan.« Eykar würzte sein Kornbrot mit Laverflocken. Wie alle Männer aus der Haltfeste war er ein guter Esser. »Ich war mir nicht über die Belastungen klar, die ihn erwarteten. Insbesondere das Manna, das du ihm in jener Nacht gegeben hast – war das wirklich erst vorgestern?«
»Ohne ihn hätten die anderen vielleicht im letzten Augenblick einen Rückzieher gemacht, und wir wären in eine sehr gefährliche Lage geraten.«
»Deshalb habe ich mich auch nicht eingemischt.«
»Er ist ein zäher alter Bursche. Ein bißchen DunkelTräumen wird ihn schon nicht umwerfen.«
»Es hat ihn bereits umgeworfen.« Von unten erklangen Pfiffe. Die Weibergruppen, die sich zu weit von Bayo entfernt hatten, um heimzukehren und dort zu schlafen, wurden zu den Schuppen entlang der Weiher getrieben, wo sie die Nacht verbringen mußten. »Ich glaube nicht, daß Captain Kelmz von den Hemaways unter normalen Umständen die Waldläufer einer anderen Sippe stehlen würde. Er weiß, sie können dadurch ihr inneres Gleichgewicht verlieren und verrückt werden, und dann kann man sie eigentlich nur noch töten.«
Servan zuckte die Achseln. »Ihm wird langsam unsere tatsächliche Situation bewußt, das ist alles.«
»Nein. Ich glaube, er hört allmählich auf, sich gegen etwas zu wehren, das er sein ganzes Leben lang bekämpft hat – seine Faszination, die er für die Tiere empfindet. Hat sein DunkelTraum das nicht bewiesen? Ich glaube, tief im Innern hat er die Waldläufer immer für gezähmte Tiere gehalten. Und nun schaut

er in sein Inneres. Hast du nicht bemerkt, daß seine Verbindung zu diesen Pennelton-Waldläufern sehr unpersönlich ist?«
»Was kümmert es dich, was mit diesem alten Wolf geschieht?« fragte Servan und trat müßig gegen die Mauer. »Er ist kein Mann für dich, Eykar. Denk an die Altersgrenze.«
»Servan, du bist die wandelnde Geilheit, du änderst dich nie! Ich möchte nur nicht, daß der Mann in dieser Situation durchdreht. Trachtest du ihm noch immer nach dem Leben?«
»Nein, im Moment nicht.«
»Was heißt ›im Moment‹? Du gehörst nicht zu den Menschen, die einen alten Groll vergessen. Offen gesagt, falls ihm irgend etwas zustößt, glaube ich nicht, daß du oder ich die Waldläufer so unter Kontrolle halten können, wie es ihm in Bayo gelungen ist.«
»Oh? Es hat dich beeindruckt? Habe ich Grund zur Eifersucht?«
»Hättest du selbst einmal Waldläufer geführt, wärst du auch beeindruckt gewesen.«
»Ich war es, ehrlich«, gestand Servan mit plötzlicher Großzügigkeit. »Es war gute Arbeit.«
»Kann ich davon ausgehen, daß du ihn nicht in einer plötzlichen Anwandlung von Groll umbringen wirst?«
Servan breitete die Arme in einer verärgerten Geste aus. »Er hat mir in Lammintown aufgelauert. Ich war wütend, aber ich bin nicht nachtragend. Was verlangst du, ein Versprechen? In Ordnung, ich verspreche, nicht Hand an ihn zu legen. Zufrieden?«
»Das ist kein Versprechen«, entgegnete Eykar. »Du hast immer das gemacht, wonach dir der Sinn stand.« Er bückte sich, um seine Schüssel in dem Waschtrog neben der Wand des Verschlags auszuspülen. »Ich wäre nicht entzückt, Servan, wenn du Captain Kelmz tötest, auch wenn du eine noch so kunstvolle Entschuldigung vorbringst.«
»Du vertraust mir nicht«, klagte Servan. »Komm, laß es sein, das Weib kann das saubermachen. Bei Gottes mißratenem Sohn, was glaubst du eigentlich, warum ich sie mitgenommen habe? Etwa wegen ihrer schönen Augen? Gehen wir ein wenig spazieren. Ich habe etwas Bier mitgebracht.«
Sie wanderten Bayo entgegen, in jene Richtung, aus der ihre

Verfolger kommen würden, sollte man ihre List durchschaut haben. Servan hatte mehrfach an diesem Nachmittag darüber nachgedacht, was geschehen würde, wenn sie direkt Bajerman und einer Horde Penneltons in die Arme liefen, während Eykar sich zweifellos Sorgen um Kelmz oder um das Weib gemacht hatte.
»Erzähl mir von Wegend«, bat er.
»Es war ein eintöniges Leben«, sagte Eykar. Die Zeit dort hatte an seiner wortkargen Reserviertheit offenbar nichts geändert.
»Du scheinst dich in guter Form gehalten zu haben«, bemerkte Servan. Begleitet von einer plötzlichen Hitzewelle sah er Eykars schlanke Gestalt wieder vor sich, unter der Dusche in Bayo, hager und weiß und hart wie Marmor. Eykar hatte immer gegen das angekämpft, was er für die Schwäche seines Körpers hielt, und zwar mit einer Selbstdisziplin, die einen schwachen Mann umgebracht hätte.
»Die Pflichten in Wegend sind leicht«, erklärte Eykar mit einem Hauch von Ironie. »Ich hatte viel Freizeit.«
»Wie hast du sie verbracht?« drängte Servan.
»Servan, du mußt Wegend eines Tages für deine Traumkunden erschaffen. Ich bin sicher, daß es dir gut gelingen wird. Warum willst du dir deinen Stil durch die Wirklichkeit verderben lassen?«
»Nun, unterhalten wir uns dann über die Zukunft.« Servan schwang den Krug beim Gehen und genoß es, wie der Inhalt hin und her schwappte. »Ich muß sagen, ich halte dein Vorhaben für recht engstirnig. Große Aufgaben warten in der Haltfeste darauf, von jungen Männern in Angriff genommen zu werden, die sich nicht vor den Mantelgockeln und ihren Waldläufern fürchten. Zum Beispiel könnten wir beide uns der Unruhe unter den Junioren bedienen. Wenn wir es klug genug anfangen und keine Zeit verlieren, dann könnten wir die Haltfeste zu unseren Gunsten umkrempeln. Du hast gesehen, wir rasch sich die Chesters auf der Fähre an deine Seite gestellt haben.«
Verächtlich knurrte Eykar: »Ich habe gesehen, wie leicht du sie manipuliert hast, ja. Aber sie haben dir und Kelmz geholfen, nicht mir.«

»Oh, sie könnten lernen, dich zu lieben«, lächelte Servan.
»Ich bin keine Führerpersönlichkeit«, antwortete Eykar. »Und du...«
»Ich habe die Fähigkeiten dazu«, protestierte Servan in verletztem Tonfall. »Und was dich betrifft, Eykar, so steckt mehr in dir, als du zugeben willst. Denk nur daran, was geschah, als dich der Rat nach Wegend schickte, um dort zu töten und zu sterben. Ich kenne dich gut genug, um zu wissen, daß du die Zeit genutzt hast, um dich in Selbstkasteiung zu üben.«
»Ich habe mein Bestes getan«, nickte Eykar, »wenngleich mir dein Erfindungsreichtum und dein Talent fehlten, dies als angenehm zu empfinden.«
Servan seufzte. »Du hältst dich für schwach, aber wenn du auch nur ein wenig stärker wärst, dann würdest du bei jedem Schritt Löcher in den Boden stampfen. Wozu du dich entschließt, das führst du auch durch. Oder warum, beim kältesten Punkt des Mondes, bin ich wohl hier draußen bei dir und höre zu, wie der Laver wächst?«
»Du amüsierst dich, wie immer«, sagte Eykar und lachte krächzend. »Ich habe mir in den ersten Monaten in Wegend Gedanken darüber gemacht, ob du dich amüsieren würdest oder überhaupt Gelegenheit dazu hättest, natürlich überflüssigerweise.«
»Überflüssigerweise! Du bist gut. Diese alten Hemaway-Scheißer wollten mich verbrennen lassen, wußtest du das nicht?« Servan begann, den Verschluß des Kruges zu lösen.
»Man hat mich nicht informiert«, erwiderte Eykar sarkastisch. »Kaum hatte ich dich ihrer Obhut übergeben, sperrten mich die Lehrer ebenfalls ein. Tage später schickten sie mich nach Wegend. Ich hatte keine Gelegenheit, Fragen zu stellen.«
Der Pfropfen löste sich. Servan hätte ihn gern in seine Hemdtasche getan, aber die Weiber von Bayo hatten nicht daran gedacht, eine Tasche anzunähen, da sie selbst keine Taschen und nichts besaßen, was sie in ihnen unterbringen konnten. Er behielt den Pfropfen in der Hand und dachte an die Tage im Jungenhaus. Sie spazierten weiter durch den Abend und schwiegen eine Zeitlang.
Im Jungenhaus hatte sich Servan rasch als Rabauke, als schlauer

Fragesteller, der die Lehrer in Verlegenheit brachte, und als Dieb hervorgetan. Allerdings nur, um seine Langeweile zu bekämpfen, und aus keinem anderen Grund. Dann war Eykar in seine Klasse versetzt worden, und die Situation hatte sich verändert. Servan hatte Ehrgeiz entwickelt. Er begann, seinen Verstand zu gebrauchen, sehr zum Erstaunen (und zur Enttäuschung) seiner Lehrer. Doch gleichgültig, wie raffiniert er ihnen auf der Nase herumtanzte, um den neuen Jungen zu beeindrucken, Eykar hatte ihn ignoriert.

Eykar hatte in jener Zeit alles wissen wollen, aber nur, wenn es stimmte. War es beispielsweise zutreffend, daß es jenseits der Grenzen der Haltfeste nichts außer dem leeren Buschland namens Wildnis gab? Wenn dem so war, warum plante der Rat noch immer die Rückeroberung eines derart nutzlosen, unwirtlichen Territoriums? Und falls er das plante, wo und wann sollte die Rückeroberung beginnen? Er hatte sich mit einer derartigen Verbissenheit auf die Suche nach Antworten auf diese Fragen begeben und bis ins kleinste Detail nachgeforscht, als ob für ihn alles von gleicher Wichtigkeit war. Nie ließ er sich lange davon ablenken oder dazu bringen, sich auch um andere Dinge zu kümmern. Es war faszinierend und eine richtige Herausforderung gewesen.

Um sich ihm überhaupt nähern zu können, mußte sich ihm Servan auf seinem Gebiet nähern. Themen, über die zu sprechen sich die Lehrer weigerten, griff Servan gemeinsam mit ihm freudig und respektlos auf, und dies brachte sie einander näher. Aber das konkurrierende Element in ihrer Beziehung trat erst beim peinlichen Vorfall während des ErstTraumes zutage.

Mit dreizehn, nach jahrelanger Unterweisung in den richtigen Themen der Traummeditation, erhielten alle Jungen in der Klasse zum erstenmal unter der Aufsicht ihrer Lehrer Manna. Es war eine grausame Prüfung. Einige Jungen starben unter dem Einfluß der Droge. Von ihnen wurde gesagt, sie wären eben Muttersöhnchen und nicht Manns genug gewesen, um das Manna zur Schulung ihrer Seelen zu benutzen. Statt dessen zerschmetterte das Manna die schlechte Fälschung ihres männlichen Willens, und ihre Seelen kehrten zurück in die Leere. Andere konnten die Phantome des Traumschocks auch nach dem Erwachen nicht abschütteln, und nie überwanden sie ihr Verlangen nach der Droge. Man übergab sie den Offizieren der Bruderschaften, damit sie zu Waldläufern ausgebildet wurden. Jene, die reine Gedanken und starke Seelen besaßen, waren kräftiger als je zuvor und inspiriert von den Visionen, die sie gesehen hatten.

Dann gab es die Grenzfälle. Eykar hatte noch tagelang danach mit Fieber und Phantomen zu kämpfen. Servan starb fast.

Die Lehrer versetzten Servan in eine niedrigere Klasse und behaupteten, ihn dadurch von seiner Empfindlichkeit kurieren zu wollen, mit der er auf den Genuß von Manna reagierte. Es war offensichtlich, daß die Degradierung auch eine Strafe für seine Streiche und seinen jahrelangen Ungehorsam darstellte.

So verbrachte er gezwungenermaßen mehrere Jahre in der Gesellschaft jüngerer Kameraden. Wieder und wieder wurde er der Prüfung des ErstTraums unterzogen, ohne ein besseres Ergebnis zu erzielen. All dies kümmerte ihn wenig. Je mehr man versuchte, ihn in den Morast der würdevollen Tugend zu stürzen, die den Kanon für die Traumbilder formte, um so mehr verschlimmerte sich aus reiner Frustration sein Benehmen. Währenddessen wurde Eykars natürliche Brillanz allmählich anerkannt, wenn auch widerwillig. Eykar sagte man eine große Zukunft voraus, trotz des Stigmas, welches das Wissen um seine Herkunft bedeutete. Er fuhr fort, mit Servan zu diskutieren, was die Ungleichheit ihrer Situation nur unterstrich.

Schließlich, um seinen offenbar festgelegten Status als ewiger Junge und Nichtträumer zu ändern und um die Lehrer zu provozieren, schlug Servan vor, daß ein Lehrer mit ihm gemeinsam eine Traumsitzung abhalten und ihm mit Rat und Tat bei der Wahl der richtigen Bilder zur Seite stehen und ihn an dem nutzlosen Mischmasch der Visionen vorbeiführen sollte, für die er so empfänglich war.

Ein Aufschrei brach los. Man verdächtigte Servan, einen Lehrer dazu mißbrauchen zu wollen, ihm das DunkelTräumen beizubringen. Man nannte ihm zwanzig verschiedene Gründe, warum man

nicht männliches Selbstvertrauen erwerben konnte, wenn man sich im verwundbarsten Moment – während des Traumes – der mentalen Kontrolle anderer unterwarf. Man stellte ihn unter Arrest.
Unvermeidlich machte sich Servan daran, schlecht gelaunt, hungrig und einsam, wie er war in dem dunklen kleinen Verlies des Arrestraumes, selbst das DunkelTräumen zu lernen, um herauszufinden, was es damit auf sich hatte. Nach seiner Entlassung unternahm er insgeheim Reisen nach Skidro, wo er einen DunkelTräumer traf, der bereit war, ihm im Tausch gegen Informationen über einige Lehrer des Jungenhauses die Gabe des Träumens zu vermitteln.
Dann fragte Servan Eykar, ob er mitmachen wollte. Natürlich zauderte Eykar zunächst. Doch zum Schluß konnte er der Versuchung, die »Wahrheit« über das DunkelTräumen herauszufinden, nicht länger widerstehen. Er begleitete Servan zu seinem Treffen mit dem DunkelTräumer – nur als Beobachter.
Der DunkelTräumer war nicht stark genug gewesen. Servan entglitt seiner mentalen Kontrolle und begann, dem Manna-Wahnsinn zu verfallen. Eykar hatte eingegriffen und den DunkelTräumer gezwungen, Servan zurück ins Jungenhaus zu schaffen und ihn der Obhut der Lehrer zu übergeben.
»Muß dich zu Tode erschreckt haben«, brummte Servan, »der ganze Vorfall. Ich hätte diesem Lumpen besser auf den Zahn fühlen sollen, ehe ich mich ihm anvertraute. Woher hast du gewußt, daß ich in Schwierigkeiten war?«
»Ich habe es an deinem Atem gemerkt. Ich weiß nicht, was er benutzt hat, aber es war viel stärker als das, was wir im Jungenhaus bekamen. Manna von Ratsqualität, nach der Wirkung zu urteilen.«
Servan preßte mit beiden Armen den Bierkrug an seine Brust. »Es war verdammt knapp, kann ich dir sagen. Zwei volle Tage war ich weg, und als ich wieder zu mir kam, war ich bereit, ein guter Junge zu werden. Sie konnten es nicht glauben. Diese alten Hemaway-Knacker bohrten und drängten so lange, bis ich die Nase voll hatte und ihnen ein paar Dinge über ihre eigenen Brüder erzählte. Ich

bin sicher, sie wußten, daß einige der Lehrer mit schöner Regelmäßigkeit selbst dunkelträumten, aber sie mußten Theater spielen und Entsetzen heucheln, als ich Namen nannte. Sie brüllten, man würde mich verbrennen, und ich sei eine Mißgeburt, und auf dem Höhepunkt der Empörung, als der alte Varner, so laut er konnte, losschrie und allen gleichermaßen die Schuld an der ganzen Situation gab, wurde ich wieder ohnmächtig.
Als ich beim nächstenmal erwachte, zerrte mich eine Horde schwitzender Waldläufer aus einem Bett und hinunter in den Hof. Du erinnerst dich an den Hof, an den Schauplatz so vieler unserer Diskussionen? Nun, die gesamte picklige Bevölkerung des Jungenhauses wurde nach draußen getrieben, um zuzusehen, wie mich diese verdammten Waldläufer mit Stricken fesselten und mich zu Boden drückten, damit die Lehrer mein Hemd aufschneiden und mit Säure mein Jungenzeichen an der Schulter fortätzen konnten. Jesus, du mußt mich gehört haben, selbst in der Arrestkammer!
Sie wickelten mich in eine Hängematte, trugen mich zur Grenze der Haltfeste und warfen mich dort auf den Boden. Ohne ein Wort, nichts. Sie ließen mich zum Sterben in der Wildnis zurück. Da wurde mir erst klar, daß sie sich doch nicht entschieden hatten, mich zu verbrennen. Ich kann mich bis heute noch an den Geschmack von Blut und Staub in meinem Mund erinnern.« Er trank einen großen Schluck Bier. Woran er sich vor allem erinnerte, das war die Stille der Wildnis, eine Stille, die sich bis zur Krone des Himmels über seinem Kopf auftürmte und sich unter ihm bis zum Herz der Erde erstreckte.
»Varner und die anderen, die dabeigewesen sind, haben mich bereits in Wegend besucht«, bemerkte Eykar trocken. »Die Waldläufer sind wahrscheinlich schon längst in einem Feldzug der Hemaways ums Leben gekommen. Aber du bist noch immer da, Servan, um davon zu berichten.«
Servan lachte. »Eykar, du bist hartherzig! Aber selbst dich hätte es nicht kaltgelassen, wenn du mich durch Staub und Dornen stolpern gesehen hättest, fluchend, tobend und blutend, bis die Plünderer kamen und mich holten. Weißt du, es stimmt nicht, daß

die Plünderer ihr Leben fristen, indem sie Metall und derartige Dinge suchen und verkaufen. Ihre beste Einkommensquelle ist der Handel mit verstoßenen Jungen. Jemand im Jungenhaus wird von ihnen bezahlt, damit er sie informiert, wenn ein vielversprechender Junge – so wie ich – verurteilt und in der Wildnis ausgesetzt wird. Die Plünderer schnappen ihn sich dann und geben so den Geschichten über die Dämonen Nahrung, die die Leichname verschlingen.

Der Glückliche, der den Plünderern in die Hände fällt, wird von ihnen verweiblicht, damit sie ihn verkaufen können. Schließlich gehört es zu den männlichen Tugenden, nichts zu verschwenden, was sich irgendwie noch gebrauchen läßt.«

»Wir sollten besser umkehren«, warf Eykar ein, »sonst vergeuden wir noch eine Stunde der Dunkelheit. Erzähl weiter. Da ist doch gewiß noch mehr. Oder willst du etwa behaupten, du seist an Senior Bajerman verkauft worden, der jetzt mit einer Truppe Waldläufer am Verschlag auf uns wartet?«

»Jesus«, lachte Servan, »das würde mir nicht gut bekommen, mein Freund! Der Handel mit ausgestoßenen Jungen basiert auf der Tatsache, daß ein Haufen reiche alte Senioren im Innern ihres Herzens Weiberficker sind. Das ist nicht überraschend, wenn man bedenkt, wie unappetitlich alte Männer sein können und sie ungehinderten Zugang zu den gutaussehenden unter den Weibern haben. Sie entwickeln Appetit auf die Gesellschaft von Weibern, aber gleichzeitig machen sie sich Sorgen um den Zustand ihrer Seele. Deshalb ziehen es viele von ihnen vor, sich einem armen jungen Burschen zuzuwenden, den man in ein Weib verwandelt, also kastriert hat. Damit haben sie ihn in der Tasche. Aus Scham und aus Furcht, die anderen könnten herausfinden, daß er kein Mann ist, wagt der kastrierte Junge nicht, fortzulaufen. Der Graubart, der sich einen entmannten Jungen hält, genießt so die Sicherheit männlicher Gesellschaft, ohne auf weibliche Weichheit verzichten zu müssen. Eine saubere Lösung des Problems, findest du nicht auch?«

»Es tut mir leid, daß ich darüber Witze gemacht habe«, erklärte Eykar. »Auch kastrierte Jungen sind zu mir auf den Felsen gekommen. Glaubst du etwa, du hast mir damit etwas Neues erzählt? Glaubst du im Ernst, nur weil ich in Wegend eingeschlossen war, wüßte ich nichts von der dunklen Seite des Lebens in der Haltfeste? Diese Dinge, über die du so unbeschwert sprichst, habe ich in den Gesichtern der Pilger eingebrannt gesehen, die zum Felsen gekommen sind. Sie haben sich trotz der Schweigeregel mit mir unterhalten.«

In derartigen Momenten der Erregung verriet Eykar manchmal mehr von seinen Gefühlen, als er verraten wollte.

»Was immer man über die Männer sagt, die sich entschlossen haben, nach Wegend zu gehen, mehr von ihnen sind gebrochen und verzweifelt als ›reif zur Erlösung‹, was immer das auch bedeuten mag. Krebs treibt sie, Wahnsinn treibt sie, Leidenschaft treibt sie; nur eine Handvoll haben das Gefühl, bereit zu sein. Ich bin besser informiert über das Leid, das das Leben in der Haltfeste mit sich bringt, als die meisten Männer. Du brauchst mich also nicht aufzuklären.

Und nur in meinen schwächsten Momenten habe ich geglaubt, daß es dir vielleicht nicht gelingen würde, unbeschadet diese schlimmen Dinge zu überstehen, die man dir zugefügt hat.«

»Nun«, sagte Servan, »aus reiner Gewohnheit heraus bin ich den Plünderern entwischt, aber ich habe mich später um sie gekümmert. Drei von ihnen sind inzwischen tot, einer trägt noch immer einige bezaubernde Narben, die er mir zu verdanken hat, und zwei weitere halten sich versteckt – sofern sie nicht nach Wegend gegangen sind, um mir nicht in die Hände zu fallen.« Er überlegte, ob er noch mehr sagen sollte, entschied sich aber dagegen. Er drückte den Pfropfen wieder in die Öffnung des Kruges. »Ich hatte viel Glück.«

»Ein Weiberausdruck«, sagte Eykar. »Glück.«

»Hast du nicht Glück gehabt, mich ausgerechnet dann zu treffen, als du mich gebraucht hast? Obwohl ich immer gewußt habe, daß der natürliche Lauf der Dinge uns wieder zusammenführen wird. Wir sind wie Feuer und Rauch. Wenn wir beide unsere Herzen wie Feuerstein aneinanderschlügen, dann würde ein Funke entstehen, der die gesamte Haltfeste von 'Troi bis zum Meer erhellte.

Was meinst du? Nichts? Oder hast du dir schon eine Meinung gebildet, willst sie aber nicht sagen, weil du so ein strikter Individualist, so ein in sich gekehrter Mensch bist?«
»Da!« sagte Eykar heftig und streckte den Arm aus, der sich dunkel gegen die Sterne abhob. »Man kann von hier aus die Lichter der Stadt erkennen. Sollen wir heute nacht losmarschieren, oder sollen wir unsere Zeit mit dem belanglosen Geschwätz kleiner dummer Jungen, alter Männer und Weiber verschwenden?«
Es hatte immer einen Weg gegeben, Eykar aufzurütteln. Servan war froh, daß er es noch nicht verlernt hatte. Er wünschte nur, jetzt Eykars Gesicht sehen zu können.

10

Servan ruhte sich aus, kauerte erschöpft an der Mauer der Dammstraße. Wenn er wieder zu Atem kam und die Seitenstiche gewichen waren, die ihn nach dem anstrengenden Lauf plagten, würde er sich in die Stadt schleichen und mit unverdächtigen Kleidungsstücken zurückkehren. Hier auf dem Gebiet der Hemaways war ihre derzeitige Maskierung von Nachteil.
Eykar war ganz in seiner Nähe, er hörte, wie er ruhelos in der Dunkelheit auf und ab ging. Je mehr man Eykar zermürbte, desto zäher wurde er, desto besser bezwang er seine Erschöpfung. Lange war er gelaufen. Jetzt, wo sie ihr Ziel – den Rand der Stadt – erreicht hatten, konnte er nicht einfach aufhören und sich ausruhen, obwohl Servan hörte, wie schwer sein Atem ging. Um Eykar brauchte man sich niemals Sorgen zu machen. Er war zwar mager, aber ausdauernder als die meisten anderen Männer.
Eykar flüsterte: »Seltsam, daß man die Stadt hören und riechen, aber nicht sehen kann. Manchmal habe ich davon in Wegend geträumt.«
Kelmz, der es besser hätte wissen müssen, antwortete Eykar, statt seinen Atem zu sparen und neue Kraft zu schöpfen, und die beiden begannen sich leise zu unterhalten. Ohne von Spott oder Stichelei

begleitet zu sein, tönten Kelmz' bedächtige, tiefe und Eykars scharfe Stimme an Servans Ohr.
Den Kopf auf den verschränkten Armen ruhend, hörte Servan zu. Kelmz machte eine Bemerkung über den Einfluß der großen Weiberbevölkerung auf die Stadt. Er erhielt eine umfassendere Antwort, als er erwartet hatte – dachte Servan lächelnd –, einen von Eykars gelehrten Vorträgen, mit denen er die Ausbilder im Jungenhaus so nervös gemacht hatte. Ausgerechnet seine esoterische Theorie, daß das Heilige Buch der Ahnen in Wirklichkeit von klugen Weibern geschrieben worden war, die Männernamen benutzt hatten, gab er jetzt zum besten. Nur Eykar würde mitten in der Nacht und in der Nähe eines Weibes von derartigen Dingen sprechen!
Er brachte seine Ausführungen mit der üblichen Genauigkeit und Klarheit vor. Die Tendenz in den Lehren dieses Buches konnte als ein Gemisch aus unmännlicher Weichheit, weinerlichem Moralisieren und antihierarchischer Hetze interpretiert werden, all das notdürftig verhüllt von einer männlich scheinenden Geschichte über einen Sohn, der für den Frevel bestraft wurde, seinen Vater, »Gott«, als Herrn der Mannheit abzulösen. Außerdem wurde vermutet, daß es ein noch älteres Buch von viel größerer Bedeutung gegeben hatte, von dem dieses neuere nur eine Fälschung darstellte.
Überraschenderweise brachte Kelmz nicht nur Einwände gegen diese Annahme vor, er zeigte sogar, daß er auf diesem Feld bewandert war.
»Aber die Aussage dieser Geschichte«, erklärte er nach langem Nachdenken, »ist mannhaft: Indem er die Autorität seines Vaters herausforderte – und zwar durch das falsche, weibische Geschwätz, das er lehrte –, zog der Sohn den gerechten Zorn seines Vaters auf sich. Und hat er am Ende der Geschichte nicht seine Strafe auf sich genommen?«
Sie waren nicht mehr zu halten. Man konnte Eykar nicht eine derartige Gelegenheit geben, ohne daß er sie zu einer Diskussion nutzte. Er klang plötzlich hellwach und entspannt, wie sich Eykar eben entspannte – indem er sein Gehirn bis zur Erschöpfung

antrieb. Die sechs Jahre der Einsamkeit in Wegend mußten einen unstillbaren Hunger nach theoretischen Debatten erzeugt haben. Er führte aus, daß in der Zeit der Verheerung zumeist Weiber »Gott« und seinen Sohn angebetet hatten und eines der Symptome für eine beginnende Verderbtheit bei den Söhnen der Ahnen eine Neigung in diese Richtung gewesen war. Zudem waren die männlichen Würdenträger dieser Religion eingesperrt worden, weil sie sich den Befehlen der Alten Führer widersetzt hatten.

Man konnte fast hören, wie Kelmz nachdachte. Das normale Gegenargument war, die Flüchtlinge hätten tatsächlich einigen Trost aus dem Heiligen Buch gewonnen. Andererseits hatten sie sich später von dem Buch und seinen Lehren abgewandt, als festgestellt worden war, daß viele der Weiber seinen Thesen stärker zugeneigt waren als die Männer.

Doch der Captain machte einen ganz anderen Einwand, der mehr seiner Ausbildung in Militärgeschichte als seiner Kenntnis des Buches selbst entstammte. Die Religion des Buches, so sagte er, war einst eine gute und männliche Religion gewesen, mit all ihren bewaffneten Feldzügen gegen die Ungläubigen und das Verbrennen von Ketzern unter der Schirmherrschaft einer mächtigen und streng organisierten Hierarchie. Der gesamte Aufbau der frühen Alten Gesellschaft, mit ihren Ehrbegriffen, festen Klassenstrukturen und der Unterjochung ganzer Rassen der Schmutzhäute, hatte auf dieser Religion basiert. Das Problem, behauptete er, war, daß Weiber gute, männliche Prinzipien unterhöhlt und pervertiert hatten – und diese heimtückische Gefahr drohte in alle Ewigkeit von ihnen.

»Was könnte heimtückischer sein«, erwiderte Eykar, »als den Mann in einem Netz scheinbar männlicher Doktrinen einzuspinnen, um ihn dann mit einer Fäulnis zu verderben, die erst in ferner Zukunft zutage tritt?«

Kelmz änderte seine Strategie. Es schien vermessen, sagte er, einen derart großen Einfluß Kreaturen wie diesem Weib hier zuzuschreiben, das ihren Gepäckkorb trug. Ganz zu schweigen davon, daß eine Fähigkeit wie das Schreiben (die das Ordnen und

klare Formulieren von Gedanken verlangte) das Begriffsvermögen von Wesen ihrer Art völlig überstieg.
Der alte Wolf war schlauer, als Servan angenommen hatte. Er mußte sich zu dieser Diskussion in Gegenwart eines Weibes entschlossen haben, um ihre Bedeutungslosigkeit im Licht dieser alten, schwerwiegenden Dinge zu zeigen und gleichzeitig Eykar zu mahnen, sich vor ihr in acht zu nehmen – ohne es ihm offen ins Gesicht zu sagen und ihn so zu beleidigen. Plötzlich hielt Servan das Gespräch nicht mehr für amüsant.
Während er gedöst und davon geträumt hatte, auf dem Hof des Jungenhauses ein Nickerchen zu machen, wo die Jungen und Lehrer unter den Arkaden spazierengingen und sich unterhielten, da war ihm Kelmz' Interesse an Eykar aufgefallen. Kelmz machte den Eindruck eines Senioren, der gewillt war, Eykar auf gleicher Ebene zu begegnen, ohne von seinem Altersstatus Gebrauch zu machen oder intellektuelle Herablassung zu zeigen, und sich dennoch nicht in die Enge drängen ließ.
Nun, was war davon zu halten? Falls sich Eykar in eine Affäre mit einem Mann jenseits der Altersgrenze verwickeln ließ, dann konnte Servan dieses Vergehen später immer noch für sich ausnutzen. Kelmz war schwerlich ein ernster Konkurrent. Dennoch, Eykar war in den letzten Tagen so angespannt, so verschlossen, daß man sich seiner nur schwer sicher sein konnte. Servan bewegte sich unbehaglich und versuchte, nicht mehr auf das freundschaftliche Gemurmel der beiden Stimmen zu achten.
Als die Glocken der Stadt läuteten und leise in der verblassenden Nacht hallten, stand er früher als beabsichtigt auf.
Sie verstummten, als sie hörten, daß er sich bewegte.
»Diese Maskerade hat jetzt keinen Sinn mehr«, erklärte Servan. Er griff nach Kelmz' Schulter und schüttelte ihn heftig. »Geben Sie mir mein Manna-Armband zurück.« Er spürte das Gewicht des Metalls, das in seiner Hand noch immer Kelmz' Wärme ausstrahlte. »Ich komme so bald wie möglich wieder zurück.«
Noch bevor er außer Hörweite war, hatten sie ihr Gespräch wieder aufgenommen. Servan begann zu laufen.

Keine Wache war während der Nacht auf den Brennhöfen der Stadt postiert. Nichts konnte aus den versiegelten, glosenden Kuppeln gestohlen werden, obwohl die Hitze bereits zu einem Wabern über den Lüftungsschlitzen abgesunken war.

Sorglos schritt Servan über den Schutt aus alten Tonscherben, der die Kammern umgab. Er verharrte kurz, um einige der Probestücke aufzuheben, die man durch eine der Öffnungen in den Öfen herausgezogen und auf ein Tablett gelegt hatte, damit sich die Aufseher vom Fortschritt des Brennprozesses überzeugen konnten. Es war nicht hell genug, um die Farben zu erkennen, aber die Stücke fühlten sich angenehm glatt an und schienen jeden Augenblick unter der Berührung nachgeben zu wollen, wie Haut. Er warf sie zurück auf das Tablett, überquerte den Hof und näherte sich einem der niedrigen Gebäude am anderen Ende. Wie die Lagerschuppen in Lammintown waren auch die Töpfereien der Stadt voll von seinen versteckten Habseligkeiten.

Er lehnte sich mit dem Rücken an die Tür, umhüllt vom Geruch des feuchten Tons. Er atmete tief ein und schmeckte den Geschmack von Ton auf der Zunge. Das erste Licht würde ihm den Weg weisen. Auf den Tischen lagen zweifellos in feuchte Tücher eingewickelte Tonfiguren, und er wollte nichts umwerfen. Er wartete, dachte nicht. Die feine Asche unter seinen Füßen und der Staub, der sich auf seine Lippen legte, waren ihm willkommen. Wie das murmelnde Glockenspiel der Stadt, so verrieten sie ihm, daß er zu Hause war.

Als Junge hatte er einen Teil seiner Ausbildungszeit auf den Brennhöfen verbracht. Die Tonkrümel hatte er seitdem nie aus seinen Haaren gekämmt. Die Möglichkeit, einen Klumpen feuchter Erde zu formen und ihm dauerhafte Gestalt zu geben, hatte ihn fasziniert.

Er hatte sich überlegt, wie er die Sippe, die zu dieser Zeit die Töpferei betrieb, dazu bringen konnte, ihn nach seiner Entlassung aus dem Jungenhaus aufzunehmen. Er hatte nach einem Weg gesucht, dort zu bleiben, wenn das Fünfjahr abgelaufen war und sie zu einem anderen Arbeitsterrain weiterzogen, sich das Hirn zermartert, wie er sich das Privileg erkämpfen konnte, gestalte-

risch frei tätig zu sein, statt wie die anderen Figuren Gebrauchsgegenstände und Möbelstücke zu töpfern. All das war durch seine Verbannung natürlich irrelevant geworden.
Seltsam, daß nichts davon in das Gespräch eingeflossen war, das er mit Eykar auf den Dammstraßen geführt hatte. Als Jungen hatten sie oft zusammen über die Zukunft gesprochen, obwohl Eykar es immer vermieden hatte, sich in irgendeiner Weise festzulegen. Immer hatte er erklärt, er wüßte es noch nicht. Damit meinte er, sein Entschluß, obwohl er noch keine Gestalt angenommen hatte, sei durch seine Persönlichkeit schon vorherbestimmt.
Servan rieb die Schulter an der Tür. Dieses Starren auf die Vergangenheit war so dumm. Niemals gab er dem Ansturm der Erinnerungen nach, außer wenn er über Eykar nachdachte. Wie kam es, daß er nicht fünf Minuten lang mit Eykar allein sein konnte, ohne dem Drang nachzugeben, ihn ein wenig zu quälen, ihn zu reizen und ihn in Wut zu bringen?
Tatsache war, die Zeit hatte keine Änderung gebracht. Eykar war in seiner Vorstellung noch immer wie ein Fels im tiefen Wasser, der nichts versprach, nichts verlangte und der die Strömung dennoch teilte. Es gab keinen Zweifel: Eykar besaß Macht über ihn. Das war eine neue Situation. Servan hatte nie ernsthaft den Begriff »Eykar« mit dem Begriff »Macht« verbunden. Bisher hatte sich Servan immer für den Stärkeren gehalten, wenn es um wichtige Dinge ging. Jetzt spürte er etwas, das ihm zuvor noch nie bewußt geworden war – Eykar übte Einfluß auf ihn aus.
Warum hatte sich Servan im Jungenhaus ständig in Gefahr begeben, bis hin zu dem DunkelTraum, der ihn soviel gekostet hatte, wenn nicht, um Eykar zu beeindrucken? Das einzige positive Ergebnis war Eykars Verbannung an einen abgeschiedenen Ort gewesen, wo er seine Stärke und seinen Willen vervollkommnen konnte, und was machte er daraus? Jetzt wollte Eykar Raff Maggomas suchen. Natürlich würde ihm Servan dabei helfen.
Servan fröstelte. Eykar schien in seiner Anspannung, seiner Schlankheit so verwundbar, daß man die Wirkung seines starren, durchdringenden Blickes vergaß.

Zerlumpte Gestalten wurden in dem fahlen Halbdunkel sichtbar. Das Licht brachte, wie es manchmal geschah (obwohl sich Servan niemals erlaubte, das zu hoffen), eine Offenbarung. Er erkannte in den verhüllten Gestalten die vertraute heroische Pose einer Gestalt aus der Geschichte wieder, die sich bis in die Falten der feuchten Kleidung ausdrückte. Es konnte nur Zoror oder Zero sein (wie es in der Hymne hieß), der erste von den Nachkommen der Flüchtlinge, der die Zuflucht verlassen hatte und in die Welt zurückgekehrt war, um festzustellen, daß sich das Land in einem Zustand befand, der den Aufbau einer neuen Zivilisation gestattete.

Das war die Aura, die Eykars hagere Gestalt in Servans Vorstellung umgab – die Möglichkeit einer mythischen Tat.

Eykars Seele versteckte noch immer ihren tiefsten und dunkelsten Traum, und die Möglichkeiten dieses Traumes verliehen ihm Macht. Der Mann, der den Namen seines Vaters kannte, konnte alles tun, er konnte sich sogar durch irgendeine große, unglaubliche Tat unsterblich machen.

Das war besser. Servan mochte keine Geheimnisse. Es bereitete ihm Vergnügen, sie ans Licht zu bringen, damit man sie richtig einschätzen und mit ihnen umgehen konnte. Eykar als undurchschaubares Rätsel war eine störende Vorstellung, aber den Gedanken, daß Eykar im Begriff stand, eine legendäre Gestalt zu werden, konnte ein Mann ertragen. Summend bewegte sich Servan durch die Werkstätten und stöberte dann in einer der Vorratskisten, die an der Rückwand unter einigen langen Regalen standen.

Als er den Brennhof verließ, pfiff er die freche Parodie einer sehr ernsten Hymne, die dazu aufrief, ein mannhaftes Vorbild abzugeben. Seine Hemaway-Maskerade hatte er gegen ein unverdächtiges Gewand getauscht, und unter seinem Arm trug er ein Bündel. Er schlüpfte in das Labyrinth der schmalen Gassen zwischen den durch breite Straßen und Boulevards miteinander verbundenen großen Häuserblocks. Die Gassen waren Servans eigentliche Heimat. Selbst in der Traum-Blindheit fand er seinen Weg durch sie. So wie viele Stadtmänner. Es gab alteingesessene Bewohner, denen die Gassen als letztes Bollwerk wirklicher Freiheit galten.

Selbst die Patrouillenmänner zögerten, einem Mann in dieses Labyrinth zu folgen, wo man dem Gesetz und seinen Vertretern nur wenig Respekt entgegenbrachte.
Wenige andere Männer waren zu dieser frühen Stunde auf der Straße. Wenn ein Mann einen anderen erblickte, dann wich er aus und nahm den Weg durch eine andere Gasse, denn kaum jemand war bereit, zu irgendeiner Stunde irgend jemand in den Gassen zu begegnen. Ungehindert schritt Servan durch das Gewirr der krummen Streifen Pflasterstein und hartgeklopfter Erde. Automatisch achtete er auf die stinkenden Lachen – Urin, den man aus den hohen Fenstern der Gebäude zu beiden Seiten kippte – und auf die verstreut herumliegenden Tonscherben, die den Fuß eines unaufmerksamen Spaziergängers zerschneiden konnten.
Er würde dafür sorgen, daß er zusammen mit Eykar eine oder zwei Stunden in der Stadt verbringen konnte. Eykars Verdrossenheit war manchmal eine wahre Plage. Er nahm die Dinge so ernst, und seine Zurückhaltung machte ihn zu einem begehrenswerten Mann. Während der Nächte in der Beengtheit der Fähre war er verkrampft und schlecht gelaunt gewesen. Die Stadt war der richtige Ort, um ihn in aller Ruhe zu lieben und ihn so zu entspannen. Natürlich nicht ganz – ein Teil seines Reizes beruhte auf der Notwendigkeit, ihn immer wieder zu beruhigen, ihn stets, bis zu einem gewissen Grade, mit der Lust niederzuringen.
Von derartigen Gedanken erfüllt, bog Servan geradewegs in die Straße der Ehre ein. Gerade noch rechtzeitig hörte er das Knallen der Peitschen und schlüpfte in eine Seitengasse.
Die gesamte Straße, in die die Gasse mündete, war mit zwei roten Stricken abgesperrt. Eine Handvoll Leute lungerten jenseits der Absperrungen herum. Zwei gelangweilt wirkende Patrouillenmänner lehnten an den Eckpfosten, und die Waffenverleiher packten ihre Waren aus. Innerhalb der Seile ging eine Auseinandersetzung zwischen zwei schwergewichtigen Senioren dem Ende entgegen. Schwitzend und schnaufend fügten die beiden Duellanten einander nur noch feine Peitschenstriemen an den Bäu-

chen zu. Servan hatte gesehen, wie ein Mann einem Gegner mit einer dieser dünnen Peitschenschnüre die Haut zerschnitten und ihn erwürgt hatte.
Diese Männer trugen offenbar eine nicht allzu wichtige Auseinandersetzung in der Öffentlichkeit aus, um ihren Ruf zu mehren. Jeder wurde von einer Anzahl Freunde begleitet – »Zeugen« wäre eine zutreffendere Bezeichnung –, die mehr oder minder verlegen zuschauten.
Servan blieb unbeweglich stehen und verfolgte mit geübtem Blick das Geschehen. Er hatte nicht vor, dem Publikum eine bessere Gelegenheit zur Zerstreuung zu liefern. Selbst wenn man unbeabsichtigt die Straße der Ehre überquerte, mußte man sich der Herausforderung durch einen anderen Mann stellen, war man erst einmal »im Roten«, wie man sagte. Die roten Seile wurden jede Nacht an einem anderen Ort angebracht, damit niemand, der einem Kampf entgegensah, sich im voraus zu seinem Vorteil mit dem Platz vertraut machen konnte. Reputationen wurden erworben und verloren durch die Reaktion eines Mannes auf das rote Seil, das unerwartet seinen Weg kreuzte. Servan hatte an diesem Morgen keine Zeit für ein Duell und kein Interesse daran, in dem roten Bereich jedem neugierigen Auge ausgesetzt zu sein. Er würde einen Umweg durch die Gassen machen müssen.
Mit einem Schock entdeckte er Senior Bajermans rundes, undurchdringliches Gesicht unter den Zuschauern.
Servan lächelte bei der Vorstellung, wie erstaunt der Senior dreinschauen würde, wenn er ihm plötzlich gegenüberstand. Und es wäre auch für Eykar eine Überraschung, den Hemaways ausgeliefert zu werden.
Ein mit Sand beladener Karren wurde von einer schwitzenden Weibergruppe durch die Straße gezogen. Einer der Patrouillenmänner bedeutete ihnen mit einem Wink, nicht weiterzufahren. Der Kutscher, ein Hemaway-Junior, fluchte beim Anblick des roten Seils, und er trieb die Weiber zur Umkehr an, während er mit seiner Pfeife einen Lärm veranstaltete, als wollte er die ganze Straße taub machen. Er hatte einen erheblichen Umweg vor sich, wollte er mit seinem Fuhrwerk die Glasbläsereien am Ende der

Straße erreichen, wo, wie sich Servan erinnerte, die Hemaways in diesem Fünfjahr arbeiteten. Das also war der Grund dafür, daß sich Bajerman schon in aller Frühe hier herumtrieb; er gönnte sich eine Erholungspause von seiner Inspektionstätigkeit.

Und deshalb war auch Servan hier, deshalb hatte er sich kurzentschlossen in die Stadt begeben, ohne sich dessen überhaupt bewußt zu sein. Die Möglichkeit, Bajerman zu treffen, hatte die ganze Zeit über in seinem Kopf herumgespukt. Es war ein Beweis für die kühne, tapfere Pose, die die Stadt (die schließlich Heimat eines kundigen und aufmerksamen Publikums war) in ihm erzeugte.

In diesem Falle lief ein derartiges Vorgehen seinen eigenen Interessen zuwider. Er verspürte nicht den Wunsch, Eykars große Tat bereits im Keim zu ersticken. Er wollte ihr zum Leben verhelfen, vielleicht gar an ihr teilhaben, und diese Befriedigung wollte er nicht für die billigen Sensationen der Stadt aufs Spiel setzen. Außerdem, früher Verrat war womöglich genau das, was Eykar von ihm erwartete. Erwartungshaltungen zu enttäuschen verblüffte die anderen und sicherte Servan seine Beweglichkeit.

Doch all dies bedeutete nichts im Vergleich zu der einfachen, schrecklichen Tatsache, daß er Eykar nicht verraten konnte. Die Anziehung, die er während ihrer Jugend auf ihn ausgeübt hatte, war verschwunden und durch etwas Dunkleres und Stärkeres ersetzt worden. Als DunkelTräumer wußte er den heftigen Schlag seines Pulses und die Schwere seines Atems zu deuten: Eykar hatte ihn verzaubert. Er konnte sich drehen und wenden, wie er wollte, er konnte ihn besänftigen, ihn quälen – aber er konnte keine Anstalten treffen, ihn wissentlich zu vernichten. Ein Bild tauchte vor seinem geistigen Auge auf: Eykar war ein Komet, der glühte vor der Anstrengung, die es bedeutete, sich lange genug in der schmerzenden Leere zusammenzuhalten, um das Recht auf Vollkommenheit zu erwerben – wachsam, allein und verzweifelt. Servan war überwältigt von Eykars Glanz. Ihn zu umarmen war wie ein Bad im Feuer.

Ich träume, dachte er und befeuchtete seine trockenen Lippen. Dies ist ein verspäteter Traum-Schock. Er richtete den Blick auf die

Duellanten, die einander umkreisten und Schweiß aus den Augen wischten, um zu zeigen, wie hart sie kämpften.
Das war die Wirklichkeit – das Duell, der an einen Tanz erinnernde Kampf gegen den Tod. Aber er selbst besaß nicht die Bewegungsfreiheit, die ein Mann besitzen sollte, um in jede Richtung ausweichen zu können. Wegen Eykar.

11

Bek lauschte dem Klang von Servans flinken, sich rasch entfernenden Schritten.
Kelmz sagte ernst: »Wie groß ist die Wahrscheinlichkeit, daß d Layo mit Bajerman und einem Trupp Waldläufer zurückkommt?«
»Gleich Null. Er wird sich die interessantesten Möglichkeiten offenhalten. Bajerman ist eine bekannte Größe. Raff Maggomas nicht.« Als Kelmz daraufhin schwieg, fügte Bek hinzu: »Sind Sie anderer Ansicht? Haben Sie einen Vortrag über die Gefahren schlechter Gesellschaft vorbereitet?«
»Sie kennen d Layo länger als ich und besser, als ich es wagen würde. Wie kann ich Ihnen dann etwas über ihn sagen?«
»Dann haben Sie keinen Rat für mich?« fragte Bek. Die angenehme Atmosphäre ihrer bisherigen Unterhaltung war verflogen, von Servan zerstört worden, der nicht einmal mehr in der Nähe war. Bek spürte Hunger an seinem erschöpften Körper nagen. Wenn er sich unwohl fühlte, wurde er häßlich und gemein, und er wußte es, ohne daß es ihn kümmerte.
»Keinen Rat«, sagte Kelmz.
»Meine Angelegenheiten interessieren Sie offenbar nicht genug, um sich eine Meinung darüber zu bilden. Vergeben Sie mir die Frage, ich bin zu lange auf dem Felsen allein gewesen. Ich habe vergessen, welche Stellung mir mein Alter zuweist.«
Er hörte, wie sich Kelmz bewegte, um seine steifen Glieder zu lockern, dann seufzte er. »Liegt es an der Nähe der Stadt, daß Sie sich plötzlich in einen quengeligen, nörgelnden Jungen verwandelt haben? Wenn es Ihnen hilft, sich wie ein erwachsener Mann zu fühlen, dann habe ich eine Frage.« Bek war verletzt und sagte nichts. Kelmz räusperte sich und erklärte: »Eine Begegnung mit Maggomas könnte früher erfolgen, als Sie glauben, und zwar hier

in der Stadt. Was haben Sie vor, wenn Sie ihm endlich gegenüberstehen?«

»Das zu klären, was zwischen uns steht.«

»Haben Sie jemals daran gedacht, die ganze Angelegenheit einfach fallenzulassen?«

»Ich habe daran gedacht. Es ist unakzeptabel.«

»Gut.«

»Sie stimmen zu?«

»Ja. Es hat keinen Sinn, etwas zu verdrängen, das einem dauernd durch den Kopf geht. Man muß sich dem stellen. Aber was wollen Sie tun, nachdem Sie Maggomas gefunden haben?«

»Ich weiß es nicht, ich kann nicht in die Zukunft sehen. Was für eine Karriere, glauben Sie, steht dem ehemaligen offiziellen Vergifter der Haltfeste offen?«

»Haben Sie Mitleid mit sich selbst?«

»Ein wenig.«

»Nun, ich hoffe, es befriedigt Sie; zu mehr taugt es nicht. Drücken wir es so aus: Angenommen, Sie gehen zu Maggomas und offenbaren sich vor ihm – Ihr Leben, Ihre Gedanken, Ihre Gefühle –, breiten alles vor ihm aus, wie Opfergaben, auf denen sein Name steht. Und er sagt: ›Wie, sagten Sie, heißen Sie doch gleich? Ich hatte in den letzten Jahren viel um die Ohren und erinnere mich nicht mehr genau ...‹«

Bek brach in ein ungläubiges Gelächter aus. »Sie halten mich also für einen eingebildeten Idioten.«

»Nein. Aber wenn man weiß, daß ein Kampf bevorsteht, dann sollte man alle Möglichkeiten abwägen, die man vorhersehen kann.«

»Die Antwort auf Ihre Hypothese«, entgegnete Bek, »lautet: Es spielt keine Rolle. Ich werde mir einige Antworten holen, selbst wenn es sich bei ihnen nur um ein ›Ich weiß es nicht‹ handelt.«

Der Ellbogen des Capitains stieß ihn an. Kelmz entledigte sich des Mantels, den er auf dem Weg von Bayo bis hierher getragen hatte, und faltete ihn zusammen. »Captain, in diesem Gespräch schwingt etwas seltsam Abschiednehmendes mit. Wollen Sie fort?«

»Ich möchte diese Waldläufer aus dem Weg schaffen, bevor d Layo zurückkommt.«
Es war eine gute Idee. Waldläufer waren in den Gassen nur sehr schwer zu kontrollieren, und Kelmz konnte unmöglich mit ihnen als Captain Kelmz nebst Eskorte die Stadt betreten. Er selbst und die Angelegenheiten der Hemaways waren hier zu gut bekannt, als daß er damit durchkommen konnte. Die Patrouillenmänner würden ihn sofort festnehmen.
»Ja«, nickte Bek, »sie sind jetzt nur eine Belastung für uns. Servan würde ihnen die Kehlen durchschneiden und ihre Leichname in den Abwasserrohren verstecken oder etwas in dieser Richtung.«
»Sie werden keine Probleme haben«, bemerkte Kelmz, »solange Sie sich über Ihren Freund keine Illusionen machen.«
»Ich kenne ihn sehr gut, wie Sie bereits festgestellt haben«, erwiderte Bek trocken. »Was haben Sie mit diesen Penneltons vor?«
»Ich werde ihnen den Schlafbefehl geben und sie im Lazarett des Hemaway-Viertels zurücklassen. Der diensthabende Offizier wird erst am frühen Morgen seine Runde machen, soweit ich weiß. D Layo kennt sich aus; bis dahin wird er schon längst einen Platz gefunden haben, an den er sich zurückziehen kann, wenn es nötig sein sollte.« Kelmz richtete sich mit knackenden Kniegelenken auf. »Ich werde nicht mehr hierher zurückkommen. Ich habe noch einige Dinge zu erledigen, die nur mich selbst etwas angehen.«
»Und wenn wir Sie brauchen?«
»Dann finden Sie mich in der Bibliothek des Jungenhauses.«
Die Bibliothek des Jungenhauses war berühmt als Treffpunkt für Verliebte, die durch die Altersgrenze getrennt wurden. Verdutzt machte Bek nur: »Oh.«
»Meine Seele«, rief Kelmz, »wie kann man nur so verdorben sein! Diese plattfüßigen Blagen aus dem Jungenhaus interessieren mich nicht. Ich habe einst einen Geliebten gehabt. Er war ein erwachsener Mann, und er wußte sich so zu benehmen. Er starb auch wie ein Mann. Das ist alles.«
Ich habe seine Gefühle verletzt, dachte Bek, verwirrt darüber, daß für einen älteren Mann die Meinung eines jüngeren über ihn

wichtig genug war, um sich dadurch verletzt zu fühlen – sofern es sich bei ihnen nicht um ein Liebespaar handelte. Was hatte Kelmz dann in der Bibliothek des Jungenhauses zu suchen, wenn es ihm nicht um die Jungen ging? Bücher, natürlich. Bücher und Bilder aus der alten Zeit.

»Es geht Ihnen um die Tiere«, erkannte Bek.

»So ist es.« Der Captain wartete, gab ihm Gelegenheit, seine Besorgnis oder seine Mißbilligung auszudrücken oder ihm sogar einen guten Rat zu erteilen.

»Ein Mann kann seiner Besessenheit nicht entkommen«, bemerkte Bek mit trockener Ironie, die ihnen beiden galt. »Wir treffen uns dort.«

»Nur, wenn Sie dafür nicht ein überflüssiges Risiko eingehen müssen. Sonst werde ich Sie finden. Ich kenne mich gut genug in der Stadt aus, auch wenn ich nicht d Layos Erfahrung besitze, was das Leben des einfachen Volkes betrifft. In der Zwischenzeit sollten Sie Ihren Freund im Auge behalten – ich befürchte, er wird Sie aus einer Laune heraus verraten und es dann später bereuen. Mit dem anderen Auge können Sie sich um das Weib dort kümmern. Jetzt, wo ich Ihnen doch noch einige gute Ratschläge erteilt habe, kann ich Sie wohl guten Gewissens verlassen.«

Bek widerstand dem Drang, etwas – irgend etwas – zu sagen, um den Captain zurückzuhalten. Servan war schlüpfriger als nasser Lehm und konnte sich aus jeder Schlinge befreien, aber Kelmz gehörte zu jener Sorte tüchtiger und zuverlässiger Männer, die die Schwierigkeiten anzogen, denen Männer von Servans Art auswichen.

Mit einem rauhen Befehl brachte Kelmz die Waldläufer auf die Beine. Er ließ sie nebeneinander Aufstellung nehmen, klopfte sie ab, um sie auf Verletzungen hin zu untersuchen, und ließ sie in Richtung Stadt losmarschieren, bevor sie ungeduldig werden konnten.

Kelmz, gefangen von den Patrouillenmännern; Kelmz wegen Verrats und Komplizenschaft mit einem aufrührerischen Endhelfer und einem berüchtigten Dunkelträumer vor den Rat gezerrt . . . Bek blickte auf und erkannte, daß er eingenickt sein mußte. Der

Himmel wurde hell. Ihm war unbehaglich zumute. Sein Körper, den er herablassend wie eine Art tierischen Feind betrachtete, schmerzte von dem harten Marsch nach den Tagen der Untätigkeit auf der Fähre. Er registrierte das hungrige Grimmen in seinem Magen, einen Seitenstich und eine Blase an der Ferse. Jedesmal, wenn das Weib schnaubte oder sich bewegte und der Gepäckkorb über den Stein der Dammstraße schabte, schoß das Blut schneller durch seine Adern.

Er konzentrierte sich auf den Anblick der Stadt, deren Konturen sich im Lauf der Morgendämmerung immer schärfer herausschälten. Die Rückseiten der Gebäude in den Außenbezirken waren hochmütig nach Süden gewandt, wo die übelriechenden Abwässer in die Laverteiche geführt wurden. Die Stadt erhob sich hoch über den Ruinen alter Siedlungen, die den Flutwellen zum Opfer gefallen waren, und die Dammstraße ging in die Seitensträßchen der Stadt über, ohne daß sie ihr Niveau verändern mußte. Im Norden und Westen neigten sich die Ausläufer der Stadt zum Fluß hinunter, der sich von 'Troi heranwälzte und weiterströmte nach Lammintown und Bayo an der Küste. Entlang des Flußbettes erstreckten sich mächtige Uferdämme. Von der Dammstraße aus konnte Bek eine Reihe flacher Lastkähne flußabwärts treiben sehen. Ihre Sonnensegel flatterten im Morgenwind.

Der Wind schlug um und trug das Glockengeläut aus der Stadt laut und klar über die Laverteiche. Da war der dunkle Klang der Blues, die hellen Töne der Angelists, das rauhe Sturmgeläut der Quarterbacks und das Glockenspiel der anderen Bruderschaften. Nichts hatte sich verändert.

Jemand pfiff. Bek blinzelte und entdeckte eine Gestalt in einer der düsteren Öffnungen zwischen den Fassaden der Lagerhäuser. Es war Servan, graugekleidet, der auf ihn wartete.

Patrouillenmänner hätten das gerodete Gebiet unter den Außenmauern beobachten müssen, aber sie verabscheuten den Gestank der Südseite und verzichteten deshalb darauf. Bek hörte die Schritte des Weibes in seinem Rücken, als er in Servans Richtung hastete, ein hastiges, furchtsames Tapsen. Kein Alarm tönte von den Dächern herab.

Das Bündel, das Servan trug, beinhaltete ein zweites graues Gewand, vielfach geflickt, viel zu groß und sehr staubig. Zumindest hatte er eine Gesichtsmaske und einen Stimmenfilter besorgt, eine überkommene, aber Anonymität spendende Mode, so daß Bek nicht das Risiko eingehen und auf den Straßen offen sein Gesicht zeigen mußte. Während das Weib auf einen Befehl Servans hin verschwand und den Gepäckkorb in einer Seitengasse abstellte, wechselte Bek seine Kleidung.
Servan sah zu, wirkte seltsam ruhelos, als ob er sich nicht wohl in seiner Haut fühlte. »Wo ist der Captain mit seinen Waldläufern?« fragte er.
Kurz angebunden berichtete Bek, was geschehen war, und er fragte sich, ob ihn Servan etwa doch verraten hatte.
»Und du hast nicht versucht, ihn davon abzuhalten?« wollte Servan wissen. »Hast du nicht an die Möglichkeit gedacht, daß er vielleicht schnurstracks zu Bajerman oder dem Rat geht?«
Ah, alle beide – Bek hatte die Nase voll von ihrem Mißtrauen und ihrem Groll. »Das wird er nicht.«
»Du vergißt eines, mein Freund, du stehst mit mir zusammen auf der einen Seite der Altersgrenze, auch wenn dir die Vorstellung nicht gefallen mag – und er steht auf der anderen Seite, bei Bajerman.«
Angewidert befingerte Bek die abgescheuerte Innenseite der Maske. »Ich stelle fest, daß du für Kelmz kein Gewand mitgebracht hast. Was hattest du mit ihm vor, Servan? Ich glaube, es war klug von ihm, sich davonzumachen. Ich wünschte nur, ich hätte ihn gefragt, ob er jemand kennt, von dem wir Informationen über diesen Kambl erhalten können.«
»Ich weiß, mit wem wir sprechen müssen«, erklärte Servan, nun wieder unbeschwert. »Einer meiner Kunden. Wir gehen direkt zu ihm. Aber gib nicht mir die Schuld, wenn wir unterwegs auf Kelmz und Bajerman und einen Haufen Hemaway-Waldläufer stoßen sollten.«
Während ihrer gemeinsamen Jugendzeit hatte Servan vom Jungenhaus aus oft Diebestouren unternommen, an heißen Sommermittagen, wenn die Lehrer schliefen, oder an dunklen Winter-

abenden. Eykar hatte ihn begleitet, und zusammen hatten sie die Häuser der Senioren ausgekundschaftet, den Marktplatz auf nachlässig verschlossene Fensterverschläge und Türen abgesucht, Weibern auf den Straßen nachgestellt und heimlich irgendwelche Bürger durch die Gassen verfolgt. Die vertrauten Kennzeichen waren noch immer da – einige gesprungene Pflastersteine in der Nähe des Ziegelhofes, eine Wand, vollgeschmiert mit obszönen Sprüchen und Beleidigungen, die Struktur bestimmter Hausecken –, aber über allem lag eine merkwürdige, erwartungsvolle Stille.
Auf dem Marktring, einer gepflasterten Promenade unter einem Dach aus vertrockneten Grasmatten, waren alle Stände geschlossen. Der Ring trennte den Rauch und den Lärm der Fabriken von den Wohngebieten auf der anderen Seite. An diesem Morgen strömten keine Junioren auf dem Weg der Arbeit an ihnen vorbei. Nur eine Gruppe hohlwangiger junger Männer von den Squires schlurften ihnen entgegen. Es schienen Nachtschwärmer auf dem Heimweg zu sein.
Die gegenüberliegende Seite der Promenade wurde begrenzt von den kahlen, dorngekrönten Mauern des Bruderschaft-Viertels. Die Tore mit den in leuchtenden Farben gehaltenen Symbolen der Bruderschaften waren geschlossen.
Jenseits des Viertels lagen ausgedehnte private Anwesen, bewohnt von wohlhabenden Senioren, die sich mit ein oder zwei Freunden dorthin zurückgezogen hatten, um mit ihnen in aller Abgeschiedenheit zusammenzuleben. Die Gassen hier waren sorgfältig gepflegte Fußwege, die zu den Hintertüren dieser Häuser führten. Die duftgeschwängerte Luft schien sogar den Klang der Glocken zu dämpfen. Leise Stimmen, hin und wieder von Gelächter durchbrochen, wehte von Balkonen und aus umzäunten Gärten herab. Steingutgeschirr klirrte, als Senioren ihr Frühstück einnahmen, mit der würdevollen Muße, die ihren abgeklärten Geistern zu eigen war.
Bek war nicht mehr so beeindruckt, wie er es in seiner Jugend gewesen war. Seitdem hatte er hochgeachtete Männer nach Wegend kommen gesehen, die ihre Tränen mit den weiten Ärmeln ihrer Pilgerroben abgewischt hatten.

Servan blieb vor einem Gittertor stehen und unterhielt sich leise mit dem Quarterback, der es bewachte. Dieser höfliche junge Mann bestand darauf, ihn zunächst mit Beleidigungen und geringschätzigen Reden zu übertrumpfen, bevor er sich herabließ, ernsthaft mit ihm zu sprechen. Der Quarterback griff schließlich nach Servans Armband, um es dem Herrn des Hauses zu zeigen und ihn so über die Identität der drei Gäste zu informieren. Kurz darauf kam er zurück und drückte es Servan wieder in die Hand, während er ihnen mürrisch bedeutete hineinzugehen. Seine Verdrossenheit war ein gutes Zeichen. Es bewies, daß ihm ein Verweis erteilt worden war, weil er willkommene Besucher hatte warten lassen. Sie durchquerten den Felsgarten, der hinter der Außenmauer lag, und schritten unter einem Torbogen durch, der durch das Gebäude führte. Plötzlich sahen sie sich im Innenhof einem merkwürdigen Bild gegenüber.

Fünfzehn Weiber standen in schweigenden Reihen auf den polierten Steinplatten. Sie trugen langes Haar, was darauf hindeutete, daß ihr Besitzer reich genug war, um darauf verzichten zu können, es an die Wollweber zu verkaufen. Und sie waren mit Zeichnungen bedeckt, bei denen es sich nur um Tätowierungen handeln konnte: Streifen, Flecken, sogar feine Maserungen, die an Tierfelle gemahnten, als ob sie Tiere und keine Weiber wären. Zeugnis einer dekadenten Verwendung der Tätowierungskunst, die eigentlich dazu diente, die Schultern der Männer mit Rangabzeichen zu versehen und nicht die Haut von Weibern zu verzieren.

Zwischen diesen Kreaturen bewegte sich ein stämmiger Mann, der an seinen Lippen zupfte und zweifelnd die dekorierten Gesichter der Weiber musterte. Er trug einen glatten Mantel über seinem Nachtgewand, sein meliertes Haar war noch zerzaust vom Schlaf.

»Servan, was für eine Freude! Du bist gerade rechtzeitig gekommen, um mir mit deinem guten Geschmack behilflich zu sein. Ich muß eines von diesen Weibern auswählen. Es soll das schönste Geschenk sein, das heute nachmittag beim Traumfest überreicht wird.«

Servans Glück war ihnen hold. Während die ganze Stadt tief im Mannaschlaf lag, konnten sie sich nach Kambl umsehen, ohne dabei beobachtet oder gestört zu werden. Das Risiko des Captains, in der Bibliothek des Jungenhauses entdeckt zu werden, blieb damit sehr gering.

»Nicht zu erscheinen«, fuhr der Quarterback-Senior fort, »ist natürlich undenkbar. Aber mit leeren Händen zu erscheinen, gleichgültig, welchen Rang man besitzt, wäre noch weit schlimmer...« Der Mann plapperte weiter, wie ein Rad, das einen Hügel hinunterrollte. Bek sah sich um. Alldera, eine Silhouette im Bogengang, balancierte auf einem Bein und zog etwas aus der Schuhsohle. Der junge Quarterback war zum Tor zurückgekehrt. Bek löste die Maske von seinem Kragen und nahm sie ab. Der Senior warf ihm einen neugierigen Blick zu, aber sein Redeschwall brach nicht ab. »...unterschätzt, denn es sind zweifellos Schoßweiber, und diese haben einen unsicheren Ruf, wie du weißt, wenn sie den Besitzer wechseln. Aber ich habe eine Menge Zeit geopfert und einen Haufen guter Ausbilder bezahlt, um die Loyalität, das Verantwortungsgefühl dieser Gruppe zu stärken. Sie sind eine Schöpfung, auf die ich sehr stolz bin. Das Problem ist, wenn man einen Weibshalt verändert, indem man ein Weib abgibt, dann ist das an sich ein Risiko, weil man vorher nie genau weiß, wie die anderen auf den Verlust reagieren werden.« Er seufzte und lächelte fast entschuldigend. »Aber du hast mich noch nicht deinem Begleiter vorgestellt, Servan.«

Servan sagte weltmännisch: »Senior Kendizen, es ist mir immer ein Vergnügen, einen meiner Freunde einem anderen vorzustellen. Das ist Eykar Bek.«

Für einen Moment erstarrte das Lächeln des Seniors. Aber fast sofort nahm sein Gesicht wieder den warmen Ausdruck an, der wie ehrliche Gastfreundlichkeit wirkte, und er erwiderte höflich: »Ihr beide seht müde aus und benötigt etwas Erholung. Kommt mit ins Haus und laßt euch von einigen dieser hübschen Weiber beweisen, daß sie ebenso nützlich wie dekorativ sind.«

Im Badezimmer trug Kendizen tapfer seinen Teil zu den Klatschgeschichten bei, denen Servan frönte. Er schien für einen Senior ein sehr bescheidener Mann zu sein, zumal wenn man seine unverhüllte Verlegenheit angesichts Servans schamloser Kommentare bedachte, die er freimütig mit Anzüglichkeiten und sarkastischen Bemerkungen auf Kosten anderer würzte, deren Namen Bek zum größten Teil unbekannt oder nur andeutungsweise vertraut waren. Servan lästerte über die wachsende Unruhe jenseits der Altersgrenze, über die Spannungen und Gewalttätigkeiten, die dadurch ausgelöst wurden, die Neigung der Senioren, überall Rebellion und Hexerei zu wittern, über gewisse skandalöse Verbindungen zwischen Senioren und Junioren in Lammintown und so weiter.

Kendizen versuchte bei einer Gelegenheit, das Thema zu wechseln, und zwar bei Servans Bemerkung über die Monopolisierung gutaussehender Weiber durch Männer, die zu alt waren, um mit ihnen Junge zu zeugen. Der Senior deutete auf Alldera, die sich diskret das Haar in einer Ecke des Badezimmers wusch, wie ihr befohlen worden war.

»Würdest du unter Umständen diese kräftige kleine Läuferin, die dich begleitet, verkaufen wollen? Ich kenne mehrere Leute, die sehr interessiert wären. Heutzutage bekommt man viel leichter hübsche Weiber als welche, die über irgendwelche nützlichen Fähigkeiten verfügen.«

Diese Bemerkung veranlaßte Servan zu einer detaillierten Erörterung gewisser üblicher Mißbräuche des Weibausbilder-Status, die Kendizen die Schamröte auf die Wangen trieb. Es war gar nicht so lange her, seit die Quarterbacks in Bayo gearbeitet hatten. Diese Sticheleien dienten dazu, Bek zu zeigen, wie vertraut die Beziehung zwischen Servan und dem Senior war. Bek richtete seine Aufmerksamkeit auf die Tabletts mit dem Essen, die Kendizens Weiber hereingetragen hatten.

Als sie sich alle auf dem kleinen Sonnenhof vor dem Badezimmer befanden, schaltete sich Bek schließlich in das Gespräch ein. »Senior Kendizen, haben Sie irgendeine Vermutung über den Zweck unseres Hierseins?«

Der Senior drehte sich zu ihm herum. »Ich kann mir keinen Grund

vorstellen«, erwiderte er tadelnd, »der einen Endhelfer dazu bringen könnte, Wegend zu verlassen.«
»Ich suche meinen Vater.«
»So wie viele Leute«, stellte Kendizen fest. »Sein Name, so geht das Gerücht, ist kürzlich bei einer Ratsversammlung gefallen, und zwar wiederholt. Sie können schwerlich von mir erwarten, daß ich Ihnen bei Ihren Nachforschungen behilflich sein werde. Senior Maggomas ist ein Mann in meinem Alter, und Sie sind ein junger Mann und angeblich sein Sohn. Sie können ihm nichts Gutes wollen, und ich kann Sie nicht bei Ihrem Versuch unterstützen, einen meiner Altersgenossen oder einem Senior aus Ihrer Bruderschaft Schaden zuzufügen.«
Diese älteren Männer, die ihre Lasterhaftigkeit mit gewissen ehernen Moralvorstellungen verbanden, waren in Beks Augen am schwersten zu behandeln. Er verabscheute Kendizen bei weitem nicht so sehr, wie er es hätte tun sollen, deshalb sprach er, so brutal er konnte, und dachte dabei an Senioren, die er gekannt hatte und die alles andere als freundlich gewesen waren.
»Servan, dieser Mann gehört zu deinen Kunden. Kann das durch irgendeinen Zeugen vor dem Rat bewiesen werden, wenn es nötig sein sollte?«
Der Senior öffnete den Mund, als wollte er um Hilfe schreien, aber statt dessen befahl er den Weibern, die noch immer mit Krügen und Tellern hantierten, zu verschwinden. Dann wandte er sich an Servan und stieß flüsternd hervor: »Servan, du weißt, es wäre nicht das erste Mal. Wenn ich wieder angeklagt werde, dann ...«
Servan hakte sich freundlich bei dem Senior unter und zog ihn trotz seines Widerstrebens langsam fort von dem Brunnen.
»Niemand erwartet, daß du uns Maggomas' Aufenthaltsort verrätst, auch wenn du ihn kennen würdest, was offensichtlich nicht der Fall ist, oder du hättest als verantwortungsbewußter Bürger schon vor langer Zeit diese Information freiwillig an den Rat weitergegeben. Wir hoffen nur, daß du uns mit jemand zusammenführst, der weiß, wo wir Raff Maggomas finden können, und somit überläßt du es dieser Person, ob sie es uns nun sagen möchte

oder nicht. Wie der Zufall es will, kennen wir einen derartigen Informanten, einen Mann namens Karz Kambl. Wir haben gehört, daß er irgendwo in der Stadt lebt, und bitten dich nur darum, deinen beträchtlichen Einfluß zu benutzen, um für uns ein Treffen mit ihm zu arrangieren.«

Senior Kendizen begann zu schwitzen. »Du bittest mich um einen Gefallen, der mehr Risiken birgt, als du ahnst«, murmelte er. »Servan, es muß andere geben, an die du dich wenden kannst. Ich habe für dich und deine Freunde bereits gegen zu viele Gesetze verstoßen. Ich habe dich meine Weiber benutzen lassen, mich für Missetäter eingesetzt, gewissen jungen Männern geholfen, nicht nach Wegend verbannt zu werden ...« Er warf Bek einen Blick zu, hustete nervös und schloß: »Ich bin wie ein Freund zu jüngeren Männern gewesen. Du weißt, wie ich über bestimmte Ungerechtigkeiten zwischen den Generationen denke ...«

Seine Stimme erstarb. Servan nickte, lächelte, machte deutlich, ohne ein einziges Wort zu sagen, wie entzückt er war, daß der Senior die gefährliche Lage begriff, in die er sich mit diesen Taten – einige würden sagen Verbrechen – gebracht hatte, von denen er jetzt sprach. Nicht nur das DunkelTräumen war es, weswegen man den Senior vor dem Rat anklagen konnte.

Dies war nicht das erste Mal, daß Bek von Servans Kunstfertigkeit im Erpressen profitierte. Ihm gefiel es jetzt ebensowenig wie damals im Jungenhaus. Andererseits griff er auch nicht ein oder schreckte gar davor zurück, ganz zu schweigen davon, daß er die dadurch errungenen Vorteile ablehnte, wie er es manchmal in der Vergangenheit getan hatte. Aber er konnte nicht zulassen, daß seine Suche von Feingefühl oder Skrupeln zum Scheitern verurteilt wurde.

12

Zum Schluß erklärte sich Kendizen bereit, Kontakt mit einem bestimmten hohen Herrn aufzunehmen, der sie vielleicht mit Karz Kambl zusammenführte, obwohl er nicht versprechen

konnte, daß für sie alle etwas anderes als sofortige Verhaftung dabei herauskommen würde.
»Geben Sie diesem Vermittler keine Zeit, darüber nachzudenken«, sagte Bek. »Sorgen Sie dafür, daß er uns während des Träumens in der Bibliothek des Jungenhauses aufsucht.« Das Jungenhaus war am Nachmittag menschenleer und deshalb ein idealer Treffpunkt. Die Jungen würden alle zusammen mit ihren Lehrern auf dem Dach sein.
Kendizen protestierte. »Er wird niemals damit einverstanden sein, einen Traum zu versäumen!«
»Servan wird Ihnen helfen, sich eine Geschichte auszudenken, die ihn dazu veranlassen wird.«
Daraufhin gab der Senior einen Laut von sich, der halb Stöhnen, halb Seufzen war, sah Servan an und murmelte: »Ja, Servan fällt wahrscheinlich etwas ein... Nun«, fügte er mit dem Versuch eines Lächelns hinzu, das äußerst schief ausfiel, »was auch immer geschieht, eines weiß ich zumindest, der Rat wird mich nicht nach Wegend schicken, nicht wahr?«
»Ich gehe jetzt«, erklärte Bek. »Ich möchte mich ein wenig ausruhen, sofern es möglich ist.«
Eines der tätowierten Weiber führte ihn zu einer Schlafnische jenseits des Haupthofes, während Servan und Kendizen weiter um den Brunnen im Sonnenhof flanierten und redeten.
Das Weib ließ sich in einer Ecke nieder, für den Fall, daß Bek irgendeinen Wunsch haben sollte. Er versuchte, sie fortzuschikken. Sie verstand nicht, daß er allein sein wollte, und kam zweimal zurück, um sich dafür zu entschuldigen, daß sie vergessen hatte, was ihr von ihm aufgetragen worden war. Beim dritten Mal befahl er ihr, Alldera zu holen. Nachdem sie ihm das andere Weib gebracht hatte, das ihm zu Diensten sein konnte, zog sich Kendizens Weib ohne weitere Verwirrspiele zurück.
Im Vergleich zu Kendizens unwirklichem Weibshalt war die derbe Einfachheit von Alldera eine Erleichterung. Sie hatte sich gewaschen und trug einen frischen Kittel. Jetzt, wo sie aufrecht dastand, ohne daß der Gepäckkorb ihren Rücken krümmte, fand er ihren Anblick angenehmer für das Auge.

Sie kniete langsam vor ihm nieder, um ihm die schweren Schuhe auszuziehen.
»Schau mich an«, befahl er eingedenk der Art, wie sich das Weib in der Molkerei Servan genähert hatte.
Sie bot ihm ihr Gesicht dar, das wie ein rundes Schild aus warmem Metall war. Statt der süßen Vollkommenheit von Kendizens Schoßweibern drückte das Gesicht des Weibes eine willige Stupidität aus, die auf ihre Art vollkommen war. Die Muskeln um den breiten Mund waren deutlich erkennbar und die Lippen scharf umrissen, aber anstatt Lebhaftigkeit war der Eindruck der eines widerspenstigen Stumpfsinns. Ihre Augen, die neben ihren breiten Wangenknochen zu klein ausgefallen waren, starrten leer an seiner Schulter vorbei. Sie blinzelte nur sehr selten, fast schläfrig. Der Gesamteindruck war von unbeschreiblicher Intelligenzlosigkeit.
Aus der Nähe betrachtete er sie ungestört und glaubte ihr nicht. Er fragte sich, wie lange es dauern mochte, um diese polierte Glattheit zu durchdringen, die dem Blick keinen Halt bot, und was für ein Wesen sich unter dieser Maske wohl verbarg. Ihre Hände ruhten noch immer auf seinem Fußknöchel und seinem Spann. Er fühlte ihre Wärme und ihre Reglosigkeit. Er begann, ein Gespür für ihren festen, so nahen Körper zu entwickeln, das Kendizens dekorierte Dienerinnen nicht in ihm ausgelöst hatten. Er zog den Fuß zurück.
»Setz dich draußen vor die Nische«, befahl er, »und sorge dafür, daß ich nicht von Kendizens Weibern gestört werde.«
»So es Euch gefällt, Herr«, sagte sie in jenem geistesabwesenden, ausdruckslosen Tonfall, den er ihr ebenfalls nicht abnahm. Dann erhob sie sich und verließ ihn.
Bek konnte nicht die Stimmen der beiden Männer, sondern nur das leise Plätschern der Brunnen hören. Servan würde ihren Plan vervollständigen und dafür sorgen, daß Kendizen vor dem Träumen nicht mit den falschen Leuten sprach. Was er sonst noch mit dem Senior treiben würde, daran dachte er lieber nicht. Servan war von Natur aus schon immer in sexuellen Dingen sehr freizügig gewesen.

Er hatte nicht gewußt, wie müde er war, und er spürte seine Erschöpfung erst richtig, als er sich in die Hängematte legte. Aber sein verfluchter Körper war zu nervös und nahm sich zu wichtig, um abzuschalten und schlafen zu können.

Es gab eine Theorie, nach der die Seele des Mannes Teil einer unsterblichen Energie war, die sich von der Seele seines Vaters getrennt und beim Geschlechtsverkehr Eingang in den Leib seiner Stute gefunden hatte. Allem gegenüber fremd, was die Seele darstellte, umgab der Körper des Weibes das fremde Element mit einem körperlichen Gerüst, mit dem zusammen die Seele dann ausgestoßen werden konnte. Von diesem Standpunkt aus betrachtet, konnte man das Leben eines Mannes als den Kampf der im Fleisch gefangenen Seele interpretieren, nicht von den bedeutungslosen Bedürfnissen des viehischen Leibes eingeschläfert und erstickt zu werden.

Bek hatte diesen Kampf sein ganzes Leben lang geführt. Sein Körper war sein ältester und ständiger Feind, der oft unterdrückt, aber nie besiegt wurde. Er besaß mächtige Waffen, die er gegen ihn einsetzen konnte. Fastete Eykar, gierte sein Körper nach Nahrung, mit einem Mund, in dem es nach Staub schmeckte, und später peinigte er ihn dann mit hungrigem Grimmen. Sein Körper verlangte nach Erholung, und bekam er die Gelegenheit dazu, dann quälte er ihn mit subtilen Muskelschmerzen, die alles bis auf einen leichten Schlummer verhinderten. Er reagierte unterschiedslos auf Männer jeglichen Alters und aus einer Laune heraus sogar auf Weiber, wie Eykar soeben noch bemerkt hatte. Mit seiner Widersprüchlichkeit versuchte sein Körper, Eykar zu ermüden und seinen Willen zu brechen.

Fast hätte er sich selbst getötet, bevor er erkannt hatte, daß es ein Fehler war, den rebellischen Körper mit Schmerz oder anderen, selbst den subtilsten Bestrafungen disziplinieren zu wollen. Wenn er gereizt wurde, konnte sein Leib ein ganzes Heer Schmerzen, Krämpfe und Ausschläge gegen ihn aufmarschieren lassen und ihn mit Fieber, Schweißausbrüchen und quälenden Kälteschauern schwächen. Die einzig mögliche Haltung, die

man in diesem Kampf einnehmen konnte, war die Entschlossenheit, auszuhalten und sich zu behaupten.
Doch dies war nur eine Schrulle, eine Art Spiel. Er wußte natürlich, daß das, wogegen er so hart kämpfte, nur die Fehler und die Unvollkommenheit eines jeden Materieklumpens waren, nicht ein bewußt bösartiger Feind. Allerdings hatte er es sich zur Gewohnheit gemacht, von sich als zwei gegnerischen Hälften zu denken, insbesondere nachdem er erkannt hatte, daß er über seinen tierischen Körper dem Willen anderer unterworfen werden konnte. Als sein Körper nach Wegend verbannt worden war, hatte Bek, sein Gefangener, ihm folgen müssen. Der Trick war, das tierische Fleisch dazu zu zwingen, als sein eigenes Instrument und nicht als das Instrument anderer oder seiner Gelüste zu dienen.
Er lag auf dem Rücken und beruhigte seine Augen mit dem Muster einer fein gewebten Matte, die an der Wand hing. Um in den Schlaf zu gleiten, konzentrierte er sich darauf, wie angenehm es seinem Körper hier in Kendizens Haus gemacht worden war. Seine Fingernägel hatte man gesäubert und geschnitten; sein Haar glänzte vom Waschen und Bürsten (obwohl er das Weib mit der Parfümflasche zurückgewiesen hatte); seine steifen Muskeln waren massiert worden und nun entspannt; sein Bauch war gefüllt... Nur eine milde sexuelle Spannung mußte noch gelindert werden.
Auf einen Wink hin – er reagierte immer auf geheime Handzeichen oder dergleichen – betrat Servan die Nische, zog den Vorhang hinter sich zu und näherte sich der Hängematte. Alles geschah in völligem Schweigen. Er wußte, Worte hatten keinen Platz in der Lust der tierischen Körper.
Als Servan ihn berührte, drehte sich Bek nicht zu ihm herum. Er würde es noch früh genug tun.

Alldera weckte sie und rief mit ihrer närrischen, tonlosen Stimme: »Herren. Herren. Herren.« Es war Zeit, zum Platz zu gehen und im hellen Mittag zu träumen.
Servan wollte sein Weib nicht in Kendizens Haus zurücklassen, da er nicht wußte, wann sie zurückkehren würden. Daher nahmen sie

sie mit, zusammen mit zweien von Kendizens Weibern, die ihnen in ihrer tätowierten Pracht folgten, das Haar über den Schultern zu weiten, leuchtenden Fächern frisiert. Bek und Servan, die das Gästeprivileg genossen, graue Gewänder zu tragen, gingen hinter Senior Kendizen, der einen mit blondem Pelzwerk gefütterten Mantel übergestreift hatte. Als Kendizens Eskorte machten die beiden seinen Rang deutlicher.

Andere Männer bewegten sich in dieselbe Richtung durch die Stille, die jedem Träumen vorausging. Die Glocken der Stadt waren verstummt. Man sagte, die Stille konnte jedem Mann, der zu närrisch oder zu krank war, die Gedanken verwirren und ihn so vom Träumen abhalten – was nur recht und billig war, denn was für einen vernünftigen Grund konnte ein Mann schon haben, wach und aktiv zu sein, während all seine Freunde schliefen?

Die ersten, die auf den Platz strömten, waren die manteltragenden Senioren, begleitet von Weibern, jungen Freunden und Altersgenossen. Köpfe wandten sich ihnen in präzis bemessenen Graden des Respekts und der Herablassung zu und wieder ab. Das Ideal war, sich in der ganzen Pracht seiner Bekleidung und Begleitung darzustellen.

Junge Männer im Gefolge der Senioren musterten einander von Gruppe zu Gruppe mit hochmütiger Verachtung. Es waren Junioren, Günstlinge von älteren Männern, die es sich leisten konnten, die Altersgrenze zu mißachten, wenngleich es niemals so offen wie bei diesen Zeremonien geschah. Die Gunst eines Senioren bedeutete regelmäßige Mahlzeiten, Geschenke in Form von Kleidung und manchmal sogar in Form von Wertgegenständen wie Juwelen, die man später, wenn das Interesse des Gönners erloschen war, gegen Rationen eintauschen konnte. In der Vergangenheit hatte der Wettstreit um die Gunst der Senioren unter den jungen Männern, die hübsch oder klug genug waren, um sich eine Chance ausrechnen zu können, an Heftigkeit zugenommen. Sie beobachteten einander, ob man nicht einen Fehler machte, bereit, sich zum eigenen Vorteil einem großzügigen Senioren anzubieten oder einem, der vermutlich bald nach Wegend ziehen und seinen Lieblingen ein umfangreiches Erbe hinterlassen würde.

In Zeiten der Knappheit war es immer so, und seit über einer Dekade wurde die Haltfeste von Mißernten heimgesucht.

Später würden die weniger glücklichen Junioren kommen, nach Bruderschaft und Rang getrennt, weit von der Pracht der anderen entfernt in ihrer Arbeitskleidung, die alles war, was der Großteil von ihnen besaß. Sie brauchten den Trost des Träumens dringender als jene, die vor ihnen gekommen waren. Ein träumender Mann verspürte keinen Hunger.

Bek besann sich auf den vorgeschriebenen gravitätischen Schritt, und im gleichen Moment erinnerte er sich, wer ihm diesen Gang beigebracht hatte: Senior Bajerman von den Hemaways. Er begann sich nach bekannten Gesichtern umzusehen und vergaß zu grüßen, was ihm eisige Blicke von älteren Männern einbrachte, die versuchten, ihn zu identifizieren, um ihn später einem ihrer jungen Freunde zu zeigen, damit dieser ihn an einem späteren Tage auf der Straße der Ehre zum Duell herausfordern konnte. Zu dem Gewand aus grauem Stoff, das Kendizen Bek zur Verfügung gestellt hatte, gehörte lediglich eine Dominomaske, aber Bek machte sich keine Sorgen darüber, daß man ihn erkennen würde. Er fühlte sich eher durch die hohle Prachtentfaltung um ihn herum erheitert.

Vor ihnen breitete sich der Platz aus. Alle Augen wandten sich den Tischen vor der Halle der Ratsmänner und den Gestalten zu, die daneben Aufstellung genommen hatten. Kendizen und seine Weiber schritten weiter. Bek und Servan, dicht gefolgt von Alldera, glitten zur Seite und schlüpften in eine Gasse, um sich von hinten dem auf der Südseite des Platzes gelegenen Jungenhaus zu nähern.

Das Jungenhaus hatte sich nicht verändert. Noch immer konnte man unbeobachtet hineinschlüpfen, die Korridore rochen nach wie vor nach Schweiß, und die Fußböden in den Klassenräumen glänzten wie vor Jahren. In den Kammern entlang der Korridore lagen die gleichen spärlichen Habseligkeiten wie damals: ein paar Kleidungsstücke, Tongefäße, ein Kamm, eine Kette tönerner Glöckchen. In den Ecken der Klassenräume ächzten Regale unter ihrer Last, Bücher der Ahnen, angekettet und so gegen Diebstahl gesichert. Abschnitte aus diesen Büchern wurden immer wieder laut vorgelesen, bis jeder Junge sie Wort für Wort auswendig kannte. Einige behaupteten, daß die meisten Lehrer ebenfalls nicht lesen konnten, aber das spielte keine Rolle. Die Bücher stellten lediglich den sichtbaren Beweis für die Glaubwürdigkeit des Unterrichtes dar.

Bek war ein fanatischer und begnadeter Erinnerungskünstler gewesen und hatte das Erbe der Mannheit wie ein Verhungernder bei einem Festschmaus verschlungen, hatte alles zigfach durchgekaut. Er hatte zu den besten Schülern gehört und jene Widersprüchlichkeiten, die ihm gelegentlich aufgefallen waren, unbehaglich verdrängt.

So war er zum Beispiel zu folgender Schlußfolgerung gelangt: Alle Jungen lernen, wie man unbemerkt das Jungenhaus betreten und verlassen kann, wenn man will. Alle Männer sind Jungen gewesen. Alle Männer wissen, wie man unbemerkt das Jungenhaus betreten und verlassen kann, wenn man will.

Wie entsetzt war er darüber gewesen, als ihm aufgegangen war, daß sein Vater bald eindringen und ihn töten würde. Er hatte schreckliche Angst vor dem Träumen entwickelt, denn statt der symbolischen Szenen, die er lernte, glitt er ab in Wahnvorstellungen, in denen er von unsichtbaren Verfolgern gejagt wurde und in denen sich riesige Eindringlinge über ihn beugten, um ihn zu verschlingen. Es war nicht einmal möglich, den Lehrern davon zu erzählen, denn sie hätten geargwöhnt, daß er zum DunkelTräumen neigte – wofür es kein Heilmittel gab, wie Servans Fall später so deutlich zeigte. Bek heilte sich selbst, mit Geduld und Selbstbeherrschung.

Als diese Hysterie (und die schweißtreibenden Krankheitsanfälle, die ihn ihre Überwindung kostete) wich, blieb der Verdacht, daß vieles, wenn nicht alles von der Zivilisation der Mannheit auf geheimen Ursprüngen basierte, die niemals erwähnt, geschweige denn diskutiert wurden – stillschweigendes Einverständnis herrschte in bezug auf Dinge, die vielleicht sogar den Gesetzen zuwiderliefen, die man im Jungenhaus lehrte.

Aber das spielte auf lange Sicht keine Rolle. Die grundlegende

Wahrheit, so hatte er später erkannt, konnte man nur in Wegend finden. Er glaubte nicht mehr, daß es die Aufgabe des Jungenhauses war, jene Wahrheiten zu vermitteln, die aus Jungen Männern machten. Es diente dazu, Disziplin zu erzeugen.

Wie schrecklich es gewesen war! Diese Korridore waren gewöhnlich so leer wie jetzt (aber widerhallend von den Stimmen der Jungen in den Klassenräumen zu beiden Seiten) oder überfüllt von Schülern, die hintereinander, mit gesenktem Blick, im Gänsemarsch von einer Klasse in die andere schlurften. Manchmal wurden sie nach einem ganzen Morgen, den sie sitzend und deklamierend verbracht hatten, auf die Korridore geschickt, um dort auf und ab zu gehen und dann des Nachmittags in die Klassenräume zurückzukehren, wo sich das morgendliche Ritual wiederholte. Stets mußten sie jene zerschlissenen Grassandalen tragen, die immer von den Füßen rutschten, so daß man kaum richtig gehen konnte. Selbst oben, wo die Schlafsäle lagen und die Jungen nackt herumliefen, um daran erinnert zu werden, wie ähnlich sie den Tieren und den Schmutzhäuten waren, mußten sie nach dem Aufwachen am Morgen zuerst in diese Sandalen schlüpfen, und wehe dem Jungen, dessen Feind sein Paar während der Nacht auf den Korridor geknickt hatte. Immer war ein Lehrer zur Stelle, und selbst jene, die die Arbeit im Jungenhaus als lästig und unangenehm empfanden, achteten darauf, ob zwischen den verschiedenen Altersgruppen geflüsterte Worte ausgetauscht wurden, auf das Geräusch von nackten Füßen auf den abgewetzten und polierten Fliesen oder auf das Klatschen und Keuchen, wenn eine Horde Jungen in aller Heimlichkeit einen Kampf austrugen.

Und dann das endlose Grimmen des Hungers im Bauch. Erst später erfuhr der Junge, daß Fasten kein wertvolles Mittel zur Selbstzucht war, wie man ihm beigebracht hatte, sondern zum normalen Alltag der meisten Junioren in der Haltfeste gehörte.

»Disziplin stärkt das Zusammengehörigkeitsgefühl«, erklärten die Lehrer. »Disziplin erzeugt Solidarität unter den Männern gegen das schlaue Böse der Leere, mit dem euch eure Stuten infiziert haben.« Und weiter: »Disziplin ist der feste Grund, auf dem das starke Selbstbewußtsein ruht.« Und weiter: »Wir sind hier, um euch zu helfen, den Weibsspeck aus euren Seelen zu schwitzen und euch abzuhärten, damit ihr Männer werdet.«

Es gab viele Strafen. Was auch immer ein Junge anstellte, man fand stets einen Grund, ihn dafür zu bestrafen. Zumeist wurde der Missetäter von einer Mahlzeit ausgeschlossen. Jene, die schließlich für immer den Strafen den Rücken kehrten, indem sie aufgaben und auch dem Leben den Rücken kehrten, wurden bewußt vergessen. Ihre Namen strich man aus den Annalen des Jungenhauses.

Hin und wieder entwickelte ein Junge Haß gegenüber seinen Lehrern (und wandte sich jenen zu, die ihre Günstlinge mit Essen versorgen konnten), belud sich mit Schuld in schmutzigen Affären mit jüngeren oder älteren Jungen, verriet andere Jungen an die Lehrer und Mitschüler, und zumeist gab er die Grausamkeit des Jungenhauses an Jungen weiter, die nicht so alt waren wie er. Die Lehrer wußten davon. Sie sagten, es sei besser als in der alten Zeit, in der die Jungen ihren dreckigen Stuten zur Erziehung überantwortet worden waren. (War es dann ein Wunder, daß sie sich in Abschaum verwandelten und sich gegen ihre eigenen Väter wandten?)

Ah, die Geschichten, die Drohungen, die versteckten Beleidigungen und der mörderische Haß! Unvorstellbar, dachte Bek, daß man dies überleben kann.

An der Tür zum Etiketteraum blieb er stehen. Auf dem Boden waren weiße Linien aufgemalt. Sie schimmerten im Sonnenlicht, das durch die Lichtgaden fiel. Die Linien markierten, wie sich die verschiedenen Altersgruppen bei den Versammlungen aufzustellen hatten. Unter der Aufsicht Bajermans und seiner Kollegen lernten die Jungen, bei diesen oder jenen Anlässen die korrekte Distanz zu wahren, den zutreffenden Gesichtsausdruck und die richtige Haltung anzunehmen und auf die rechte Art zu grüßen. Bek erinnerte sich an den vorgeschriebenen Ritus, mit dem man sich dem Endhelfer in Wegend nähern mußte. Die Geschichte lieferte die Gründe, die Etikette bestimmte das Verhalten. Er konnte noch immer die Hymne »Roberts Regeln« rezitieren, die in der alten Sprache ein längst vergessenes Spiel beschrieb.

Nun, jedenfalls gab es keine Vorschriften für einen ehemaligen Endhelfer.
Bek sah sein Spiegelbild in dem Spiegel, der sich über die ganze Breite der Wand erstreckte, hager, hoch aufgerichtet, sogar elegant in der bescheidenen Sauberkeit seines grauen Gewandes. Er wirkte wie das Ideal eines Stadtmannes, wie ein erfolgreicher Absolvent des Jungenhauses (obwohl er es nie bis zum Ende besucht hatte), wie der Sieger über das tierische Fleisch. Kein Wunder, daß er auf der Straße nicht erkannt worden war. Er selbst erkannte sich kaum wieder.
Servans Spiegelbild schob sich neben seines.
»Erinnerst du dich«, sagte Servan mit spöttischer Nostalgie, »an den Tag, an dem ich gerade noch rechtzeitig kam, um diese Lumpen wegzuprügeln, die dich auf der Treppe am Boden hatten, kurz nach Anziks Selbstmord? Der arme Anzik, er war kein Realist! Auch wenn du seine Anträge nicht zurückgewiesen hättest, es gab so viele höherrangige Freier, daß er sich früher oder später trotzdem aus Eifersucht erhängt hätte.« Er lächelte und legte den Arm um Beks Schulter. »Armer Eykar, du hast einen Haufen Zeit damit verbracht, durch diese Korridore zu humpeln.«
Bei Servan konnte man sicher sein, daß er alles in den Schmutz zog. Ihre Spiegelbilder sahen ihnen aus dem mattierten Glas entgegen, wie das männliche Liebespaar, das Bek einst auf einem Gemälde gesehen hatte: das altersgleiche Paar, hübsch und zueinander passend, vom Schicksal seit ihrer Kindheit aneinandergekettet, trotz aller Widrigkeiten und Trennungen, wie zwei Helden aus einem Liebeslied. In Wirklichkeit waren sie eine Parodie dieses Ideals.
Beks Bekanntschaft mit der Liebe hatte, wie üblich, im Jungenhaus begonnen. Obwohl von magerem Körperbau, war er oft in die Bibliothek gerufen worden, um beim Verrücken der schweren Regale und Kisten zu helfen. Als er einen Armvoll Bücher auf einem der Regale abgestellt hatte, hörte er hinter sich das Quietschen eines Buchkarrens, der in den Gang geschoben wurde, diesen versperrte und so Ungestörtheit garantierte. In der Theorie

war Sex zwischen den einzelnen Altersstufen verboten. Von Erwachsenen wurde erwartet, daß sie sich in ihren Liebesbeziehungen auf Gleichaltrige beschränkten, und das verlangte man auch von den jüngeren Männern. Auf diese Weise wurde verhindert, daß jene, die schon reifer waren, dem möglicherweise verderblichen Einfluß jüngerer, weniger männlicher Partner verfielen. In der Praxis schienen viele Lehrer diese Verderbtheit zu suchen, und nicht immer gegen den Willen der Jungen, die sie sich als Opfer auserkoren hatten.

Es gab Männer, die später behaupteten, ihr erster Kontakt mit der wahren, männlichen Liebe (im Gegensatz zu der falschen Art, die von der Behexung durch ein Weib repräsentiert wurde) hätte unter dem Einfluß eines geliebten Lehrers stattgefunden, der Gebrauch machte von dem, was man die »Immunität der Bibliothek« nannte. Für Bek war die Bibliothek Schauplatz seiner ersten Begegnung mit aggressiver Lust gewesen, und seitdem hatte er weitere Erfahrungen in dieser Hinsicht gesammelt.

Unter den Jungen selbst gab es vergleichbare Konventionen, die sie von den Älteren übernommen hatten. Jene, die am meisten von Beks einzigartiger Herkunft gefesselt und, wahrscheinlich, auch am meisten verängstigt waren, griffen zu den rohesten Methoden, um sich zu beweisen, daß seine Anwesenheit ihnen keine Angst einflößte.

Durch diese gewaltsamen Erfahrungen hatte Bek gelernt, zwischen seinem verräterischen, wollüstigen und verwundbaren Körper und dem vergewaltigten Geist zu unterscheiden, der in ihm eingesperrt war. Und er hatte zu hassen gelernt. In Wegend hatte er sich zwingen müssen, ohne zu zittern den Becher jenen Männern zu überreichen, die er aus dieser Zeit kannte; sie kamen im Grau der Pilger zu ihm. Aber wahre Angst hatte ihn nur bei dem Gedanken erfüllt, Servan auf dem Felsen zu sehen, denn Servan war der einzige, nach dem sein Körper und seine Seele verlangt hatten – und noch immer verlangten.

Obwohl Servan die schreckliche Unverletzlichkeit eines Dunkel-Traums besaß. Seine Taten entsprangen dem Innersten seines Wesens und wurden von dem Medium aus Muskeln und Knochen ohne die geringsten Skrupel ausgeführt. Mit anderen Worten, er tat das, was er wollte, ohne sich zu fragen, warum er es wollte, und ohne über die Auswirkungen seiner Taten auf andere nachzudenken. Er schien lediglich den objektiven Grenzen des Möglichen unterworfen zu sein, und innerhalb dieser Grenzen machte er anmutig seinen Weg. Im Jungenhaus hatte er die Vorschriften umgangen, wie es ihm gefiel, und Freiräume für sich und jene geschaffen, die er beschützte. Für einige war er deswegen ein Held gewesen. Viele hatten die Schönheit seines erbarmungslosen, geradlinigen Geltungsbedürfnisses bewundert.

Für Bek war er damals (wie heute) eine schändliche, aber unwiderstehliche Versuchung gewesen. Bek hatte öfter in Wegend an ihn gedacht, als er es in jener Nacht auf den Dammstraßen zugegeben hatte. Jetzt konnte er darüber lachen, wenn er sich erinnerte, wie er sich selbst gequält, sich Servan in den Händen rachsüchtiger Lehrer vorgestellt hatte: Servan verstümmelt, verhungert, vernichtet. Schau ihn dir an, mit seinem schläfrigen, wissenden Lächeln, seiner unbeschwerten Selbstsicherheit! In der Tiefe seiner Seele gab es keine Konflikte, die ihn zerrissen. Seine mühelose Einheit hielt ihn am Leben und ließ ihn erblühen, während alles andere um ihn herum in Scherben zerfiel. Kontakt mit ihm zu haben war wie das Versprechen auf Unsterblichkeit. Vielleicht war es im Grunde diese Vollkommenheit, die seinem tierischen Fleisch gefiel.

Der stolze, stattliche Stadtmann, der ihm aus dem Spiegel entgegenstarrte, war nichts anderes als Beks körperliches Selbst, das von Servans Zuversicht und Vitalität inspiriert wurde. Das war der Preis, den Servan jedesmal von ihm verlangte, wenn er ihn mit Trost und Lust verführte: Das tierische Wesen gewann an Realität, die vorausschauende und eingeschlossene Seele verlor an Boden.

Behutsam löste sich Beks aus Servans Umarmung. Mit einem Lächeln und einem Achselzucken folgte ihm Servan durch den Korridor, holte Gegenstände aus den Wandnischen hervor und plazierte sie in andere Öffnungen. Er kannte Beks nachträgliche Gewissensbisse zur Genüge.

Am Ende des Korridors schien Licht unter den hohen Doppeltüren der Bibliothek durch. Die Lampen brannten Tag und Nacht. Bilder und Aufzeichnungen der Unmänner wurden hier aufbewahrt. Dunkelheit war das Element ihrer Art, und obwohl alle Unmänner mit Ausnahme der Nachkommen der Weiber tot waren, wollte niemand ein Risiko eingehen. Die Gänge zwischen den Regalreihen waren wie kühle Tunnel, die durch den großen Raum führten. Am anderen Ende befand sich ein großes, von ausgebleichten Vorhängen gesäumtes Fenster.

Aber es herrschte keine Ordnung. Der Boden und die Lesetische waren mit Büchern und losen Blättern übersät, als hätten rachsüchtige Gespenster die Regale heimgesucht. Überall starrten ihnen obszöne Bilder von den verstreuten Papierbögen entgegen: zusammengekauerte, mit Fell oder Schuppen bedeckte Kreaturen, die unbeschreibliche Gliedmaßen ausbreiteten, Schwärme von Ungeheuern, gestikulierende Gestalten, die wie Männer aussahen, aber in Wirklichkeit mit Fell oder Lumpen bekleidete Schmutzhäute waren, verdreckter Abschaum mit schulterlangen Haaren, Weiber, die tatsächlich die Fäuste ballten und beschriebene Plakate schwenkten.

Servan bedeutete dem Weib mit einem Wink zurückzubleiben. »Sieht aus, als hätte hier ein Kampf stattgefunden.« Stahl funkelte in seiner Hand, als eine breitschultrige, grauhaarige Gestalt in einem der Gänge auftauchte. Beks Herz krampfte sich zusammen.

Aber es war Kelmz, kein Senior-Lehrer.

»Kein Grund zur Aufregung«, erklärte der Captain. Die Worte waren an Servan und das Messer in Servans Hand gerichtet, aber Kelmz' Blick galt Bek – es war ein verständnisvoller Blick. Kelmz hatte auch den Weg in seine eigene Jugend gefunden.

Er hatte den falschen Mantel abgelegt und stand trotz seines zerfurchten Gesichtes und grauen Haars in der einfachen Kleidung eines Junioren vor ihnen. Und plötzlich schienen die Jahre, die zwischen ihm und Bek lagen, keine Barriere mehr, sondern ein Spektrum zu sein, das sie beide einschloß.

Kelmz musterte die Blätter, die er in seinen schwieligen Händen hielt, und brummte: »Ihr beide kommt zu spät, das Träumen hat bereits begonnen.« Er deutete mit dem Kopf in Richtung des Fensters. »Wenn ihr vorsichtig seid und euch hinter dem Vorhang versteckt, könnt ihr hinausschauen, ohne entdeckt zu werden.«

Der Platz war von einer Männermenge überfüllt, die würdig und schweigend hin und her wogte. Über ihr schwebten die Stimmen der Chorjungen und der Rauch der Hexenverbrennung, die traditionell die Traum-Zeremonien eröffnete. Die Körper der drei Weiber, die übliche Zahl, waren deutlich an den Pfosten auszumachen, die aus dem Graben im Zentrum des Platzes emporragten. Sie waren bereits verformt und verkohlt von den Flammenzungen, die in der Helligkeit des Tageslichtes kaum zu erkennen waren.

Bek wandte den Blick ab. Immer überwältigte ihn diese Reaktion, Folge eines unfreiwilligen Mitleids, das in den Tiefen seines tierischen Fleisches verwurzelt war. Er zwang sich, wieder hinzuschauen.

Zu beiden Seiten des rauchenden Grabens bewegten sich lange Männerschlangen langsam der Halle der Ratsmänner am Rand des Platzes entgegen. Schwere irdene Tische waren auf den Stufen der Säulenhalle aufgestellt worden. Hinter jedem Tisch befand sich ein Senior des Rates, Kopf und Schultern verhüllt von einer steifen Amtsrobe. Jedem von ihnen standen eine Anzahl Glöckner zur Seite, deren vorderste Aufgabe es war, Mannabier aus der Vertiefung in der Tischplatte zu schöpfen und die zu einem Trinkgefäß geformten Hände der Träumer damit zu füllen. Jeder Mann trank, ließ sich von demselben jungen Glöckner die Hände trocknen und küßte dann den Handrücken des Ratsseniors, durch dessen Gnade er träumte. Dann schritt er weiter in die Halle und suchte den ihm zugewiesenen Platz auf, wo er sich auf eine weiche Matte niederlegte und seine heroischen, seelenstärkenden Träume genoß.

Weiber und Waldläufer hatte man zuvor sorgfältig eingeschlossen, damit die gesamte männliche Bevölkerung ungestört träumen konnte. Obwohl die Männer nicht zusammen träumten, genossen sie ihre Träume doch zur gleichen Zeit. Sobald jeder seine Zuteilung erhalten hatte, ließen die Ratssenioren die Glöckner

trinken, nahmen dann selbst das Mannabier zu sich und gingen in die Halle, um die großen Tore zu schließen und die Straßen der Stadt der Einsamkeit zu überlassen.
Die Stimmen der Jungen wurden durch das dicke, blasengesprenkelte Fensterglas gedämpft, aber am Rhythmus erkannte Bek die Hymne, die sie intonierten. Seine Erinnerung lieferte den Text, die Namen und Charaktere der Unmänner, die nur im hellen Licht der Mittagssonne vor dem Träumen ausgesprochen werden durften. Sie waren soeben mit den Tieren fertig und rezitierten nun die Namen der Schmutzhäute, jener schnatternden, stumpfsinnigen Horden, deren Haut alle Farbschattierungen der Erde besaß, so daß man sie leicht von wahren Männern unterscheiden konnte: »Rote, Schwarze, Braune, Spaguffen, Japse, Kanaken, Hottentotten, Niggas, Kameltreiber, Spaghettifresser, Knoblauchfresser ...«
Sie besangen den Abschaum, der gewöhnlich als zerfetzt und zerrissen von den Explosionen der eigenen Bomben dargestellt wurde: »Lann-Haarige, Gammla, Hibbies, Junkies, Klugscheißer, Ponka, Penna, Studentn, Frieks, Rumtreibr, Alterniwis ...«
Schließlich kam das Lied zu den Weibern, dickbrüstige Kreaturen, die sich mit süßlich riechendem Wasser benetzten, um ihren eigenen abscheulichen Gestank zu übertünchen, laute und auf ewig falsch lächelnde Wesen. Ihre Namen schlossen den Zirkel, denn weil sie den Tieren gleich gewesen waren (»mit roten Lippen und Klauen«, wie es in einigen der alten Bücher hieß), hatte man sie auch mit Tiernamen belegt: »Mieze, Pute, Zicke, Pferdchen, Ziege, Kuh, Schnepfe, Mäuschen ...«
Jetzt stimmten die Lehrer einen Kanon an und zählten die schrecklichen Waffen der Unmänner auf: »Krebs, Neutrobombe, Dedete; Zink, Blei und Queck-sil-ber ...«
Der Boden unter ihren Füßen schien zu beben, als sich die leidenschaftlichen Stimmen gegenseitig im gerechten Zorn anfeuerten.
Servan sagte: »Erinnert dich das an alte Zeiten?«

Bek erinnerte sich, wie er zusammen mit den anderen auf dem Dach des Jungenhauses stand, den aufsteigenden Rauch betrachtete und dabei sang. Der Rauch stank (es war der gleiche Gestank verschmorten Fleisches, an dem er den Zweck der Abdeckerei in Bayo erkannt hatte), aber die Jungen atmeten ihn freudestrahlend ein. Es war der Geruch von bösen Wesen, die bestraft wurden, wie kein Junge bestraft werden konnte, denn nur Hexen wurden verbrannt, und nur Weiber waren Hexen – natürlich abgesehen von dem Sonderfall der DunkelTräumer, aber welcher Junge glaubte schon, daß gerade er einer werden würde?
Die Lieder über die Verderbtheit der alten Weiber wurden stets mit besonderer Inbrunst von den kleineren Jungen intoniert, deren Trennung von ihren eigenen Stuten am kürzesten zurücklag. Die älteren Jungen besaßen das Privileg, die Tugenden der Männer preisen zu dürfen, Tugenden, die die Männer zu Herren über die Weiber und Jungen im Namen der Ordnung machten. Die meisten Jungen jeden Alters kamen den Weibern nie nahe genug, um ihre Schrecklichkeit selbst zu betrachten, und unter den erwachsenen Männern, die als Lehrer im Jungenhaus tätig waren, gab es nur wenig wirklich lobenswerte Vorbilder. Aber sie waren überzeugt, und sie sangen, bis ihre Kehlen schmerzten.
»Nun«, brummte Kelmz und warf einen kurzen, uninteressierten Blick nach draußen, »was geschieht jetzt?«
»Kennen Sie Senior Kendizen von den Quarterbacks?« fragte Servan.
»Dieses verdammte Weiberliebchen? Natürlich.«
Servan starrte ihn an; auch Bek war verblüfft. Reife Männer setzten das Ansehen ihrer Altersgenossen gewöhnlich nicht vor Junioren herab. »Kendizen bringt jemand her, der uns sagen kann, wo wir Karz Kambl finden.«
»Und Sie glauben, Kambl wird Ihnen verraten, wo sich Maggomas versteckt«, sagte Kelmz. »Nun, vielleicht wird er das.« Er rieb seine rotgeränderten, überanstrengten Augen. »Ich werde an der Tür Wache halten. Sie wollen sicher nicht, daß sich das Weib hier

hereinschleicht. Und Ihr Kontaktmann ist vielleicht weniger vertrauenswürdig, als Sie annehmen. Wie alles andere.«
Nachdem Kelmz ihnen den Rücken zugedreht hatte, murmelte Servan stirnrunzelnd: »Ich habe dir gesagt, daß wir ihn uns vom Halse schaffen sollen. Ich habe schon zuvor erlebt, wie Männer ihr Gleichgewicht verloren haben. Meistens enden Sie als Wrack in Skidro und verhungern in irgendeiner Gasse, falls sie es überhaupt so lange machen.«
»Kelmz nicht«, entgegnete Bek knapp.
»Ich sage dir«, fuhr Servan fort und ließ sich auf der Fensterbank nieder, »für einen alten Mann steckt er voller Überraschungen. Nimm nur seinen Traum. Männer träumen oft von Tieren – die anderen Unmänner waren schließlich eine Art Männer, aber die Tiere waren etwas ganz anderes. Die Verlockung des Fremden ist sehr stark.« Mit dem Fuß zog er eines der auf dem Boden liegenden Blätter heran. Das Bild zeigte eine dünnbeinige, bräunliche Kreatur im Sprung, und ihr unbewegtes Antlitz stand in einem seltsamen Gegensatz zu der Dringlichkeit ihrer Bewegung.
»Die wenigsten Männer gehen so weit und träumen, daß sie selbst Tiere sind. Das erfordert eine Vorstellungskraft, die ich Kelmz nicht zugetraut hätte.«
Er seufzte. »Du würdest überrascht sein, wenn du wüßtest, was bei den meisten DunkelTräumen herauskommt – ich war es. Ich habe immer geglaubt, daß jeder es so wie ich benutzt, der Phantasie freien Lauf läßt und sich in sich selbst versenkt. Nun, dem ist nicht so, oder die Vorstellungskraft und das Innere der Seele sind meist so banal, daß es die Mühe nicht lohnt.
Ich verstehe mein Geschäft, du weißt es. Ich könnte meinen Kunden prächtigere Tiere schenken, als es sie jemals gegeben hat. Ich könnte Macht und Ruhm schenken, stählerne Städte voller Reichtum und Männermassen. Aber die Qualität des Traumes hängt von der Vorstellungskraft des Träumenden ab, mit dem ich arbeite. Die meisten sind dumm und kindisch – wie du auf der Fähre bemerkt haben wirst.«
Bek ging auf und ab. Die Bibliothek bedrückte ihn, das Träumen bedrückte ihn, Kelmz bedrückte ihn. Was ihn vor allem bedrückte,

war die Möglichkeit, Raff Maggomas bald zu begegnen. Gereizt sagte er: »Ich verstehe nicht, wieso du dich nicht in angemessener Weise mit den Plünderern geeinigt hast und bei ihnen geblieben bist – als ihr Anführer zum Beispiel.«

»Es gibt bereits zuviel verdammte Plünderer«, erwiderte Servan und spielte mit dem Saum des Fenstervorhangs. »Und wenn sie alles ausgegraben haben, was von den Bruderschaften übersehen wurde und einigen Wert besitzt, dann bleibt ihnen nichts anderes mehr als der Jungenhandel – und das ist nicht mein Stil.«

»Du bist im Jungenhaus fast durch das Träumen gestorben. Warum machst du weiter? Vielleicht hast du inzwischen eine Toleranz gegenüber den niedrigen Dosen der DunkelTräumer entwickelt, aber irgendwann wirst du etwas nehmen, das stärker ist, als du erwartet hast, und es wird dich umbringen.«

»Oh, mir gefällt meine Arbeit«, erklärte Servan fröhlich. »Trotz allem anderen. Was könnte amüsanter sein, als die häßlichen kleinen Männer zum Vorschein zu bringen, die im Innern unserer größten, vornehmsten und reifsten Brüder wohnen?«

»Mit Sicherheit fast alles«, knurrte Bek.

»Meine Kunden kommen wieder und bitten um eine weitere Dosis, und das ist mehr, als sich von deinen Kunden sagen läßt!«

Bek schritt weiter auf und ab und dachte über die Ambivalenz des männlichen Verhaltens hinsichtlich Wegends und des Mannes nach, der hinter seinen schwarzen Steinmauern den Todestrank zusammenbraute. Ein friedlicher Tod im Nebel der Träume, in der Gewißheit, auf ewig Eingang in die Gedenkhymne zu finden, war angeblich eine gute Sache, die zu erreichen sich lohnte. Aber trotzdem kamen die Männer zitternd zum Fels und plapperten ihm trotz der Vorschriften ihren Kummer ins Ohr. Und wenn sie getrunken hatten, dann waren sie nicht weniger tot als jene, die draußen starben, und niemand erinnerte sich an sie.

Der Endhelfer war wahrscheinlich für die wichtigste Zeremonie im Leben der Haltfeste verantwortlich, und er wurde auch entsprechend behandelt. Obwohl sich die Reihen der Sippen mit jeder Mißernte mehr lichteten, erhielten er und die Waldläufer von Wegend regelmäßig ihre Nahrungsmittelrationen. Dennoch

bedeutete die Ernennung zum Endhelfer eine Strafe und die Verbannung auf den Felsen. Seine Waldläufer waren seine Kerkermeister, und am Ende nahm jeder Endhelfer selbst den Todestrunk zu sich – wie um dafür zu bezahlen, daß er seinen Vorgesetzten einen guten Tod verschafft hatte.
Bek hatte nicht lange gebraucht, um zu erkennen, daß man ihn dorthin geschickt hatte, damit er starb. Er hatte sich entschlossen, sich nicht so einfach loswerden zu lassen.
Die Seele eines Mannes, der sich entschied, nach lebenslangem Kampf gegen die Leere, aus der die Welt erschaffen war, seine körperliche Hülle abzustreifen, war keineswegs schlecht. Wegend selbst war ein Beweis für die Richtigkeit einer derartigen Entscheidung. Erst nach Jahren der Selbstdisziplin und rechter Taten kannte ein Mann sich gut genug, um zum Sterben bereit zu sein. Beks Problem war jedenfalls, daß er nicht das Gefühl hatte, an einem bedeutenden Ringen teilgenommen zu haben. Ihm schien, als hätte er sich die ganze Zeit nur darauf vorbereitet. Für ihn war es falsch, aus dem Leben zu scheiden, bevor jener Moment gekommen war, auf den er von Geburt an gewartet hatte. Als er dann den warmen, tödlichen Becher an die Lippen gehoben hatte, da war ihm klargeworden, daß er Wegend verlassen und sein Leben in die eigenen Hände nehmen mußte.
Dennoch vermißte er den Felsen. Er vermißte ihn so sehr, daß seine Augen schmerzten, als er versuchte, das Geschehen auf dem Platz zu erkennen. Er sah nicht die kunstfertig glasierten Mauern, die weiten Arkaden und die würdige Prozession träumender Männer vorbei an dem glosenden Graben marschieren, sondern das Meer und die Felsen der Küste. Unaufhörlich wurde Wegend vom Wind umheult. Der Ozean breitete sich riesig und leer vor ihm aus und brandete stampfend gegen den Fuß des Felsens. Alles war einfach, klar und endgültig.
Für einen Moment schien er die schwarze Maske auf seinem Gesicht und das Gewicht halbgefüllter Becher in seinen Händen zu spüren. Die zeremoniellen Worte Wegends kamen ihm in den Sinn: »Hier ist der Schlaf für den Leib, die Freiheit für die Seele und die ewige Erinnerung des Namens.«

»... paradox«, sagte Servan auf seine träge, gleichgültige Art. »Was du tust, soll eine gute Sache sein, aber jeder weiß tief in seinem Herzen, wie verdorben diese Angelegenheit ist. Meine Arbeit gilt als Verbrechen, aber jeder hält sie insgeheim für gut, für einen Dienst sogar. Welch zynische Behauptung, man erinnere sich eines Mannes, wenn man seinen Namen in ein Lied aufnimmt, das von rotznasigen Junioren jeden Tag so schnell wie möglich heruntergeleiert wird, damit sie endlich frühstücken können.«
»Und in welcher Form wird man sich an dich erinnern?« entgegnete Bek. »In den Liedern der Weiber, denen höchstens verdorbene Männer zuhören werden?«
»Das sind die einzigen Männer, deren Anerkennung mir etwas bedeuten würde«, sagte Servan belustigt.
Bek lachte. »Hätte dich der Rat irgendwann in den letzten Jahren zu fassen bekommen, man hätte dich wahrscheinlich zu mir nach Wegend geschickt, um uns beide auf einen Streich zu bestrafen.«
»Was hättest du getan«, fragte Servan, »wenn ich tatsächlich zu dir gekommen wäre?«
»Ich bin überrascht, daß du mich nicht besucht hast, um es herauszufinden.«
»Du hättest mir, ohne mit der Wimper zu zucken, meinen Giftbecher gereicht«, lächelte Servan, »aber natürlich erst, nachdem ich dich dazu überredet hätte, mich um der alten Zeiten willen in dein Bett zu lassen. Eykar, entspanne dich, ja? Dein Herumlaufen macht mich ganz nervös. Wenn du dich schon nicht setzen möchtest, dann lehn dich doch zumindest irgendwo an.«
»Muß ich mich aufreizend auf einen Tisch legen, damit du mit mir sprichst?« fauchte Bek.
»In Ordnung, ich gebe es zu. In deinem Falle wäre die Versuchung zu groß, wenn du es dir bequem machst. Aber du solltest lernen, Bequemlichkeit mehr zu genießen, Eykar. Warum bist du so versessen auf harte Kanten und spitze Ecken? Wenn ich es nicht besser wüßte, würde ich sagen, du lebst in ständiger Angst, einen Tag ganz ohne Schmerzen verbringen zu müssen.

Warum bist du so ungeduldig? Laß dich nicht von den Spannungen des Alltags in der Haltfeste beeinflussen. In deinem Königreich auf dem Felsen, mit deinen vier gehorsamen Dienstboten und den Horden demütiger Subjekte, muß es sehr friedlich gewesen sein. Fiel es dir schwer, Wegend zu verlassen?«
Servan beobachtete ihn mit einem wissenden Blick und versuchte, die Wirkung seiner Worte einzuschätzen. Bek kniff die Lippen zusammen und sagte nichts.
Achselzuckend zog Servan erneut sein Messer aus dem Ärmel und vergnügte sich damit, Spiralen in den Putz der Wände zu ritzen. Die Spirale war das Symbol der Leere, der Weiber, all dessen, was der Klarheit männlichen, rationellen Denkens und Wollens feindlich gesinnt war. Es würde die Lehrer erzürnen, wenn sie morgen dieses Zeichen entdeckten, nicht zuletzt deswegen, weil binnen einer Stunde die Jungen einander in Angst und Schrecken versetzen und das Gerücht verbreiten würden, daß Unmänner-Geister während des Träumens die Bibliothek heimgesucht und ihr Zeichen hinterlassen hatten.
Bek musterte die überall verstreut herumliegenden Bilder. Als regelmäßiger Besucher der Bibliothek während seiner Zeit im Jungenhaus, wenn auch unter Aufsicht, hatte er einige von ihnen schon zuvor gesehen. Aber wieso, grübelte er, war ihm nicht schon früher aufgefallen, daß die Weiber auf den Bildern nicht so großbrüstig und nicht so magisch verführerisch waren, wie es die Lieder behaupteten? Einige schienen einen roten Belag auf den Lippen zu tragen, bei dem es sich vielleicht um Blut, wahrscheinlicher aber um die gleiche Farbe handelte, die Kendizens Schoßweiber zur Dekoration benutzten. Um die Wahrheit zu sagen, viele der Weiber auf diesen Bildern wirkten nicht gefährlicher als Alldera – weniger gefährlich sogar, da sie körperlich viel zierlicher waren als sie.
Und hier war das Bild eines Löwen (das Etikett war abgerissen, aber er erinnerte sich an den Namen des Tieres), der offenbar einen Spaziergang zu unternehmen schien, aber nicht mit einem Hexenweib oder einem mißratenen Sohn der Ahnen, sondern mit einem weißbärtigen Mann reifen Alters.

Verblüfft runzelte Bek angesichts der Bilder die Stirn. Konnte er als Junge so blind vor Entsetzen vor diesem Ort gewesen sein, daß er dies nicht gesehen hatte? Aber was war mit den Lehrern? Wie hätten sie diese außergewöhnlichen Bilder interpretiert? Kein Wunder, daß Kelmz erschüttert wirkte, sogar um Jahre gealtert nach den Stunden, die er heute hier allein verbracht hatte. Was für esoterische Geheimnisse lagen hier vergraben, gesammelt und abgeheftet von Männern, die nur das sehen wollten, was ihre Lehren als Wahrheit bestätigten?
»Hier kommen sie«, rief Servan und glitt vom Fensterbrett.
Kelmz hatte eine der schweren Türen geöffnet, Senior Kendizen schlüpfte herein. Gefolgt wurde er von einem weiteren Senior, der eine hohe, feingewirkte Perücke trug und der sich beim Eintreten bücken mußte, damit sie nicht gegen den Türrahmen stieß und herunterfiel.
In hastigem Flüsterton stellte Senior Kendizen sie einander vor. Als er zu Kelmz kam, sagte er: »Ist das nicht Captain Kelmz von den Hemaways? Es ist mir ein Vergnügen, Captain, Sie hier zu treffen, und das ohne zeremoniellen Anlaß, wie man sagt.« Er lächelte sein bekümmertes Lächeln.
Seinen Begleiter stellte er als Dagg Riggert vor, ein alter Angelist, dessen Name, wie Bek wußte, von erheblichem Gewicht war. Senior Riggert musterte Bek mit kritischem Schweigen. Als Bek das tief zerfurchte, hohlwangige Gesicht betrachtete, erkannte er in ihm die Falten und Farben, mit denen sich Krankheit ankündigte. Er dachte: Der Schmerz wird dich bald nach Wegend führen. Durch diesen Gedanken fühlte er sich älter als der Angelist.
»Ich kann Sie zu Karz Kambl bringen«, erklärte Senior Riggert. »Wissen Sie, wer er ist?«
»Raff Maggomas' Freund«, sagte Bek, noch immer ein wenig verwirrt, so daß er die Ehrenbezeigungen vergaß, die einem älteren Mann gebührten, wenn man ihn ansprach.
»Bevor er Raff Maggomas' Freund wurde«, sagte Riggert eisig, »war er mein Freund. Er war ein Mann mit großer Zukunft. Dank Maggomas wird sich diese Zukunft niemals erfüllen. Aber

Maggomas ist verschwunden, und Karz Kambl ist wieder mein Freund.
Ich werde alles in meiner Macht Stehende tun, um zu verhindern, daß Raff Maggomas meinem Freund noch weiteres Leid zufügt. Ich bin sogar bereit, auf das Träumen zu verzichten und mich mit Junioren gegen einen Mann zu verschwören, der nur ein paar Jahre jünger ist als ich.«
»Da der Senior von Freundschaft spricht«, wandte Bek ein und gab jeden Gedanken an die Wahrung der Höflichkeit auf, »wird er zur Kenntnis nehmen müssen, daß es nichts mit Verschwörung zu tun hat, wenn einem Mann in einer kritischen Situation von seinen Freunden geholfen wird.«
»Ich habe gehört«, entgegnete Senior Riggert, »Sie seien ein scharfsinniger Mann. Sie haben offenbar schon einen so zuverlässigen Offizier wie Captain Kelmz überzeugt, der, soweit ich weiß, den Auftrag hatte, Sie zur Verurteilung vor den Rat zu führen?«
»Mein Auftrag lautet, d Layo zu begleiten«, bemerkte Kelmz. »Dort ist er. Hier bin ich.«
Bevor Senior Riggert Gelegenheit fand, etwas auf diesen bemerkenswerten, um nicht zu sagen beleidigenden Einwurf zu erwidern, sagte Servan sanft: »Ich bin sicher, Senior Riggert verfolgt eigene Ziele, da er derart viel Zeit und Mühe aufgewendet hat, zu uns zu kommen.«
»Gerechtigkeit!« fauchte Riggert. »Vergeltung!«
Unglücklich, als würde er lieber schweigen, sagte Kendizen: »Gewiß könnte die Haltfeste mehr von dem ersten vertragen, aber was das zweite betrifft, so sollte doch das männliche Ideal der Großzügigkeit...«
»Sie sind weich, Sir«, unterbrach Riggert schroff. »Ich habe das immer gesagt, und ich sage es wieder, vor diesen jungen Männern.«
»Und ich sage, daß jene, die so sehr auf Härte versessen sind, grausam werden«, erwiderte Kendizen und wurde rot wie ein zorniger Junge.
Riggert ignorierte ihn und fuhr fort: »Die Rache bin ich meinem

Freund Karz schuldig, obwohl er nicht selbst danach verlangen würde. Er ist von offenem und nachsichtigem Charakter – vielleicht sind diese Eigenschaften zu stark ausgeprägt, so wie bei Senior Kendizen –, und er würde zweifellos Maggomas' Freundschaft erwidern, wenn sie ihm angeboten würde, eine Möglichkeit, die ich auszuschalten gedenke – oder besser, die auszuschalten ich Ihnen helfen werde. Ich verlange nur eine Gegenleistung, einen Beweis dafür, daß Raff Maggomas vernichtet worden ist.«
War es eifersüchtige Wut darüber, daß man ihm den Geliebten genommen hatte, die diesen grimmigen alten Mann antrieb? Zorn über sich selbst, weil er Maggomas später unbehelligt hatte ziehen lassen? Bek sah sich als Waffe in der Hand eines anderen Mannes, als scharfe Klinge, um einen Feind niederzustrecken. Ihm gefiel der Gedanke nicht.
»Ihr Beweis, Senior, muß mein Wort darauf sein, daß ich vorhabe, Raff Maggomas zu finden und ihn so zu behandeln, wie es mir richtig erscheint.«
Draußen erhoben sich die Jungenstimmen in der Lobpreisung der männlichen Tugenden: Stolz, Mut, Stärke, Geduld, Vernunft, Loyalität... Senior Riggert wählte die Geduld.
»Wir sprechen später darüber«, erklärte er. »Im Augenblick bleibt uns nur die Periode des Träumens, um Karz aufzusuchen und mit ihm zu sprechen. Wenn er glaubt, daß es Raff Maggomas' Schutz dient, wird er Ihnen verraten, wo Sie ihn finden können. Können Sie sich eine Geschichte ausdenken, die in dieser Hinsicht glaubwürdig klingt?«
»Nichts leichter als das, Senior«, nickte Servan. »Gehen wir.«
»Noch etwas«, sagte Kelmz. »Senioren, als Sie hereinkamen, waren da die Straßen leer? Sind jetzt alle außer den Jungen in der Halle?«
»Alle, bis auf eine Handvoll junger Raufbolde, die man abgewiesen hat, weil sie halb betrunken zur Zeremonie erschienen sind«, erwiderte Riggert verächtlich. »Sie werden davongetorkelt sein, um sich irgendwo miteinander zu vergnügen, bis die Stille endet.«
Kendizen runzelte die Stirn. »Es geht ein Gerücht um, daß ein paar

junge Tekkans zum Felsen gewandert sind und einer von ihnen durch einen Luftschacht eingedrungen ist und die anderen hineingelassen hat. Somit ist bekannt, daß sich der Endhelfer nicht eingeschlossen, sondern Wegend verlassen hat und sich auf der Flucht befindet. Wahrscheinlich hat es sich bei den jungen Männern nur um angeblich Betrunkene gehandelt, und sie sind in Wirklichkeit Spione, die Ausschau nach verdächtigen Bewegungen in der Stadt während des Träumens halten – in der Hoffnung, den Renegaten zu fangen und so einige Sonderpunkte zugesprochen zu bekommen.«

Begierig und erwartungsvoll, in Kürze vor Raff Maggomas zu stehen, entgegnete Bek knapp: »Ich nehme das Risiko auf mich. Verschwenden wir keine weitere Zeit.«

»Gut.« Captain Kelmz betrachtete das Durcheinander, das er in der Bibliothek angerichtet hatte. »Mich macht dieser Ort krank. Hier gibt es nichts außer Bilder von toten Dingen und dem Gestank von Lügen.«

Servan lachte und sagte, wie wundervoll es doch war, daß man keinen Fuß in das Jungenhaus setzen konnte, ohne etwas zu lernen, gleichgültig, wie alt man war.

14

Rasch und ohne einen Zwischenfall durchquerten sie die stille Stadt. Die beiden Senioren schlugen die Krägen ihrer Mäntel hoch und senkten die Augen, um dem Anblick der leeren, sonnenbeschienenen Straßen zu entgehen. Sie hasteten vor ihnen dahin und bemerkten nicht den Staub, der von den Säumen ihrer Mäntel aufgewirbelt wurde. Die Stille bedrückte sie.

Bek hatte in Wegend die Stille schätzen gelernt, und er wäre lieber allein und langsamer gegangen. Aber Kelmz machte ihm Sorgen. Er mäßigte seinen Schritt und gesellte sich zu dem Captain. »Hat es Probleme mit den Waldläufern gegeben?«

»Alles in Ordnung.« Kelmz ließ seine Blicke wandern, beobachtete wachsam die Gassenmündungen und die schattigen Hauseingänge. »Ich möchte Sie etwas fragen. Wenn Sie ein Nachkomme der Tiere wären, die irgendwie die Verheerung überlebt haben, würden Sie dann in der Nähe der Nachkommen der Männer bleiben?«

»Es gab Nachkommen der Tiere«, erwiderte Bek bedächtig, »die Ungeheuer. Aber die Nachkommen der Flüchtlinge haben sie ausgerottet.«

»In der Haltfeste«, sagte der Captain. »In den Tagen der Ahnen war die Welt ein großer Ort. Und sie ist es immer noch.«

»Ein feindlicher Ort, Captain. Manchmal werden die Männer, die hinausziehen, um Holz zu sammeln, verrückt, haben Sie das vergessen?«

»Ich möchte Ihnen nur Bescheid sagen. Wenn wir hier fertig sind, werden Sie allein mit Ihrem Freund d Layo weiterziehen müssen. Ich habe eine eigene Reise zu machen.«

»Aber was versprechen Sie sich davon...«

Kelmz schnaubte. Servan hörte es und blickte sich nach ihnen um. »Sie haben Nerven, mich das zu fragen! Schauen Sie sich Ihr eigenes Unternehmen, Ihr eigenes Ziel an!«

»Ich möchte mit Ihnen reden, bevor Sie aufbrechen.«

Kelmz lächelte. »Diesmal sind Sie an der Reihe, Ratschläge zu erteilen? In Ordnung.«

Es war nicht Beks Angelegenheit, er hatte keinen Grund, sich Sorgen zu machen. Aber er war besorgt. Und Kelmz schien das zu akzeptieren.

Sie traten in den Schatten, mächtige Türen gaben ihnen den Weg frei in weite, kühle Stille. Die Senioren hatten sie in das Sippenviertel geführt. Dies hier war der Gemeinschaftsraum im Block der Angelists, hoch und düster und mit Sitzgruppen aus glasiertem Ton eingerichtet, die mit Teppichen und Kissen gepolstert waren, damit es die Senioren bequem hatten, wenn sie hier an Tischspielen oder Unterhaltungen teilnahmen. Niemand spielte oder unterhielt sich jetzt, keine alten Männer hockten heute auf ihren Stammplätzen am Kamin und schwatzten und tratschten im Kreise Gleichgesinnter. Wie alle anderen, so träumten auch die Angelists in der Halle der Ratsmänner.

Aber wer waren dann die Männer, die am Kamin, verdeckt durch Ofenschirme aus geflochtenem Gras, im Glanz des Feuers sangen?
Riggert konnte sich kaum bezähmen. Nervös wandte er sich in Richtung der Ofenschirme. Er schien all seinen Zorn vergessen zu haben.
»Warten Sie hier«, sagte er und schritt durch den Raum.
»Sehen Sie«, sagte Kendizen mit unterdrückter Erregung zu den anderen. »In den letzten drei Fünfjahren, wie in schlechten Zeiten üblich, haben sich sehr viele derartige Kulte entwickelt. Die Anhänger dieser Kulte kommen hierher, um den Segen der Sonne zu erbitten. Sie behaupten, daß der Ritus manchen Männern mehr helfen kann als das Träumen. Und die Existenz derartiger Kulte ermöglicht es einem Mann wie Karz Kambl, eine Führerposition einzunehmen, trotz seines Zustandes – oder gerade wegen seines Zustandes, sollte ich sagen.«
Ein Sonnenkult, dachte Bek voller Verachtung. Den Sonnengott um Beistand gegen den Mond zu bitten, war eine Beschäftigung für alte Männer und wie ihr Hang zur Magie ein Zeichen ihrer Schwäche. Ein Mann sollte besser nach Wegend kommen.
Kendizen deutete seinen Gesichtsausdruck richtig. »Manchmal sind junge Männer so intolerant wie der tyrannischste Senior«, bemerkte er. »Versuchen Sie, sich zu beherrschen, wenn Sie Kambl gegenüberstehen. Er hat einst Verbrennungen erlitten, die nur schlecht verheilt sind.«
Riggert kehrte wieder zu ihnen zurück. »Wenn wir uns zu dem Kreis gesellen, werde ich Karz sagen, daß er Besuch hat. Er wird die anderen fortschicken, und sie werden damit einverstanden sein. Sie können sich nicht erlauben, zusammenzubleiben und die Entdeckung durch herumstehende Junioren zu riskieren. Der Rat verfährt nicht sehr nachsichtig mit Sonnenanbetern. Sind Sie bereit?«
»Sagen Sie ihm, wer ich bin«, bat Servan. »Alles andere erledige ich.«
»Was ist mit der da?« Kelmz deutete auf das Weib, das sich in der Dunkelheit des breiten Durchgangs zusammengekauert hatte.

»Die Anhänger des Kults werden zornig sein, wenn sie hier ein Weib entdecken«, bestätigte Riggert.
Servan ging zu ihr und sprach auf sie ein. Zögernd nahm sie auf einer der langen, gepolsterten Couches Platz – eine kleine Gestalt, die hinter den mächtigen Sesseln und Tischen verschwand.
»Sie wird für uns die Tür im Auge behalten«, erklärte Servan, »nur für den Fall des Falles. Ich habe ihr zu verstehen gegeben, daß man sie nicht entdecken darf – wir würden zwar nicht zusammen und auf die gleiche Weise dafür büßen, aber bei Christusgottessohn, wir würden alle dafür büßen!«
Auf der anderen Seite der Ofenschirme beschrieben graugekleidete, maskierte, singende Männer einen ovalen Kreis. Sie bewegten sich bedächtig, ohne einander oder die Neuankömmlinge anzusehen, denen man Platz machte, damit sie sich ungeachtet ihres unterschiedlichen Alters und Ranges in die Prozession einreihen konnten. Die Hymne beschrieb die Welt als einen Ort, der den Männern gehörte und von einem mildtätigen Wesen bewacht wurde. »Für den Sonnenstern ist die Erde ein kleiner Stein, das Meer ist ein Tropfen, der ihn bedeckt, der Himmel ist eine Glaskugel, in der sich die Erde befindet, und der Sonnenstern umschließt die Kugel mit den Händen, damit es dunkel wird, und bei Tag blickt er hinein, mit seinem strahlenden Auge.«
Bek, der in den Worten die Beschreibung einer Gottheit sah, die die Welt der Männer beobachtete, so wie ein Junge durch ein Schlüsselloch äugte, konnte kaum ein Lächeln unterdrücken. Der Rest der Zeremonie war weniger amüsant.
Hin und wieder verließ einer der Männer den Kreis und kniete vor einer Gestalt, die auf einem Block zwischen zwei kleinen Kohlenbecken in der Asche des hohen, gewölbten Kamins saß. Die Gestalt bot einen entsetzlichen Anblick: Der Körper wurde von einer dunkelrot und gelb gemusterten Robe verhüllt, aber Bek konnte erkennen, daß ein Arm unnatürlich verkrümmt auf der Brust ruhte, während eine Wange und eine Schulter zu einem einzigen Narbengewebe verschmolzen waren. Das Gesicht war schrecklich verzerrt und besaß nur ein trübes Auge.
Er hatte derart mißgestaltete Männer nach Wegend kommen

sehen und konnte nicht verstehen, daß ein Mann es vorzog, in diesem Zustand weiterzuleben. Unwillkürlich dachte er an die Weiber, die heute auf dem Platz verbrannt worden waren. Sie waren sicher besser dran als diese Ruine von einem Mann!
Senior Riggert trat wie die anderen vor und kniete vor dem verbrannten Mann nieder. Er ergriff die eine gesunde Hand und streichelte sie. Die Geste eines Verliebten, einfach und direkt. Kniend sprach er auf ihn ein, ein Liebhaber, der Verrat beging. Bek sah zu und spürte, wie ihn Gänsehaut überlief. Als sich Riggert erhob, sagte der verbrannte Mann etwas. Bek verstand kein einziges Wort, aber die Kultanhänger schienen keine Schwierigkeiten zu haben.
Das Lied brach ab. Rasch und schweigend strömten die Männer an dem Verbrannten vorbei, der jedem einzelnen kurz die Hand reichte. Dann zogen sie sich zurück; die Türen schlossen sich mit einem leisen Knall hinter ihnen. Die Besucher waren allein mit dem verbrannten Mann.
Er wandte sich an sie. Bek konzentrierte sich auf den narbigen Mund, und diesmal verstand er trotz der undeutlichen Sprechweise, was Kambl sagte. »Ich habe gehört, daß ein junger Mann hier ist, ein Freund von Raff Maggomas' Sohn.«
Servan trat vor und verneigte sich auf eine Art, die Stolz und Unabhängigkeit und eine Spur Ehrfurcht ausdrückte. »Was einst an Freundschaft zwischen Raff Maggomas' Sohn und mir bestand«, erklärte er mit wachsender Kühnheit, »wurde von ihm verraten und in Schuld verwandelt. In einem Moment der Schwäche und kindischer Narretei übergab er mich an meine Feinde. Seitdem lebe ich als Ausgestoßener. Er wird es mir büßen.«
Es war eine interessante Interpretation der tatsächlichen Geschehnisse, dachte Bek. Er gab einen leisen, bewundernden Laut von sich, eine Mischung aus einem Knurren und einem Lachen. Kambl drehte sich mit seinem ganzen Oberkörper zu ihm herum, als ob das Feuer seine Gelenke verschmolzen hätte. Wieviel konnte er mit diesem einen trüben Auge sehen?
»Wer ist das?« fragte der verbrannte Mann.
»Ein wahrer Freund von mir«, sagte Servan, und es gelang ihm,

seiner Stimme den bescheidenen Tonfall eines Mannes zu verleihen, der unziemlichen Stolz bei der Vorstellung seines Liebsten unterdrückte. Er schauspielerte meisterhaft. Eine ganze Beziehung wurde dadurch heraufbeschworen, eine goldene Transmutation des wirklichen Verhältnisses, das zwischen ihm und Bek bestand. Es war so überzeugend, daß selbst Riggert, erfüllt von Mordgedanken, ihm einen kurzen Blick voller Sympathie und Freude zuwarf.

»Gut«, erklärte Kambl. »Es wird Ihnen helfen, das zu tun, was Sie tun müssen, wenn Ihr Freund dabei ist. Seine Gegenwart wird Sie an das Gute in Ihnen erinnern. Die Rache eines Mannes darf niemals durch Haß oder Grausamkeit entweiht werden.« Er klang nicht pompös wie die Lehrer des Jungenhauses, wenn sie über die Straße der Ehre sprachen, sondern mehr, als ob er wirklich glaubte, was er sagte, und niemals die Wahrheit der Haltfeste angezweifelt oder näher untersucht hätte. Bek hätte eine gute, normale, bombastische Rede vorgezogen. Er konnte dieses Wrack nicht hassen, das in so einfacher Weise von der Tugend sprach.

»Nun, auch ich bin Eykar Bek Rache schuldig, obschon mein Groll nicht persönlicher Art ist. Es ist nur so, daß er nach dem Gesetz der Generationen der erste und gefährlichste Feind meines ersten und teuersten Liebsten ist.«

Dann sagte er: »Dagg?« Und als Riggert, der hinter ihm stand, seine Schulter berührte, fügte er hinzu: »Es tut mir leid, aber was wahr ist, ist wahr.«

Riggert sagte nichts, sondern beugte sich hinunter und drückte Kambl ein Taschentuch in die Hand. Speichel glänzte auf der unteren Gesichtshälfte des verbrannten Mannes. Er schien seine Lippen kaum kontrollieren zu können. Wahrscheinlich spürte er nicht einmal die Flüssigkeit, da das Narbengewebe wohl gefühllos war. Mit einem hörbaren Seufzer wischte Kambl mit dem Tuch den Speichel von seinem Gesicht.

Zu Beks sardonischem Vergnügen machte Servan einen eher unglücklichen Eindruck. Selbst er, der DunkelTräumer, war vom Anblick dieses fleischgewordenen Alptraums schockiert.

Aber dann nahm er wieder seine Ausführungen auf. Unwirsch

erklärte er: »Ich fürchte, die Gefahr, die Raff Maggomas von seinem Sohn droht, ist mehr als nur theoretischer Natur. Sie nehmen vermutlich an, daß ich nach Wegend zu Eykar Bek will, um dort mit ihm unsere Meinungsverschiedenheiten auszutragen, oder?«

Das Taschentuch verharrte neben der Ruine, die der Mund des verbrannten Mannes darstellte. »Demnach trifft es nicht zu?«

»Nein, Sir, ich komme soeben von Wegend. Eykar Bek hat sich wie ein Weib davongeschlichen. Seit heute morgen ist es in der ganzen Stadt bekannt. Ich glaube, er sucht nach seinem Vater.«

»›Aufrührerische Söhne weichen zunächst vom rechten Weg der Väter ab, um ihren Vätern dann das Leben zu nehmen‹«, intonierte Riggert.

Kambl saß reglos da, wie jemand, der etwas hörte, worauf er lange gewartet hatte. Mit seltsamer Stimme fragte er schließlich: »Was kann ich für Sie tun?«

»Wenn Sie mir sagen«, erklärte Servan, »wo sich Raff Maggomas befindet, dann werde ich Bek unterwegs aufhalten. Wenn ich Bek heimgezahlt habe, was ich ihm schuldig bin, wird er weder Maggomas noch sonst jemand Ärger machen können.«

Hoch aufgerichtet hinter Kambls Stuhl (wie der Schatten des Mannes, der Kambl vielleicht gewesen wäre, hätte er stehen können) drängte Riggert: »Sag ihnen alles.« Die Glut der Kohlebecken rötete seine trockenen, eingefallenen Wangen, und seine Perücke bauschte sich über ihm auf wie ein Sturm bei Sonnenuntergang. »Junge Männer sollten wissen, daß der Streit, der ihr Blut erhitzt, schon lange vor ihnen begonnen hat und im Buch der Geschichte mehr Seiten füllt als die Tadel, die im Führungsheft eines Junioren stehen. Sie sollten wissen, für wen sie handeln und warum.«

»Es ist nicht weiter wichtig«, sagte Kambl, »außer für mich und für jene, die so freundlich sind und sich um mich kümmern. Ich war zusammen mit den Quarterbacks in Bayo, als Raff von Lammintown kam. Er war verbittert wegen der Schwierigkeiten, die man ihm gemacht hatte. Er hatte versucht, die Arbeit der Tekkans an den Webstühlen neu zu organisieren, und auch einige

Fortschritte erzielt – dann gab es den Skandal um seinen angeblichen Sohn, und sein Einfluß war dahin, obwohl das Gerücht niemals bewiesen wurde. Ich glaube nicht, daß er je Gelegenheit bekommen hat, sich formell gegen die Anklage zu verteidigen.

In Bayo trieb ihn Eile an, denn er fürchtete, nicht genug Zeit zu haben, etwas Neues zu beginnen und eine große Tat zu vollbringen, wie sie ihm am Herzen lag, bevor er starb. Er mißtraute seiner Gesundheit. Aber ihn interessierte auch nicht die Unsterblichkeit Wegends. Er sagte immer, daß ein Mann aufgrund der Werke seiner Hände und seines Verstandes nicht vergessen werden sollte und nicht, weil Generationen von Ignoranten seinen Namen gedankenlos vor sich hin plappern.

Unsere Senioren«, fuhr Kambl fort, »hatten die Gerüchte vernommen und hielten Raff für einen Unruhestifter. Aber er war selbst ein Senior, so daß sie nichts gegen ihn unternehmen konnten. Von Anfang an war er voller Ideen, die ihn zu einem Außenseiter machten. Einmal behauptete er, daß man den Milchquark der Weiber in eine harte Substanz verwandeln und aus ihr dann Knöpfe und Eimer machen könnte. Die Quarterback-Senioren lachten ihn dafür noch wochenlang hinter seinem Rücken aus.

So gewöhnte er sich daran, mit uns jüngeren Männern zu sprechen. Er sagte, die Senioren seien zu weich, nicht Manns genug, um wirklich mit der Rückeroberung zu beginnen, die sein Ziel war. Er wollte den Wasserläufen weiter nach Süden durch die Sümpfe folgen und erkunden, ob es dort festen Boden gab, auf dem man eine Stadt errichten konnte, einen Stützpunkt für eine weitere Expansion über die derzeitigen Grenzen der Haltfeste hinaus. Er sprach davon, unseren Stolz zurückzugewinnen, indem wir die Welt zurückgewinnen. Es war sehr aufregend. Es gefiel uns, in uns die neuen Helden zu sehen und allem den Rücken zu kehren, was wir haßten: unseren Senioren, den Waldläufern, den Sümpfen, dem Geruch und dem Lärm der allgegenwärtigen Weiber …

Was wir haßten, fürchteten wir auch. Einige von uns verliebten sich in Raff wegen seiner Begeisterung, seiner Brillanz und dem –

enttäuschten – Vertrauen, das er in uns setzte. Aber wir taten nie das, was er mit uns vorgehabt hatte.
Gegen Ende dieses Fünfjahres gab es wieder eine Laver-Mißernte. Raff war wütend darüber, daß man als Vergeltung dafür die Weiber unter dem Vorwurf der Hexerei dezimierte. Er sagte, sie trügen keine Schuld und es wäre eine Verschwendung, sie zu töten. Das brachte ihn in noch größere Schwierigkeiten. Einige der Senioren warfen ihm vor, den Mehltau eingeschleppt zu haben und mit den Weibern verbündet zu sein.
Aber er war zäh und klug, und am Ende dieses unglücklichen Fünfjahres kehrte er mit uns in die Stadt zurück und begann wieder Macht auf sich zu vereinen – was ihm auch gelang.
Dann, einige Jahre später, ereignete sich dieser andere Skandal. Sein Sohn sollte in eine DunkelTraumaffäre verwickelt sein. Er besuchte eine Ratsversammlung, die aufgrund dieses Ereignisses einberufen worden war, und kehrte sehr aufgeregt davon zurück, aber er erzählte nichts. Er traf sofort Vorbereitungen für die Abreise nach 'Troi mit einem Boot, mit dessen Bau er schon vor längerer Zeit begonnen hatte. Niemand außer mir wußte davon. Selbst jetzt weiß ich noch nicht, woher er das Metall hatte, das er für die Maschine brauchte, die es antrieb. Damals wagte ich nicht einmal, ihn danach zu fragen – er besaß nicht die geringsten Skrupel, was Dinge betraf, die er für notwendig hielt.
Er benötigte für die Reise einen Gehilfen und bat mich, ihn zu begleiten. Ich war erstaunt, wie schnell wir gegen die Strömung des Flusses vorankamen. Ein Feuer brannte in der Maschine. Ich weiß noch, daß ich mich gefragt habe, ob dies auf irgendeine heilige Verbindung mit der Sonne hindeutete.«
Es war unmöglich festzustellen, ob der verbrannte Mann bei diesen Worten lächelte oder nicht.
»Das Problem war nur, ich besaß keine Erfahrung im Umgang mit Maschinen. Ah, diese Vollmondnächte während unserer Reise! Vielleicht hat uns die Mondhexe beobachtet und sich an die Maschinen der Ahnen erinnert, an die Raketen, die man ihr in den alten Tagen entgegengeschleudert hat...
Nun, ich blieb an Bord, als wir in der Nähe der Alten Stadt vor

Anker gingen und Raff loszog, um neuen Brennstoff zu besorgen. Die Maschine explodierte. Ich trieb zusammen mit den Trümmern flußabwärts, bis mich ein Hanfkahn auffischte und zurück in die Stadt brachte – und in die Obhut meiner guten Freunde.
Seitdem habe ich nichts mehr von Raff gehört und auch nicht versucht, Kontakt mit ihm aufzunehmen. Aber daß er lebt und es ihm in 'Troi gutgeht, steht außer Frage. Gerüchte sind den Fluß herabgekommen, Gerüchte über Fortschritte, Aufregung – genau die Art Unruhe, die er überall verbreitet, wo er auftaucht. Und dann sind da die Ratsmänner, die wie immer auf jedes Zeichen ungewöhnlicher Macht und Organisation achten. Sie haben überall beunruhigte Fragen gestellt und Spione flußaufwärts geschickt. Raff ist bereits in Schwierigkeiten, auch ohne seinen Sohn.«
Also müssen wir weiterziehen, dachte Bek verdrossen. Maggomas ist überhaupt nicht in der Stadt. Wenn wir 'Troi erreichen, was wird man uns dann sagen, wohin er gegangen ist? Zu den Minen, zum Mond – überall wird er sein, aber nicht dort, wo ich bin.

15

»Was ist los?« fragte Kelmz, der dicht hinter Beks Schulter stand. »Sie sehen erschöpft aus.«
»Amüsiert es Sie, Captain«, krächzte Bek, »einen Krüppel und seine Freunde zu betrügen? Ich hasse es weiterzusiechen – mir gefällt es nicht, was diese Reise aus mir macht.«
»Sie werden schon nicht schlimmer werden als jene, mit denen Sie zu tun haben«, meinte der Captain. »Es sind alles erwachsene Männer. Sie sind nicht verantwortlich für das, was sie tun oder sagen. Riggert versucht, mit ihrer Hilfe einen Rivalen auszuschalten, den selbst zu töten er zu feige ist. Und was Kambl betrifft, so will mir scheinen, als hätte das Feuer auch sein Gehirn geröstet.«
»Sie haben einander offenbar gern.«
»Oh, von mir aus können Sie es so sehen. Ich habe von derartigen Männern mein ganzes Leben lang Befehle angenommen, meine

Waldläufer wegen ihrer albernen Streitereien und Eifersüchteleien zu Tode gehetzt. Dieses banale Zeug findet man in jeder Auseinandersetzung zwischen den Bruderschaften, wenn man nur tief genug bohrt.«

Kendizen gesellte sich zu ihnen. »Nun«, sagte er anklagend, »Sie haben bekommen, was Sie wollten, nicht wahr? Und hier bin ich und helfe Riggert dabei, etwas zu erreichen, was er schon lange Zeit vorgehabt hat – zu seiner und zu meiner Schande, da ich dank Ihnen nun auch darin verwickelt bin.«

»Ich bin nicht verantwortlich für Senior Riggerts blutdürstige Anwandlungen«, erwiderte Bek.

»Aber Sie nutzen sie für Ihre Zwecke aus.« Kendizen sah zu Servan und Riggert hinüber, die noch bei Kambl standen. »Ich mag Riggert nicht und habe ihn nie gemocht«, murmelte er, »und das hat nichts mit dieser Manie zu tun, mit der er Maggomas verfolgt. Aber ich hasse es noch mehr, ihm dabei zu helfen, das Schlechte in sich zu erkennen, denn es gibt soviel mehr. Nehmen Sie nur seine Beziehung zu Karz, die so lange schon besteht, trotz allem, was geschehen ist...« Er nagte an seiner Unterlippe.

»Sind sie noch nicht fertig?« fragte Kelmz.

»Karz verlangt, daß niemand Maggomas verrät, daß er noch immer lebt. Ihr Freund Servan ziert sich des guten Eindrucks wegen noch ein wenig.« Kendizen ordnete seinen Mantel und schenkte Bek einen verbitterten Blick. »Nun, bitte vergessen Sie nicht, Dagg irgendeinen Beweis mitzubringen, damit er Karz von Maggomas' Tod überzeugen kann, ja?«

Vor seinem geistigen Auge sah Bek, wie Riggert dem verbrannten Mann einen weißhaarigen, würdevollen Kopf in den Schoß legte.

Barsch entgegnete er: »Soll er Maggomas doch umbringen – damit er sich selbst ein Andenken aussuchen kann!«

Zu spät, um es ungeschehen zu machen. Scharf durchdrang seine Stimme die plötzliche Stille – die anderen hatten ihre Unterhaltung beendet.

Karz Kambl richtete sich schwerfällig auf, schlug nach Servan und traf Riggert mit seinem verunstalteten Arm. Unverständliche

Worte brüllend, wankte der verbrannte Mann auf Bek zu und schwang mit seiner gesunden Hand das Kohlenbecken, das neben seinem Stuhl gestanden hatte, ein massiver Metallbehälter, in dem Feuer glühte.
Kelmz stieß Bek zur Seite und prallte an seiner Stelle mit dem verbrannten Mann zusammen. Das Kohlenbecken traf den Captain im Genick, und er stürzte gegen Kambls Knie. Kambl stolperte zurück, das Becken fiel ihm aus der Hand. Bek sprang ihn an und rang mit ihm. Irgendwie gelang es dem verbrannten Mann, auf den Beinen zu bleiben. Die beiden wankten hin und her, keuchten und versuchten, einander niederzuzwingen. Der vor Kambls Brust verkrümmte Arm preßte sich gegen Bek und hinderte ihn an einem wirksamen Schlag. Mit seiner gesunden Hand packte Kambl Beks Haarschopf und versuchte, den Kopf nach hinten zu ziehen, um ihm die Finger in die Augen zu stoßen.
Bek preßte die Stirn gegen das rauhe Narbengewebe von Kambls Hals und stieß mit aller Kraft nach oben. Sie stürzten.
Er achtete nicht mehr auf seine Augen, sein Kopf fuhr zurück, und er schrie. Mit dem Oberschenkel prallte er gegen den glühendheißen Rand des Kohlenbeckens – er roch den Gestank von verbranntem Fleisch. Rasend vor Schmerz befreite er sich von Kambls Gewicht und rollte davon.
Er lag da, Wange und Mund an die kühlen Fliesen gepreßt und sah, wie sein Atem an den glänzenden Platten beschlug. Warum war er nicht bewußtlos geworden? Warum griff ihn Kambl nicht weiter an? Er spürte nur noch dumpfen Schmerz in seinem Bein. Er schloß die Augen.
»... auf mit dir!« Servan sprach drängend auf ihn ein und rüttelte ihn. Er schob Servans Hände fort, drehte sich auf den Rücken und setzte sich auf, stützte sich mit den Armen ab.
Servan bückte sich, verwehrte ihm den Blick auf die Wunde und begann sein Hosenbein mit dem Messer aufzuschlitzen.
Rechts von ihm lag Karz Kambl verkrümmt auf dem Boden. Sein schreckliches Gesicht ruhte in einer Lache Blut, das aus seinem Leib rann. Bek sah fort, ihm war übel.
Das Kohlenbecken stand auf zwei Beinen gegen die Wand gelehnt

und rußte die glasierten Ziegel. Am Kamin versuchte Kendizen, Riggert aufzurichten. Der Angelist hatte seine Peitsche verloren, tastete nach ihr und wirbelte Asche auf. Kendizen sah sich mit bleichem Gesicht nach Bek um. Sein meliertes Haar war zerzaust.

»Wo ist Kelmz?« krächzte Bek.

»Hinter dir«, sagte Servan, »aber kümmere dich nicht um ihn. Wir können nichts für ihn tun.«

Bek wagte einen Blick.

»Halt still«, protestierte Servan. »Ich bin noch nicht mit dem Wundverband fertig.«

»Er atmet.« Aber Bek sah, wie flach der Atem des Captains ging und wie blaß sein Gesicht war.

»Sein Schädel ist zertrümmert, und vielleicht ist sein Genick gebrochen. Wenn du ihn bewegst, wird er mit Sicherheit sterben. Wir müssen ihn hier zurücklassen und uns eine Weile irgendwo verstecken.«

Bek betrachtete Kelmz' eingefallenes Gesicht und dachte an die Worte, die er so oft in Wegend rezitiert hatte. Er sprach sie nicht aus, er war nicht als Endhelfer mit Kelmz gereist. Er wollte etwas sagen oder tun, aber er hatte keine Zeit, die richtigen Worte zu finden, um seine Gefühle auszudrücken.

Schließlich murmelte er: »Ich kann nicht bleiben.« Wie dumm, vermutlich konnte ihn Kelmz nicht einmal hören. War dies die Art, mit der Männer auf das plötzliche und gewaltsame Ende ihrer Freunde reagierten, närrisch dreinzuschauen und belangloses Zeug zu murmeln? Wieso hatte Wegend Bek nicht besser auf derartige Dinge vorbereitet? Er war erleichtert, als ihm Servan auf die Beine half und ihn davonschleppte.

»Nein, nein, schau«, sagte Servan und zerrte an ihm, »leg deinen Arm über meine Schulter, oder glaubst du, daß du heute nacht noch mit diesem Bein nach 'Troi marschieren kannst? Er hat dich gebrandmarkt, dieser Kambl. Nein, versuche nicht, es zu belasten, stütz dich auf mich. Stütz dich, Christusgottessohn! Wer hätte geglaubt, daß sich ein derartiges Wrack so schnell bewegen oder so stark sein kann? Vor seinen Verbrennungen muß er wirklich ein

bemerkenswerter Mann gewesen sein. Scheiß drauf!« Er schob die störenden Ofenschirme mit dem Ellbogen aus dem Weg. »Alles lief so gut! Noch einen Moment, und ich hätte uns sogar ein Boot besorgen können – und du hast alles zunichte gemacht!«
Kaum betraten sie die sonnendurchglühte Straße und wandten sich bergab in Richtung Skidro, da bekam Bek einen Schwächeanfall und fiel Servan entgegen. Jemand glitt an seine andere Seite und half ihm, Bek zu tragen. Nicht Kelmz, Kelmz lag noch immer in der Bibliothek und starb. Es war die schlanke Schulter des Weibes, um die Beks Arm jetzt lag.

Von einem Moment auf den anderen kam er zu sich. Nackt lag er auf einer Decke. Jemand machte sich bei Lampenlicht an seinem Bein zu schaffen. Wer waren sie, die ihn beobachteten und miteinander sprachen? Kniete jemand auf seinem Bein, daß es so sehr schmerzte?
»Geh runter!« brüllte er.
Servan beugte sich dicht über ihn und drückte ihn an den Schultern nieder. »Still!« befahl er. »Hör mir zu: Jedes Haar und jedes einzelne verkohlte Fädchen muß aus dieser Wunde heraus. Oder du wirst dir eine Infektion zuziehen und dein Bein, vielleicht sogar dein Leben verlieren. Wenn es weh tut, um so besser. Das bedeutet, daß noch etwas Haut und Lebensnerven vorhanden sind, von denen aus sie zuheilen kann.«
Bek biß die Zähne zusammen. Er verfolgte, wie sich Schweißtropfen zwischen den Haaren an Servans Schläfe bildeten, hörte seinen Herzschlag flattern, war verblüfft, wünschte, dem Beben und Zucken seiner Muskeln Einhalt gebieten zu können. Der warme Druck von Servans Hand verschaffte ihm Trost.
»...kaltes Wasser«, sagte eine Stimme, »bis der Schmerz nachläßt, damit er schlafen kann. Außerdem verhindert das die Narbenbildung und Muskelschrumpfung. Das ist nicht kalt! Nennst du das kalt?«
»Du wolltest, daß ich es abkoche«, antwortete eine andere Stimme, »und so habe ich es abgekocht. Wir haben kein Eis, um

es wieder abzukühlen, daher ist es so kalt, wie du es bekommen kannst.«

Es war kalt genug. Bek sprang beim ersten Kontakt fast in die Höhe. Dann zog sich der Schmerz in die Tiefe zurück, floh vor der Kälte und verkroch sich in seinen Knochen. Von der Verwundung selbst spürte er bis auf den Druck des nassen Tuches so gut wie nichts. Kaltes Wasser rann über seine Haut; die Decke saugte es auf.

Über ihm wischte sich Servan mit dem Ärmel den Schweiß von der Stirn. Als jemand bemerkte, daß die Verbrennung offenbar an einer Seite bis zu den Muskeln reichte, fauchte Servan wütend: »Halt den Mund!«

Bek versuchte, einen Blick auf die Wunde zu werfen. Er sah, wie sich das Weib über sein geschwollenes Bein beugte und in der Hand einen tropfnassen Lappen hielt. Keuchend ließ er den Kopf wieder zurückfallen. »Schafft sie von mir fort!«

»In Ordnung«, sagte Servan und bückte sich, um den Platz des Weibes einzunehmen. »Ich erledige das. Jemand soll ihr zeigen, wo sie die Zutaten zu einer Suppe finden kann.«

Der Raum wurde von sich entfernenden Schritten erschüttert, als mehrere Personen hinausgingen.

»Dinker, geh nicht«, bat Servan. »Wir beide haben einiges zu besprechen.«

Ein zottelhaariger Mann ungewissen Alters blieb mit düsterem Gesicht im Zimmer. An den schmalen Bizepsen trug er hellglasierte Armreifen. Mit seinen schmutzigen Fingern drehte er den glitzernden Schmuck.

»Das letzte Mal, als ich dir geholfen habe«, sagte er feindselig, »da bist du kaum fortgewesen, und schon erschienen zwei Paar Waldläufer und ein Trupp Patrouillenmänner und überfielen meinen alten Schlupfwinkel und töteten drei meiner Burschen. Ich brauche dir nicht zu sagen, was ich dabei für gutes Zeug verloren habe – sechs Wochen Schürfarbeit am Rande der Wildnis, und alles umsonst.«

»Dinker«, schmeichelte Servan, »denk doch an den Gefallen, den ich dir tun werde. Wer sonst noch außer mir macht in diesen Tagen Geschäfte mit dir?«

»Geschäfte?« rief der zerlumpte Mann. »Du bestiehlst mich, meinst du! Du verdoppelst meine Schwierigkeiten und halbierst meinen Gewinn!«
»Denk doch nach, Dinker. Neulich sind die Wachmänner hart mit dir umgesprungen, und sie werden noch härter vorgehen. Horden junger Burschen toben während des Träumens durch die Stadt, und die Senioren sind so nervös, daß sie sofort zuschlagen werden, wenn sich ihnen eine Möglichkeit bietet. Nun, dein Gesicht ist bekannt und deine Burschen ebenfalls, zumindest jene, die du selbst gut genug kennst, um ihnen zu vertrauen. Wer sonst außer mir würde für dich Schmuggelware nach 'Troi schaffen?«
Schweigen, während der Plünderer darüber nachdachte.
»Und was mich betrifft«, fügte Servan hinzu, »so hatte ich keine Wahl. Ich muß nach 'Troi, und warum solltest du daraus keinen Vorteil ziehen? Du läßt mich deine Verbindungen benutzen, ich werde dafür deine Ware mitnehmen.«
Ruhig fragte der Plünderer: »Wann rechnen wir beide ab?«
Danach bekam Bek von der Unterhaltung nichts mehr mit. Mehrmals richteten sie ihn auf und schüttelten ihn, bis er wach genug war, um etwas hinunterzuschlucken. Sie löffelten ihm Suppe ein. Er schmeckte nichts, aber sie war heiß, danach ließen sie ihn weiterschlafen.
Schließlich wurde er wach, ohne benommen zu sein, und wandte sein Gesicht von den Schlägen ab, mit denen man ihn ins Bewußtsein zurückrufen wollte.
Servan kniete mit einem dampfenden Teller Suppe neben ihm. Die Flamme der Stehlampe wurde vom Tageslicht überstrahlt, das durch ein mattiertes Fenster fiel. Der Raum, eine leere Kammer mit Rissen in den Wänden, war Teil eines aufgegebenen Gebäudekomplexes in Skidro.
»Ich will keine Suppe mehr«, erklärte Bek.
»Bist du sicher?« Servan schlürfte sie selbst hinunter. Er wischte sich den Mund mit einem Zipfel von Beks Decke ab. »Wie geht es deinem Bein?«
»Es schmerzt.« Das Bein war ein einziger grausamer Schmerz. Bek

sah zu der undurchsichtigen Fensterscheibe hinauf. »Ist es Morgen?«
»Nachmittag, und bis jetzt ist alles ruhig. Dinker ist mit einigen seiner Leute verschwunden, um das Durcheinander zu beseitigen, das wir angerichtet haben. Es könnte schlimmer sein. Die Sonnenkultleute werden kein Interesse daran haben, daß die Angelegenheit publik wird. Möglicherweise wird Riggert trotz seines hohen Ranges einige Fragen zu beantworten haben. Ebenso Kendizen. Sie werden ihren Stolz vergessen und alle Schuld einem berüchtigten DunkelTräumer und einem aufrührerischen Endhelfer in die Schuhe schieben, mit denen sie irgendwie zusammengetroffen sind – im Schlaf oder sonstwie.
Aber es wird einige Zeit dauern, bis der Rat überhaupt weiß, welche Fragen er stellen soll. Dinkers Leute werden Kambl und Kelmz fortschaffen und sie in den Gassen auf der anderen Seite der Stadt liegenlassen. Dort werden sie tagelang auf irgendeinem Abfallhaufen verfaulen, bis ...«
»Was ist mit uns?« unterbrach Bek. »Wann brechen wir auf?«
»Aufbrechen? Wohin? Du mußt dich noch ein paar Tage ausruhen und die Wunde verheilen lassen. Dieser Ort ist so gut wie jeder andere. Wenn die Zeit kommt, werde ich dafür sorgen, daß wir nach 'Troi gelangen. Es ist schon alles vorbereitet.«
»Was erwartest du eigentlich, wie lange ich hier ruhig liegen bleibe und mich frage, was du dir einfallen lassen wirst, um mich zu verkaufen? Ich kenne dich, Servan. Diese Brandwunde braucht Zeit, um zu verheilen, und du wirst dich langweilen. Ein Freund sollte seinen Freund nicht in Versuchung führen.«
Seufzend hielt Servan seinen Suppenteller ins Licht und betrachtete die Helligkeit, die durch das Material schimmerte. »Das ist das schönste Stück, das ich jemals in Dinkers Händen gesehen habe. Ich werde herausfinden müssen, wo er es ausgegraben und wer ihm gesagt hat, daß es etwas wert ist. Gewöhnlich hat er einen furchtbaren Geschmack. Aber selbst Dinker zeigt mehr Verstand als du, mein Freund. Was hast du vor, willst du zu Maggomas kriechen und ihn in den Fuß beißen? Sei vernünftig, Mann! Du brauchst Zeit, um dich zu erholen, gleichgültig, wie riskant es ist.«

»Nein. Wir müssen jetzt aufbrechen, während Maggomas noch in 'Troi ist. Diese Information hat zuviel gekostet, wir dürfen sie nicht ungenutzt lassen.«
»Die Verbrennung muß sehr schmerzhaft sein«, bemerkte Servan. »Normalerweise mißt du deinen Verletzungen weniger Wert bei.«
»Ich meinte Kelmz. Dieser Schlag war für mich bestimmt.« Bek sah noch einmal, wie das feurige Kohlenbecken durch die Luft pfiff, wie die Funken stoben und wie es Kelmz mit einer Wucht traf, die ihn zurücktaumeln ließ.
»Ah«, machte Servan sanft. »Natürlich, Kelmz hat eingegriffen, um dich zu retten. Der tapfere Captain Kelmz. Hältst du es nicht für möglich, daß er lediglich aus lebenslangem Training heraus auf den Angriff reagiert hat?«
»Es ist möglich.«
»Es ist möglich«, äffte Servan nach. »Aber du kennst Kelmz besser, stimmt's? Ich konnte dich gestern nacht kaum pflegen, ohne daß du mich bei seinem Namen genannt und mich mit Unsinn belästigt hast, der für ihn bestimmt war.«
»Was für Unsinn?« fragte Bek ungläubig und versuchte, sich an die Dinge zu erinnern, die er im Fieberwahn gesagt hatte. »Ich habe geschlafen, wie konnte ich also ...«
»Und du hättest dein Gesicht sehen sollen, als ich dir gesagt habe, was die Plünderer mit seiner Leiche tun werden. Ich frage mich, ob du ebenfalls so dreinschauen und das Thema wechseln würdest, wenn ich es wäre, der auf einem Abfallhaufen hinter irgendeiner Wegkreuzung in Skidro verfault. Da, da ist es schon wieder – ich wünschte, ich hätte einen Spiegel.«
»Ich werde mich jetzt nicht mit dir darüber unterhalten«, erklärte Bek und schloß die Augen. Das Bein klopfte hartnäckig, und das tierische Wesen seines Körpers setzte den Schmerz gegen ihn ein. Er konnte nicht zur gleichen Zeit dagegen und gegen Servan ankämpfen.
»Nun, es spielt keine Rolle«, sagte Servan gleichgültig. »Ich frage mich nur, ob ich dich nicht doch an Bajerman ausliefern soll, da unsere Beziehung nicht mehr so eng zu sein scheint, wie sie es

einst war. Aber ich sehe, du bist nicht in der richtigen Verfassung, um über derart persönliche Angelegenheiten zu sprechen. Ich werde dir nicht dein unfreundliches Benehmen vorhalten. Aber vielleicht denkst du ein wenig über dich und den Captain nach. Schließlich habe nicht ich damit angefangen. Und ich werde auch nicht herumlaufen und austratschen, daß Eykar Bek die Altersgrenze übertreten hat. Es ist nicht sehr schmeichelhaft für mich, obwohl du sicher nicht der erste bist, der dem Glanz von Kelmz' Ruhm erlegen ist, seiner Stärke, seiner schweigsamen Art und all diesen romantischen Narben. Ich hätte nur nicht gedacht, daß du dich so schnell einwickeln lassen würdest.«

Er stand auf. »Da du dich nicht bewegen kannst, werde ich mich um die letzten Vorbereitungen für unsere Reise kümmern. Alldera ist dort in der Ecke, falls du etwas brauchst.«

Pfeifend ging er nach draußen.

Für Bek hatte sich nie die Frage gestellt, was ihm dieses Unternehmen einbringen würde. Seine Entschlossenheit (oder das Schicksal, wie er manchmal glaubte) blieb davon unbeeinflußt, gleichgültig, was es ihn kosten mochte. Die Frage war nur, wie er mit den Verlusten fertig werden wollte.

16

Manchmal sehnte sie sich nach der Abdeckerei zurück. Diesen offenen Himmel mit seinen süßen, dahinpfeifenden Winden hatte sie nur dank den Launen der Herren kennengelernt. Der Gestank der Abdeckerei hatte eindeutig den Weibern gehört, und nur den Weibern. Etwas zu besitzen, das war schon einiges wert, selbst wenn es nur ein Leichenhaus war.
Nun, alles in allem verlief die Reise gut. Der Waldläufer-Offizier hatte ihr zuerst Sorgen gemacht. Ein guter Waldläufer-Führer mit Erfahrung im Umgang mit Weibergruppen konnte einen Instinkt für falsche Untertöne im weiblichen Verhalten entwickelt haben. Glücklicherweise hatte seine Aufmerksamkeit seinen eigenen Sorgen und dem Endhelfer gegolten. Dennoch fühlte sie sich jetzt, wo er fort war, besser. Die beiden anderen hatten genug mit sich selbst zu tun. Inzwischen waren sie auf dem Weg nach 'Troi, wie es Allderas eigene Pläne verlangten.
Auf dem Fluß wären sie schneller vorangekommen, aber mit einem Verwundeten und der Beute der Plünderer im Gepäck war ihnen die Flußfähre mit ihrem geselligen Treiben an Bord zu riskant erschienen. Die Plünderer hatten ihnen eine Sänfte und eine Weibergruppe als Träger zur Verfügung gestellt.
Sie hatten die nach Süden führende Straße für sich allein. Jetzt, wo die sommerlichen »Wälder« aus hohem grünem Hanf gemäht waren, erstreckte sich die staubige Linie des Horizontes jenseits der leeren Stoppelfelder. Die freundlichen Hanflager, voller Lärm und Leben im Sommer, waren jetzt leer. Nach der Ernte reisten die Männer auf dem Fluß, zu beiden Seiten von hohen Uferdämmen vor dem beunruhigenden Anblick der kahlen Felder geschützt, die Erinnerungen an die Verheerung wachriefen.
Von der Straße konnte man jenseits der Grenze der Haltfeste die verkrüppelten Bäume erkennen, die das Territorium der Männer

umgaben. Ähnliche Bäume hatte man in der Haltfeste schon vor langer Zeit gerodet, und die Männer kannten stolze Lieder, mit denen sie verkündeten, wie sie eines Tages die Bäume vom Antlitz der Erde brennen und all das leere Land für sich selbst beanspruchen würden. Was sie dann anstelle von Holz benutzen wollten, verrieten die Lieder nicht. Ebensowenig verrieten sie, daß bei den Expeditionen der Bruderschaften in die Wälder stets einige Männer den Verstand verloren und nicht zurückkehrten.

Es lag an der Stille, behaupteten sie. Es lag an den endlosen Tafelländern, die sich nach Norden und Süden erstreckten, und an den Bergen im Westen. Sie sagten, die Wildnis sei schlimmer als das Meer, das sich wenigstens regelmäßig bewegte. An einem windstillen Tag in der Wildnis war alles, woran ein Mann denken konnte, die Reglosigkeit der Leere.

Wenn der Wind blies, war es noch schlimmer. Er klang wie das Seufzen der zahllosen Männer, die in der Verheerung ihr Leben verloren hatten. Oder, wie sich die Männer manchmal zuflüsterten, wie das Gewisper der Geister der verschwundenen Unmänner, die aufgeschreckt wurden durch das Eindringen der Männer, die unterwegs sangen, um die Laute und die Stille gleichermaßen zu verdrängen. Männer waren romantisch – natürlich, sie konnten es sich leisten – und liebten es, die Bedeutung und die Gefahr dessen, was ihnen zustieß, zu verklären. Unter beträchtlichen Mühen war es den Weibern im Lauf der Jahre gelungen, ihnen einige nützliche Informationen über die Wildnis zu entlocken.

In dem Land jenseits der Haltfeste schien es bis auf die dornigen Bäume und eine Reihe hartstieliger Gräser, die ohne Nutzen für die Männer waren, kein Leben zu geben. Die Holztrupps führten Vorräte mit sich, aber an Trinkwasser herrschte kein Mangel. Manchmal verloren sie später den Verstand, dann wurde behauptet, Geister vergifteten die Quellen und Bäche, trotz der Sorgfalt, mit der die Männer vor dem Trinken die Reinigungshymnen rezitierten.

Was die Geister und Dämonen betraf, so glaubten nur die einfältigsten und dümmsten Weiber, daß sie etwas anderes als Erfindungen der Männer waren. Die Männer haßten jene am

meisten, denen sie das größte Unrecht zugefügt hatten. Daraus folgte, sie haßten die Opfer ihrer Vorfahren – und fürchteten sie deshalb auch –, und sie bildeten sich rachelüsterne Unmänner ein, wo es nichts als leere Ödnis gab.
Doch dies bedeutete keinen Vorteil. Die Weiber, die sich überhaupt Gedanken machten, sahen in der Wildnis keinen Nutzen für sich, da sie Weibern, die in sie fliehen mochten, keine Lebensmöglichkeit bot.
Dennoch konnten die klügsten Weiber nicht verhindern, daß sie manchmal an die Wildnis dachten und sich fragten, was sich in ihr wohl befinden mochte, das den Männern verborgen blieb. Jene, die kühn genug waren und tatsächlich die Grenzen der Haltfeste überschritten, verschwanden auf ewig zwischen den kümmerlichen, stacheligen Bäumen. Nachdenkliche Weiber wunderten sich darüber, aber sie hielten die Stellung.
Alldera blickte während der Reise oft nach Süden, hinüber zu dem fernen Blau der Baumlinie. Aber sie hatte nicht vor, dorthin zu fliehen.
Sie marschierte am Ende der Kolonne, dem Platz der Waldläufer, und stimmte mit den Trägerinnen ein Marschlied an, damit die Last der Sänfte ein wenig von ihnen wich. Es war ein Rätselreim, größtenteils ohne Sinn, da die Bedeutung der Worte vergessen worden war. »Warum ist ein Rabe wie ein Schreibtisch«, begann er. Und was war ein Rabe? Sie sang in der undeutlichen Sprache der Weiber, damit die Männer den Text des Liedes nicht verstanden. Sie hatte kein Interesse daran, zu ihrer Unterhaltung beizutragen, außerdem war das Lied nicht »sauber« – das hieß, frei von Beleidigungen der Herren. Zu schade nur, daß auch den Trägerinnen der Sinn des Liedes verborgen blieb, da es für sie zu kompliziert war.
Sie waren ein zusammengewürfelter Haufen aus zähen, ausgemusterten Arbeiterinnen und Flüchtlingen aus der Stadt, die die Plünderer entweder gestohlen oder auf der Flucht gefangen und in ihre eigenen Dienste gestellt hatten. Obwohl sie nur wenige waren, trugen sie ihre Last, ohne zu klagen. Ihre zerlumpten Kittel starrten vor Schmutz, und unter den Rissen sah zerkratzte Haut

hervor. Ihre Füße waren schwielig. Nur Allderas Intelligenz hatte sie davor bewahrt, ebenso zu verkommen.
Gegen Mittag setzte sie sich zu ihnen und teilte mit ihnen das Essen. Danach tauchte sie ihre Hände in die Waschschüssel, weihte die Mahlzeit der Mondfrau und goß das Wasser aus (als Opfer für die Herrin der Fluten). Alldera glaubte nicht an die Mondfrau, aber das Gebet verband die Weiber miteinander.
Die Trägerinnen grunzten, berührten ihre Hände und dankten ihr, daß sie für sie das Gebet gesprochen hatte. Zwei von ihnen öffneten die Münder, um zu zeigen, daß sie ebenfalls hätten sprechen können, hätte man ihnen nicht die Zungen herausgeschnitten. Unter den Männern war es Mode geworden, Weiber auf diese Art stumm zu machen. Diese beiden Weiber waren nicht hübsch genug, um überhaupt Sprecherinnen sein zu können, aber wenn ein Weib einige Zeit in den Arbeitslagern verbracht hatte, konnte man nur schwer feststellen, wie sie einst ausgesehen hatte.
Alldera hätte ihnen auf jeden Fall nichts von ihren Plänen erzählt. Weiber waren dafür bekannt, daß sie ihre eigene Art für diesen oder jenen armseligen Vorteil, aus Trotz oder einfach aus Dummheit verrieten.
Selbst in Kendizens Haus hatte sie nur die routinemäßigen Fragen nach den Nachrichtenliedern gestellt, mit denen Informationen nach Bayo gelangten. Sie hatte mit diesen tätowierten Schoßweibern nur wenig gemeinsam gehabt, obwohl es unter ihnen einige Sprecherinnen gegeben hatte. Das Problem mit diesen Luxusweibchen war, daß sie auf ihre Verunstaltungen sogar noch stolz waren – eine Überlebenstechnik, die bis zu einem bestimmten Grad von jedem Weib benutzt wurde. Aber in ihren aufdringlicheren Formen, wenn sie dazu führte, daß sie sich mehr mit den Interessen der Herren als mit den Interessen der Weiber identifizierten, machte dieser Stolz sie krank.
Außerdem reagierte Alldera mit Verachtung und Mißtrauen auf alles, was nur der Eitelkeit diente. Ihr eigener zäher Körper mit seinen kleinen Brüsten und schmalen Hüften und der ausgeprägten Muskulatur hatte sie gelehrt, nur nützlichen Dingen Wert

beizumessen. Sie hatte sich angewöhnt, stolz auf ihr breites Gesicht zu sein, das ihre Intelligenz verbarg und sie vor den Nachstellungen der Männer schützte, die pervers genug waren, an Weibern ihren sexuellen Appetit zu stillen. Natürlich gab es Zeiten, in denen sie sich wünschte, hübsch zu sein. Ihre eigene Art bezog ihre Schönheitsideale von den Herren, und Alldera hatte deswegen oft unter Einsamkeit gelitten. Aber alles in allem war sie mit den Vorteilen zufrieden, die ihr ihr Aussehen brachte, und sie zog auch weiter die Gesellschaft abgearbeiteter Arbeitsweiber vor, auch wenn sie geschwätzig und dumm waren wie die Trägerinnen.

Am zweiten Tag regnete es, und die Straße war zu verschlammt, um auf ihr mit annehmbarer Geschwindigkeit voranzukommen. Auf d Layos Befehl hin ließ Alldera die Trägerinnen auf einem Feld hin und her laufen, damit sie nicht froren. D Layo hockte vor der Sänfte und sah zu, wie sie durch den Schlamm stapften. Er machte sich über sie lustig und rief ihnen Ratschläge zu, bis er es überdrüssig wurde und in der Sänfte verschwand. Alldera nutzte die Gelegenheit, um ein wenig ihre Muskeln zu trainieren, während die anderen weiter auf und ab stapften. Sie beschrieb in raschem Lauf einen Kreis um die Weibergruppe und genoß die Anstrengung.

D Layo rief sie durchnäßt und schwitzend zu sich und ließ sie das Abendessen zubereiten. Er beschäftigte sich damit, neben dem Feldbett des Endhelfers zu sitzen und Fährmannsgeschichten zu erzählen.

Die erste hieß »Wie Ennik die Tiefen erkundete«, dann folgte eine kurze Geschichte, die Alldera nie gehört hatte und »Degados List« betitelt war. Schließlich kam ein Teil eines endlosen Mythenzyklus über einen Helden der Nachverheerungszeit namens »Krie'-könig der Wildnis«. Der Körper des Helden bestand hauptsächlich aus künstlichen Gliedern, die ihm sein unvorstellbar ergebener Fährmannfreund, Djevvid, geschnitzt hatte, als Ersatz für die Verstümmelungen, die Krie'könig in Kämpfen mit zahlreichen Ungeheuern erlitten hatte. Danach begann d Layo mit einer langen, düsteren Legende über eine verbotene Liebesbeziehung

zwischen den Generationen, in deren Verlauf der Jüngere den Älteren natürlich mißverstand und verriet und auf der Verlorenen Fähre zugrundeging. D Layo brach vor dem Ende ab und musterte seinen Freund aus zusammengekniffenen Augen.
Der Endhelfer sagte: »Servan...« Er schien zu einem langen Protest und einer umfangreichen Erklärung ansetzen zu wollen, aber schließlich sagte er einfach: »Nein.«
D Layo legte die Hand auf Beks Stirn, als ob er ihn auf Fieber hin untersuchen wollte. Seine Hand glitt weiter, unter Beks Nachthemd.
Kühl fragte der Endhelfer: »Willst du dich wirklich so erniedrigen und einem verletzten Mann Gewalt antun?«
D Layo zog die Hand zurück und bemerkte sarkastisch, daß es gewiß peinlich wäre, wenn der Endhelfer während seiner Zärtlichkeiten sterben würde. Während des kargen Mahles begann er, die Ereignisse im Lauf ihres Aufenthaltes in der Stadt in Erinnerung zu rufen, und machte sich auf boshafte Art über die beteiligten älteren Männer – insbesondere Captain Kelmz – lustig.
Bek aß wenig und sagte nichts, als ob die Anstrengung, essen zu müssen, ihn erschöpfte. Alldera dachte, daß es ihm bemerkenswert gut ging, wenn man den Ernst seiner Brandwunde am Bein bedachte. Sie war froh darüber. Wenn Männer starben, wurden Weiber verbrannt, und sie konnte es sich nicht erlauben, daß man sie anklagte, diesen Mann behext und seinen Tod verschuldet zu haben.
Später am Abend, nachdem sie mit dem Spülen fertig war und sich zu den Trägerinnen gelegt hatte, kam d Layo heraus und rief sie zu sich. Er zerrte sie fort von dem Lager und stieß sie auf einem der Feldwege zu Boden.
Sie wußte wie jedes Weib in der Haltfeste, was sie zu tun hatte, war sie doch in Bayo der üblichen Ausbildung unterzogen worden. Aber sie hatte es dank ihres Aussehens nur selten außerhalb der Zuchtkammern über sich ergehen lassen müssen, in denen jedes Weib einen Monat im Jahr verbringen mußte. In diesem Falle hatte sie Glück. Der DunkelTräumer war jung, kräftig und wahrscheinlich frei von der Unfähigkeit, für die die Männer den

Weibern die Schuld gaben und sie bestraften. Andererseits, falls er wütend war über die Zurückweisung durch seinen Freund, konnte er vielleicht grausam werden. Nichts vermochte sie zu schützen, wenn er sich entschloß, sie zu schlagen oder gar auf der Stelle zu erwürgen. Unter Umständen würde sie davonrennen und das Risiko eines ungehorsamen Weibes, von den Waldläufern gejagt zu werden, auf sich nehmen müssen.
Er kniete nieder und streichelte sie. »Mein Freund hat eine kleine Schwäche für Mösen, glaube ich. Er wird dich früher oder später nehmen. Also laß mich sehen, was er bekommen wird.«
Er nahm sich endlos lange Zeit, um sie zu streicheln und zu berühren, auf eine Art, die sehr an die zärtlichen Praktiken erinnerte, die unter den Weibern üblich waren. Zu ihrem Entsetzen erkannte sie, daß er nicht auf eine übliche, schnelle Eroberung aus war, die einen Mann durch rohe Kraft und Schnelligkeit über die Gefahren des Weibskörpers triumphieren ließ. Er schien sich nicht die geringsten Sorgen um die Möglichkeit zu machen, von der weibischen Leere (die als Medium ihren Körper benutzte) seiner Seele beraubt zu werden, ein Risiko, das die Männer ihren Worten nach eingingen, wenn sie ein Weib außerhalb der Zuchtkammern fickten. Für einige junge Männer besaß diese Gefahr einen gewissen Reiz.
Diesem DunkelTräumer schien es um ganz andere Dinge zu gehen. Offensichtlich gewann er eine sonderbare Befriedigung daraus, ihr Lust zu bereiten. Was für eine Art Perverser war er?
Sie war zu gelähmt und angewidert, um trotz seiner kunstfertigen Bemühungen viel zu fühlen. Wie konnte er nur gelernt haben, wo und wie er sie berühren mußte, wenn nicht durch Weiber, die sich unter Zwang vor seinen Augen einander hatten hingeben müssen? Das schien ihr ein Verbrechen zu sein, das weit häßlicher war als jede normale Vergewaltigung.
Um seinem beharrlichen Treiben ein Ende zu setzen, heuchelte sie ihm durch Gestöhn und Erbeben vor, daß er sie zum Höhepunkt gebracht hatte. Er nahm es ihr ab, denn er bestieg sie kurz darauf, um sich selbst zu befriedigen. Dann blieb er entspannt neben ihr

liegen. Er begann ein weibisches Liebeslied zu summen; unmelodisch, aber erkennbar.

Sie starrte hinauf zu den Sternen, die halb hinter den Wolken verborgen waren, und fragte sich, ob ihr sein absonderliches Verhalten auf irgendeine Weise nützlich sein konnte. Es war nicht ungewöhnlich, daß die Nachrichtenlieder von einem Schoßweibchen berichteten, der es gelungen war, Einfluß auf ihren Herrn zu nehmen, indem sie eine perverse Ader in seinem Charakter ausnutzte. Aber dies erreichten nur besonders schöne und kluge Weiber, und meistens endeten sie als Hexen auf dem Scheiterhaufen.

Plötzlich riß er ihren Kopf an den Haaren hoch und drehte ihn. Um zu verhindern, daß er ihr das Genick brach, mußte sie sich auf den Bauch legen. Er preßte ihr Gesicht gegen die feuchte, harte Erde.

»Iß«, befahl er.

Sie biß in den Dreck. Sie keuchte. Sand geriet zwischen ihre Zähne.

»Wie lautet die Lektion?« fragte er.

Was er verlangte, das war eine Anerkennung seiner gottgleichen Unvorhersagbarkeit. Der Trick war, ihm diesen Wunsch zu erfüllen, ohne seine Aufmerksamkeit auf die Tatsache zu lenken, daß absolute Willkür auch eine Eigenschaft des Chaos und der Leere war. Aber es war nicht Sache eines Weibes, auf Paradoxa hinzuweisen, die zu ignorieren die Männer vorzogen. Das Beste, was Alldera jetzt tun konnte, war, ihm trotz ihrer aufgeschlagenen und schmutzigen Lippen die übliche Antwort zu geben: »Der Herr ist immer der Herr, und er verfährt, ganz wie es ihm gefällt.«

Wortlos gab er sie frei und richtete sich auf. Sie folgte ihm zurück zum Lager und wischte mit dem saubersten Teil ihres Saumes den Dreck vom Mund.

Die Trägerinnen empfingen sie mit besorgtem Gemurmel und betasteten sanft ihren Leib und ihre Glieder, um sich zu überzeugen, daß sie nicht verletzt worden war. Dann schliefen sie wieder ein. Sie genoß ihre Wärme. Ihr Kittel war am Rücken völlig durchnäßt. Die Nacht war kalt, und ein Weib, das krank wurde, ließ man gewöhnlich unterwegs zurück. Aber sie fühlte sich trotz der Nähe der anderen Weiber einsam. Selbst wenn sie es erklärt hätte, so hätte keine von ihnen auch nur andeutungsweise die besondere Abscheulichkeit ihrer Begegnung mit dem Dunkel-Träumer verstanden.

Sie würde mit ihm und mit allem, was ihr noch auf dieser Reise zustoßen würde, ohne Hilfe fertig werden müssen. Das war nichts Neues. Ihre Fähigkeiten hatten sie ohnehin in eine Außenseiterin verwandelt. Zumindest hatte sie eine Aufgabe zu erfüllen, und der Gedanke daran würde ihr helfen, alles zu ertragen. Wenn sie versagte, dann würden die Weiber, die den bevorstehenden Holocaust überlebten, von ihren Herren gebrochen und zu stumpfsinnigen Kreaturen werden wie diese schlafenden Trägerinnen. Kein Weib würde dann mehr in der Lage sein, insgeheim den Widerstand zu organisieren.

Daß es neue Pogrome geben würde, daran bestand für denkende Weiber kein Zweifel (obwohl es viele gab, die dies lieber leugneten). Die Lammin-Mißernte und die daraus folgende Hungersnot im Winter machten es unvermeidlich. Zudem wußten die Weiber von Bayo etwas, das die Männer bisher noch nicht erkannt hatten: Auch die Laver-Ernte würde dieses Jahr schlechter als sonst ausfallen. Die Männer würden »Hexerei« schreien und sich an die Weiber halten, wie sie es immer taten, wenn die Dinge schlecht standen.

Diesmal hatten bestimmte junge Weiber sich geschworen, zurückzuschlagen. Zellen junger Rebellinnen waren während des vergangenen Fünfjahres überall entstanden, vermutlich ausgelöst durch eine ungewöhnlich strikt ausgefallene Säuberungsaktion in Bayo, die die jungen Weiber von den älteren entfremdet hatte.

Die älteren Weiber, die Mütter, wählten unter jeder Klasse junger Weiber heimlich jene aus, die die Kätzchengruben Bayos verlassen mußten, um von den Männern ausgebildet zu werden – und von den Müttern, die die Ausbildung durch die Männer in aller Stille auf ihre eigene Art vervollständigten. Die Mütter sorgten dafür, daß diese Kätzchen sich zunächst der heimlichen Autorität der älteren Weiber unterwarfen, damit sie später auch die Disziplinierungstechniken der Männer akzeptierten. In der Vergangenheit war es ein- oder zweimal vorgekommen, daß die Jungweiber auf den obligatorischen Faustschlag, den sie zur Einführung versetzt bekamen, mit einem Angriff auf ihre männlichen Ausbilder reagiert hatten. Jedesmal hatten die Männer daraufhin die Weiberbevölkerung Bayos dezimiert. Um der Sicherheit aller willen mußten junge Weiber, die Anzeichen von Ungehorsam zeigten, davon geheilt werden, bevor sie in die Hände der Ausbilder von Bayo gerieten. Jene, die sich als unbelehrbar erwiesen, wurden von ihren eigenen Müttern getötet und gaben so den Gerüchten unter den Männern über Kätzchenweiber neue Nahrung, die so wild sein sollten, daß sie sich eher selbst die Adern aufrissen und zu Tode bluteten, als die Kätzchengruben zu verlassen und gebrochen zu werden.

Angesichts neuer Mißernten nach vorhergegangenen Dürrejahren verfuhren die Mütter strenger denn je. Sie mußten grausam sein, um Hoffnung zu haben, dem unvermeidlichen männlichen Zorn die Spitze zu nehmen, indem sie nur die fügsamsten jungen Weiber am Leben ließen. Eines der Ergebnisse war genau das Gegenteil ihrer ursprünglichen Absicht gewesen. Irgendwie hatte sich dies in den Gruben herumgesprochen, und vielen Kätzchen war es gelungen, ihren wahren Charakter zu verbergen. Sobald sie auf die Arbeitslager und die privaten Weibshalte verteilt und nicht mehr dem direkten Zugriff der herrschenden Mütter in Bayo unterworfen waren, schworen sich diese jungen Weiber gegenseitig, sich diesmal nicht ohne Gegenwehr abschlachten zu lassen. Sie dichteten neue Lieder, in denen es hieß, daß der Tod besser war als das Überleben, wenn es nur dem Zweck diente, eine neue Generation Weiber in die Welt zu setzen, die schlimmerer Unterdrükkung als zuvor entgegensahen.

Als die Mütter davon hörten, hatten sie durch die Nachrichtenlieder Warnungen verbreitet und erklärt, die Männer würden durch einen auch nur vermuteten Widerstand so in Zorn geraten, daß sie fähig waren, alle Weiber zu töten, ohne zu begreifen, was sie damit anrichteten. Und die widerspenstigen jungen Weiber – die sich nun die Gelobten nannten – hatten geantwortet: Laßt sie doch.

Alldera selbst bezweifelte, daß der Widerstand der Gelobten sich als so tapfer und entschlossen erweisen würde, wie beide Seiten behaupteten. Viele junge Weiber gaben das Gelübde aus reinem Übermut ab – ihr Widerstand würde nicht lange anhalten. Dennoch fühlte sie sich von ihnen angezogen. Wäre sie nicht ein paar Jahre älter als die meisten von ihnen und erfahren genug, um zu wissen, daß sie weder eine Mitläuferin noch mutig genug war, um eine ihrer Führerinnen zu werden, hätte sie vielleicht selbst das Gelübde abgelegt. Statt dessen behielt sie sie mit banger Hoffnung im Auge und sah in ihnen eine potentielle Organisation aktiven, aber dennoch verborgenen Widerstandes, fürchtete aber gleichzeitig, daß sie in ihrem eigenen Blut ertrinken würden, wenn das Morden begann.
So hatte sie dem Plan der Mütter zugestimmt.
Einer alten Sage nach sollten in den Bergen westlich von 'Troi, tief im Herzen der Wildnis, sogenannte »freie Weiber« leben. Entflohene, die gelernt hatten, jenseits der Grenzen der Haltfeste zu überleben. Wenn sie eine Botschaft sandten, so mochte dies die verschwörerischen Weiber vielleicht von ihrem selbstmörderischen Vorhaben abbringen und alle Unbilden ertragen lassen, bis die freien Weiber bewaffnete Unterstützung schickten. Wenn sich dann später herausstellte, daß keine Hilfe kommen würde (denn weder Fossa noch sonst jemand von den Müttern glaubte wirklich an die Existenz der freien Weiber), dann durfte sich auch der Zorn der Männer wieder gelegt haben. Die enttäuschten jungen Rebellinnen würden dann die Realität akzeptieren und nach der Tradition ihrer Art das Beste aus ihrer Situation machen müssen.
Auch Alldera glaubte nicht an die Existenz der freien Weiber. Aber – so ihre Hoffnung – wenn einige der jungen Weiber sich ein Herz faßten und gemeinsam in die Wildnis flohen, in der irrigen Annahme, dort Verbündete zu finden, dann würden sie sich vielleicht aus der Notwendigkeit zum Überleben heraus in freie Weiber verwandeln. Das war ihre Hoffnung, wenngleich nicht für sich selbst. Ihre Fähigkeiten – Schnelligkeit und Redegewandtheit – waren mehr geeignet, die Herren auszuspionieren

als einer Gruppe anzugehören, deren Leben in der Wildnis von Planung und Zusammenarbeit abhing.
Daher hatte sie die Aufgabe übernommen, bis zu den Bergen zu wandern und wieder zurückzukehren. Die Nachrichtenlieder verbreiteten bereits Hinweise auf ihre Mission, um die Glaubwürdigkeit ihrer Botschaft zu erhöhen, wenn sie heimkehrte. Daß es eine erfundene Botschaft war, erdacht von den Müttern und von Alldera vor ihrem Aufbruch von Bayo auswendig gelernt, war schade, aber notwendig. Sie konnte schwerlich damit rechnen, tatsächlich freie Weiber in der Wildnis zu finden, ganz zu schweigen von ihrer Reaktion auf ein Hilfeersuchen. Die Weiber wußten, daß Unterdrückung keine Garantie für Mut, Großzügigkeit oder sonst irgendwelche Tugenden war.
So trug sie mit sich die von Hoffnung inspirierte Botschaft, daß sie angeblich aufgebrochen war, um die legendären freien Weiber um Hilfe zu bitten. Sie akzeptierte die Lüge, wie sie die Gefahr akzeptierte, diese Männer zu begleiten, denn ein Weib konnte nicht allein größere Entfernungen zurücklegen, ohne Mißtrauen zu erregen. Es war ein Unterschied, ob man nun log und sich duckte, um mit dem Lügen und Ducken fortzufahren, oder ob es dazu diente, andere Weiber davon zu befreien.

17

Am nächsten Tag kümmerte sich d Layo um die Trägerinnen und befahl Alldera, sich zu dem Endhelfer in die Sänfte zu begeben. Er benötigte etwas Bewegung, erklärte er. Falls das Weib ihm nicht zu Diensten sein sollte, würde eine Klage Beks genügen, um sie rasch zum Gehorsam zu zwingen.
Sie kletterte hinein und kniete am Fußende des Bettes nieder, die Augen vorschriftsmäßig gesenkt. Draußen hoben die Weiber die Sänfte auf ihre Schultern und begannen sich in Bewegung zu setzen. Zusammen im muffig riechenden Sänfteninnern gefangen, sagten die beiden Passagiere eine Zeitlang nichts.

Schließlich befahl der Endhelfer: »Mach dich nützlich. Erzähl mir von der Nacht bei den Plünderern.«
Alldera starrte ihn an und fuhr sich mit der Zunge über die Lippen, als versuche sie sich zu konzentrieren – ohne großen Erfolg. Falls ein Weib zeigte, daß sie von Dingen wußte, die ein Mann als seine Geheimnisse betrachtete, dann war ihr der Tod auf dem Scheiterhaufen gewiß.
»So es dem Herrn gefällt«, stieß sie hervor.
»Servan sagt, ich hätte im Schlaf gesprochen. Stimmt das?«
»So es dem Herrn gefällt.« Sie blinzelte.
»Erzähl mir, was ich gesagt habe.«
»So es dem Herrn gefällt«, wimmerte sie und verzog das Gesicht, als würde sie gleich aus Furcht und vor Verwirrung zu weinen beginnen.
»Ich verstehe«, murmelte er verächtlich. »Ich habe dich überschätzt. Ich dachte, ich hätte einen Funken Verstand in dir bemerkt. Du bist nichts weiter als ein Dummkopf, der ein paar Worte gelernt hat, ohne zu begreifen, was sie bedeuten.«
Jetzt, wo sie ihn überzeugt hatte, war sie versucht, alles hinauszuschreien. Sie wollte ihm sagen, was er wissen wollte, und noch eine Menge Dinge mehr, erfüllt von dem Traum aller sprechenden Frauen: jene zu sein, die durch reine Beredsamkeit die Barriere der Männer, die aus Schuld und Furcht bestand, niederriß.
Sie hatte also ein paar Worte gelernt, ohne zu begreifen, was sie bedeuteten? Ihre eigenen Worte würden ihn bis ins Mark erschüttern – oder zumindest war es befriedigend, sich das vorzustellen. Die Mütter behaupteten, die Männer wüßten bereits, daß sie den Weibern fälschlicherweise die Schuld an der Verheerung gaben, aber für die Männer gab es keine Wahrheit außer jene, die ihren Zwecken diente.
Alldera senkte den Kopf. »So es dem Herrn gefällt.«
Er sah sie kühl an. Seine Abneigung war hart wie Stein.
»Ich habe dich bei deinen Übungen beobachtet«, erklärte er. »Mir schienen sie dem Training der Beinmuskulatur zu dienen.«
»So es dem Herrn gefällt.«
»Erspare mir dieses Gejammer!« explodierte er. »Zeig mir nur,

wie ich diese Muskeln hier stärken kann.« Er legte seine Hand behutsam auf die Seite seines verletzten Beines.
»Das sind weibische Übungen, bitte schön«, sagte sie und versuchte ängstlich die Tatsache zu verschleiern, daß sie einen Herrn berichtigen mußte. »Und dieses Weib hofft, sie dem Herrn zu seiner Zufriedenheit vorführen ...«
»Ich möchte, daß du sie mir beibringst«, fauchte er. »Ich bin nicht an einer Vorführung interessiert.«
Dank des Lauftrainings besaß Alldera bemerkenswert gut entwickelte Muskeln, und sie wußte es. Die Übungen, die er verlangte, erforderten eine Entblößung ihres Körpers vor ihm, ohne daß es wie ein Verführungsversuch aussah – obwohl es faktisch einer war. Nach d Layos Bemerkung vom vergangenen Abend zu urteilen, hatte er sie zum Endhelfer geschickt, um ihn zu verführen. Es schien vernünftig, d Layos Verlangen nachzukommen.
Dennoch mußte sie vorsichtig sein. Männer wie Bek – übernervös, selbstbeherrscht, unerfahren, was Frauen anbetraf, nur mit dem Unsinn vollgestopft, den man über sie im Jungenhaus verbreitete – stellten eine potentielle Gefahr für das erste Weib dar, das ihre Abwehr durchbrach. Manchmal verloren sie den Verstand und töteten das Weib und sich selbst. Auf jeden Fall lag die Schuld immer bei dem Weib.
Wie satt sie es doch hatte, immer genau zu überlegen, wie sie sich ihnen gegenüber verhalten sollte! Es kostete soviel Zeit und Kraft, und es war so nutzlos. Gleichgültig, wie vorsichtig man die Motive und wahrscheinlichen Reaktionen der Männer abschätzte, niemals kam etwas dabei heraus. Der Wille eines Mannes war Gesetz, und dieses Wissen machte die Männer unberechenbar.
Sie reagierte ihren Zorn bei den Übungen ab, zeigte ihm anmutig und geschmeidig, wie er die Beine im Sitzen strecken, drehen und beugen konnte. Läufer mußten wissen, wie man sich in Form hielt, selbst wenn man zur Strafe in enge Zellen eingesperrt wurde.
Langsam und schwerfällig ahmte er ihre Bewegungen nach und hielt sich dabei schicklich mit der Decke und dem langen Nachthemd bedeckt. Seine Prüderie wirkte zuerst komisch, aber während er schwitzte und sich abmühte, schien er sie durch die

Konzentration auf den anderen Feind, seinen eigenen Körper, fast zu vergessen. Er kämpfte mit grimmiger Entschlossenheit gegen die Steifheit seiner Muskeln an, und sie mußte ihm widerwillig Respekt zollen. Respekt gehörte nicht zu den Gefühlen, die sie Männern üblicherweise entgegenbrachte. Es ärgerte sie.

Als sie die Übungen zum drittenmal wiederholten, drang von draußen ein entsetzter Aufschrei der Trägerinnen herein. Die Sänfte schoß mit flatternden Segeltuchwänden nach vorn.

Alldera erhaschte einen Blick auf einen Fremden in den Farben der Hemaways, der über dem zusammengesunkenen Weib an der linken Vorderseite der Sänfte stand. Sie umklammerte seine Knie. Er hielt ein Messer an ihren Hals. Zwischen ihren Schreien war sein pfeifender Atem hörbar.

Dann prallten Alldera und der Endhelfer zusammen. Planen, Seile und Pfosten fielen über sie, und sie versuchten vergeblich, sich aus dem Gewirr freizukämpfen, Luft und Licht entgegen.

Die Trümmer wurden fortgezerrt.

»Schau an! Raff Maggomas' Sohn in den Armen eines Weibes!« erklärte der hochrangige, rundgesichtige Mann, der seine Augen bei ihrem Anblick vor Vergnügen zu schmalen Schlitzen zusammenkniff. Er sprach zu einer Gruppe gewichtiger Hemaway-Senioren, von denen jeder erst seit ein paar Jahren die Altersgrenze überschritten hatte. Zwei Hemaways hielten den Dunkel-Träumer an den Armen fest und drehten sie ihm auf den Rücken. Sie hatten ihm das Messer abgenommen. Einer von ihnen spuckte Blut; seine Lippen waren aufgeplatzt.

Fünf Trägerinnen standen dichtgedrängt um die Tote. Verstohlen sahen sie zu Alldera hinüber. Sie blieb reglos liegen und hoffte, sie würden ihrem Beispiel folgen und sich nicht rühren. Dies hier waren starke Männer, keine Zittergreise. Durch den Tod des einen Weibes hatten sie bereits Blut geleckt.

Auf einen Befehl ihres Führers hin halfen drei Hemaways dem Endhelfer und Alldera auf die Beine und aus der zusammengebrochenen Sänfte. Wegen seines verletzten Beines mußte sich Bek entweder bei Alldera anlehnen oder sich auf den Boden

setzen und zu seinem Häscher aufschauen, wobei ihn dann die Sonne blenden würde.
Er stützte sich mit der Hand auf ihre Schulter, warf den Hemaways, die die Sänfte wieder zusammenbauten, einen flüchtigen Blick zu und sah dann voller Bitterkeit den älteren Senior an.
»Senior Bajerman«, erklärte er, »ich hatte gehofft, Ihnen schon früher zu begegnen.«
»Oh?« machte der andere und wölbte in spöttischer Verblüffung die Brauen. »Wollten Sie mich etwa einholen, indem Sie aus der Stadt fliehen, in der ich lebe?«
»Ich meinte, ich hatte gehofft, sie noch in Wegend zu treffen und Ihnen dort zu helfen, Senior. Allerdings sind wir uns tatsächlich begegnet, weil ich die Stadt verlassen habe, nicht wahr?«
Der Senior seufzte und musterte ihn von oben bis unten. »Ich habe Sie offenbar in freundlicherer Erinnerung als Sie mich. In Ihrer Jungenhauszeit sind Sie weniger schmal und hohlwangig gewesen, Eykar, wenngleich, wie ich hinzufügen muß, genauso arrogant. Älter zu werden, ohne zu reifen, ist eine schreckliche Verschwendung.«
D Layo lachte. »Sie müssen es wissen, Bajerman.«
Der Hemaway mit dem blutverschmierten Mund verdrehte d Layos Arm. D Layo grinste ihn an, teils vor Schmerzen, teils drohend.
»Ihr beiden jungen Männer«, bemerkte Senior Bajerman traurig, »seid für mich eine große Schande. Ihr habt nie gelernt, wie ihr euch Älteren gegenüber zu benehmen habt. Ihr habt euch Zeit gelassen – wir warten schon seit dem Morgengrauen auf euch.« Er nickte in Richtung Damm, der an diesem Punkt von einer Brücke durchbrochen wurde, die die nördliche und südliche Uferstraße miteinander verband. »Unser Boot ist dort unten an der Brücke. Unglücklicherweise ist es zu klein, um uns alle zu transportieren, aber ich sehe, daß Sie sich umsichtigerweise bereits ein Transportmittel besorgt haben. Wir wußten, daß Sie auf Ihrem Weg nach 'Troi hier vorbeikommen würden, deshalb haben wir uns in Geduld geübt – mit Erfolg.
Sie müssen vermutet haben, Eykar, daß der Aufenthaltsort Ihres

Vaters bestimmten Mitgliedern des Rates schon seit einiger Zeit bekannt ist. Wir haben gehofft, Sie könnten uns dabei nützlich sein, Maggomas' Ehrgeiz in Zaum zu halten. Er hat in 'Troi bemerkenswerte Macht auf sich vereint, mehr, als uns für die Haltfeste gut erscheint. Ihre Flucht aus Wegend bewies uns, daß die Zeit reif war, um Sie gegen ihn einzusetzen, sofern es uns gelingen würde, Sie in unsere Hände zu bekommen und in die richtige Richtung zu lenken.«

»Und jetzt, wo es Ihnen gelungen ist, mich in Ihre Hände zu bekommen«, sagte Bek mit einem Kräuseln seiner Lippen, »welche Richtung schwebt Ihnen da vor?«

»Oh, wir fahren weiter nach 'Troi«, erwiderte der Senior. »Es gibt kein anderes Ziel. Eine Armee junger Wahnsinniger ist uns auf den Fersen. Die Junioren der Stadt, die entdeckt haben, daß es gar keine großen geheimen Nahrungsmittelvorräte gibt. Sie wollen nach 'Troi, weil dort angeblich Vorräte versteckt sein sollen.
Die Rebellion begann offenbar mit irgendeinem Streit in Lammintown zwischen den 'Wares und Chesters wegen irgendwelcher illegaler Fährenpassagiere und Lammindiebe. Die 'Wares brachten die Angelegenheit vor den Rat der Stadt. Einige junge Chesters folgten, wurden wegen Trunkenheit vom Träumen ausgeschlossen und kehrten später in die Halle der Ratsmänner zurück, um dort einige von den 'Wares zu malträtieren. Zwei Männer starben. Andere Sippen mischten sich in den Streit ein, und gestern gab es Unruhen in der Stadt. Gegen Mittag metzelten die jungen Männer ihre Älteren in den Straßen nieder.«

»Es ist sehr befriedigend zu wissen«, erklärte d Layo, »daß die Tat eines Mannes in dieser Welt doch etwas in Gang bringen kann.«

Senior Bajerman nickte. »Ich dachte mir schon, daß Sie mit diesen Geschichten über die Plünderung der Lamminvorräte und einer wagemutigen Flucht übers Meer etwas zu tun hatten. Es paßt zu Ihnen. Aber ich an Ihrer Stelle würde mich nicht rühmen, den Generationenkrieg ausgelöst zu haben; er schwelt schon seit langer Zeit. Alles hätte diese Lumpen aus der Stadt in Raserei versetzen können. Die Lehren aus der Verheerung sind in letzter Zeit in Vergessenheit geraten. Besonders unter den Jungen. Wenn

die Junioren nicht mehr die Bedeutung von Arbeit, Disziplin oder Ehre erkennen, dann müssen wir Senioren wohl dafür einen Teil der Schuld auf uns nehmen.
Es wird wahrscheinlich eine Schlacht um 'Troi geben, ein historisches Ereignis, das wir hoffentlich von einem sicheren Ort innerhalb der Mauern von 'Troi verfolgen können. Wir werden bei unserer Ankunft den Aufstand des degenerierten Pöbels der Stadt melden, und ich bin sicher, Raff Maggomas wird in Anerkennung dessen mir und meinen Freunden ein geschütztes Plätzchen zur Verfügung stellen. Nicht zu vergessen die Auslieferung seines natürlichen Feindes, und das sind Sie, Eykar.«
»Aber«, wandte d Layo mit geheucheltem Erstaunen ein, »was haben die berühmten Waldläufer der Senioren während dieses Aufstandes getrieben, und was ist mit den noch berühmteren Offizieren der Waldläufer?«
»Die Waldläufer erwiesen sich als große Enttäuschung«, gestand der Senior. »Einige der jungen Männer hatten Distanzwaffen konstruiert – was natürlich streng verboten ist, aber diese Dinge sind so schwer zu kontrollieren. Diese Burschen postierten sich auf den Dächern und schalteten die Offiziere aus, indem sie Steine aus Schlingen nach ihnen schleuderten.
Danach fiel es ihnen nicht schwer, die verwirrten Waldläufer in die Gassen zu locken, wo man Barrikaden vorbereitet hatte, um sie einzuschließen. Dann wurden sie von den Dächern aus angegriffen und bombardiert, bis sie den Verstand verloren und sich gegenseitig an die Kehlen fuhren. Allerdings blieben die Fähigkeiten der jüngeren Offiziere hinter den Erwartungen zurück, aber so ist es in der letzten Zeit mit allen jungen Männern. Ich habe es bereits bereut, Captain Kelmz mit Ihnen fortgeschickt zu haben, Servan.
Und ich muß sagen, ich bin entsetzt über die Art, mit der Sie ihn behandelt haben – ihn wie einen abgetragenen Schuh fortzuwerfen! Ein schockierendes Ende für einen berühmten Mann, im Verlauf irgendeines obskuren, albernen Streites zu sterben, während alle anständigen Männer der Stadt am Träumen teilgenommen haben!« Freundlich fügte er hinzu: »Dennoch erkenne ich,

daß Eykar dieser Verlust nahegeht und er ihn zweifellos vermißt. Kelmz' Mut, seine Erfahrung, möglicherweise sogar seine enge Freundschaft trotz des unterschiedlichen Alters ... Ich werde tun, was ich kann, um seinen Platz einzunehmen.«
»Sie?« fragte Bek und ließ ein bellendes Gelächter vernehmen.
»Verhöhnen Sie meinen guten Willen, Eykar?« murmelte der Senior. »Ich könnte Sie dem Mob überlassen, vergessen Sie das nicht. Sie haben sechs Jahre lang dem Rat in Wegend gedient. Ich bezweifle, daß diese degenerierten Lumpen aus der Stadt einer derartigen Karriere freundlich gegenüberstehen, denn viele von ihnen habe Freunde und Geliebte an den Felsen verloren.«
»Seien Sie nicht albern«, sagte Bek gepreßt. »Sie werden mich mit nach 'Troi nehmen, weil ich dorthin gehen werde, ob nun mit oder ohne Ihre Hilfe. Glauben Sie, es spielt eine Rolle, ob ich nun stehend, kriechend oder von einem Feind gezerrt dort ankomme?«
Senior Bajerman sah ernst hinauf zum hellen Himmel. »Ich war einst stolz auf Sie, Eykar. Ich hielt Sie für einen vielversprechenden jungen Mann. Um unserer vergangenen Vertrautheit willen werde ich dieses Gefasel den Auswirkungen Ihrer Wunde zuschreiben. Was den DunkelTräumer betrifft, so glaube ich, für ihn einen Platz in meiner unmittelbaren Nähe zu haben, wofür er dankbar sein sollte. Er braucht so sehr wie Sie Lektionen im Betragen, denn das, was Ihnen beiden im Jungenhaus beigebracht worden ist, haben Sie offenbar längst vergessen. Sie sollten sich glücklich schätzen, einen qualifizierten Lehrer gefunden zu haben, der diesem Mangel abhelfen wird. Wir werden während der Reise den Unterricht in der Sänfte abhalten.
Und was Ihr Weib betrifft, Eykar ...«
»Sie gehört nicht mir.«
»Wem von Ihnen beiden Sie auch gehören mag«, fuhr der Senior fort, »es ist ein glücklicher Umstand, daß jemand daran gedacht hat, sie mitzunehmen. Sie kann den Platz der Trägerin einnehmen, die mein Freund Arik getötet hat. Diese in übertriebener Weise ausgebildeten Weiber werden sich in Zukunft an ehrliche Arbeit gewöhnen müssen. Die Burschen aus der Stadt haben in

ihrem Wüten auch die Weiber nicht verschont, offenbar aufgrund irgendwelcher Gerüchte, nach denen Weiber doch tatsächlich Männer angegriffen haben sollen. Nur idiotische Jungen würden derartigen Geschichten Glauben schenken, aber Sie wissen, daß sich solche Gerüchte immer verbreiten, wenn es zu Unruhen kommt. Wenn sich der Nebel dieses Chaos lichtet, werden Weiber Mangelware sein. Deshalb muß ich Ihnen beiden für Ihre Weitsicht wohl danken, habe ich doch jetzt nicht nur zwei charmante und unschätzbar wertvolle junge Männer zur Begleitung, sondern obendrein auch noch ein wenig nützlichen Besitz erhalten.«

18

Der Morgen war bereits vorbei, als sich Alldera zu den Trägerinnen gesellte. Am frühen Nachmittag kam von Westen her kalter, schneidender Wind auf. Während sie liefen, zeigten ihr die Trägerinnen den Marschrhythmus, der am wenigsten ermüdend war, wie sie die Last auf den Rücken verteilen und die Arbeit ihren Hüften überlassen konnte und wie sie ihr Lasttuch falten mußte, damit es die Härte des Jochs polsterte.

Das Problem war, daß sie nicht genug Kraft besaß, um ihren Teil als Trägerin der Sänftenkonstruktion, der Zeltplanen und der drei Männer beizutragen. Die Trägerinnen waren stämmig und an schwere Lasten gewöhnt. Allderas Muskulatur war auf fließende Bewegungen trainiert.

Schließlich stürzte sie. Die anderen konnten im letzten Moment verhindern, daß die Fähre umkippte und sie zerschmetterte. Sie stießen sie mit den Füßen an, als Senior Bajerman aus der Sänfte kletterte, aber ihr gelang es nicht einmal, sich zu erheben. Es war egal. Ihre Mission hatte geendet, als die Weiber in der Stadt zu sterben begannen, denn die Gelobten würden die ersten sein, die man tötete. Sie hoffte nur, diese Männer würden ihr rasch die Kehle durchschneiden und ihr nicht die Beine brechen und sie hier zurücklassen, wie es manchmal geschah. Es war ein Segen, daß

ihre Augen vom aufgewirbelten Staub verklebt waren, denn so brauchte sie nicht das Messer zu sehen.
Senior Bajerman stand über ihr, aber er zog kein Messer. Ihm war berichtet worden, daß dieses Weib eine ausgebildete Läuferin war, und er hatte nicht vor, einen derart wertvollen Besitz aufzugeben. Das wäre unmännlich. Sie würde in der Sänfte reisen, wo sie Eykar pflegen konnte, während sie sich wieder erholte. Vielleicht würde es einem Mann gelingen, diese Trampel von Trägerinnen zu größerer Geschwindigkeit anzuspornen. Bajerman wollte mit seinen Leuten nebenhergehen, erklärte er, und Allderas Ersatzmann im Auge behalten: D Layo.
Der DunkelTräumer wurde an ihren Platz gezerrt, und die Hemaways hoben Alldera in die Sänfte. Das dunkle Innere roch nach Bajermans Parfüm, denn die Lüftungsklappe an der Decke war verschlossen, damit nicht der aufgewirbelte Staub hereindrang. Alldera kroch in eine Ecke und kauerte sich dort zusammen. Sie war zu erschöpft, um sich zu rühren oder zu sprechen, und atmete keuchend die schale, süße Luft ein.
Die Sänfte hob sich und wurde weitergetragen, dem Wind entgegen. Eine Männerstimme, heiser und kurzatmig, stimmte ein Marschlied an, das von der Dummheit alter Männer handelte, die darauf bestanden, jüngeren Gefährten ihre schwindenden Körperkräfte zu beweisen. D Layo sang.
Später wurde die Sänfte abgesetzt und für die Nacht in ein Zelt verwandelt. Die Hemaways bauten in geringer Entfernung aus ihren Mänteln und Stöcken einen improvisierten Windschutz. Die Weiber mußten sich auf dem freien Platz zwischen den beiden Gebilden niederlassen, wo die Hemaway-Wächter sie im Auge behalten konnten.
Alldera wurde für die Nacht zu den Trägerinnen geschickt. Sie kauerte sich steif nieder und benutzte wie die anderen ihr Lasttuch als Schutz vor dem Wind. Sie hatte nicht geschlafen; der Endhelfer hatte während des ganzen Nachmittags in der Sänfte nicht ein einziges Wort gesprochen, aber aus Furcht, für ihre Unaufmerksamkeit bestraft zu werden, hatte sie nicht einzunicken gewagt. Jetzt streckten sich die Trägerinnen, um die Verkrampfungen von

Schultern, Rücken und Beinen zu lockern. Eine Kahlköpfige, der von den Wollwebern einst zu gründlich der Schädel geschoren worden war, bot ihr das weiche Innere eines Stücks Quarkkuchen an, während sie selbst sich mit der harten Kruste zufriedengab.
Eng zusammengedrängt, ihre Hüfttaschen mit Wegzehrung als Kissen benutzend, legten sie sich für die Nacht zur Ruhe. Die Trägerinnen begannen zu summen und verflochten Melodie und Rhythmus zu einem traurigen, wortlosen Klagelied um die Tote.
Bei jedem Lied war es erforderlich, daß eines der Weiber den Text kannte und ihn unter dem Schutz der gutturalen und trällernden Stimmen der anderen sang, damit der Sinn des Liedes den Männern verborgen blieb – von denen die meisten die undeutlich artikulierte Sprache der Weiber verstanden, wenn sie sich Mühe gaben. Alldera war keine Sängerin, aber sie erinnerte sich dank ihres guten Gedächtnisses an jedes Lied, das sie gehört hatte.
Sie sang ein Klagelied für die ermordete Trägerin. Es war ein ungewöhnliches Lied, dessen Text teilweise verlorengegangen war. Aber sie liebte die traurige Melodie. »Lebt wohl, ihr Schmerzen, ade, ade, Klein Ann.«
Als dieses Lied beendet war, strickten die Trägerinnen an ihrem vokalen Muster weiter, das auf der kummervollen Melodie aufbaute. Alldera fragte sich, ob sie Bajermans Bemerkung über das bereits begonnene Massaker an den Weibern verstanden hatten. Die Trägerinnen und Alldera waren an der Brücke dem Tod sehr nahe gewesen. Sie hatten ihr Leben Senior Bajerman zu verdanken – zumindest solange er sie für nützlich hielt.
Es war unfair, sie der Gesellschaft eines Haufens Trägerinnen zu überlassen, die wohl kaum die Ausmaße des Unglücks und ihres eigenen Versagens begreifen konnten. Sie waren nicht die Art Weiber, die sie gewählt hätte, um mit ihnen die letzten Tage ihres Lebens zu verbringen. Sie stanken, waren dumm und sahen in ihr – närrischerweise, wenn man sie fragte – ihre Führerin.
Na und? Eine tote Hure war eine tote Hure, gleichgültig, wie klug sie gewesen war. Welchen Nutzen hatte Alldera ihre Klugheit bisher gebracht? Sie hätte ebensogut eine von diesen Trägerinnen

sein können. Zumindest gedachten sie ihrer Toten, trotz der Brutalität des Lebens, und sie waren freundlich, wenn sich die Gelegenheit bot. Wenn diese armen, verschreckten Trampel Lieder hören wollten, dann würde sie eben für sie singen.
Sie begann mit dem traditionellen Klagelied über die Männer, die regelmäßig ihr Heim niederbrannten und sich dann nach jemand umsahen, dem sie die Schuld daran geben konnten. Nachdem die Tiere und Schmutzhäute alle verschwunden waren und die Existenz von Göttern als weibische Posse diskreditiert worden war, gab es jetzt nur noch die Weiber und ihre Jungen, um die Schuld abzuwälzen. Der Text bat um Stärke, um die Strafe zu ertragen. Alldera sang ihn ironisch, benutzte die kürzeste Version und wechselte dann über zu den höhnischen Rhythmen anderer Lieder, die die Ahnen verspotteten wegen ihrer hirnlosen Gier, die all ihre Erfindungen und ihre Macht pervertiert hatte.
Diese Lieder berichteten von vergifteten Gewässern, verwüsteten Gebirgen, durch schädliche Gase verseuchter Luft, von Städten, die der Lärm der Maschinen unbewohnbar gemacht hatte – alles eine Folge des wunderbaren Wissens der Männer und ihrer Besessenheit, ihre Weiber mit immer mehr Söhnen zu schwängern. An der Vergewaltigung durch die Männer sterbend, war die alte Welt verrottet, und ihre Fäulnis hatte Gifte freigesetzt. Die ersten, die sterben mußten, waren nicht die Männer gewesen, die durch ihre Gier nach den Reichtümern der Welt all das verursacht hatten. Sie besaßen genug Geld, um sich Schutz zu kaufen, solange es noch Schutz zu kaufen gab. Es waren die Tiere, die starben, ohne zu wissen, warum. Und es waren die Schmutzhäute. Jene unter den Unmännern, die erkannten, was geschah, und die sich zum Kampf erhoben, wurden von den Ahnen der Männer mit fliegendem Feuer und Erdvernichtern abgeschlachtet, die ihren Teil zur Zerstörung der Welt beitrugen.
Schließlich, als sie sahen, daß ihre Art in dem unaufhaltsamen Taumel aus Kriegen und Vergiftung unterging, trafen die Führer der Männer die mutige Entscheidung, in der Zuflucht zu überleben, damit die Mannheit nicht völlig von der Erde verschwand.
Die Trägerinnen klatschten sich im Rhythmus des Spottliedes auf

die Knie. Es berichtete vom Entstehen der Haltfeste und wie die Nachkommen der Mörder der Welt nach draußen zurückgekehrt waren, um eine neue Welt auf den Knochen der Toten und dem Rücken ihrer Weiber zu errichten. Im Lauf der Zeit, die wie üblich die Dinge verklärte, waren aus den Nachkommen durch ihre Verfolgung und Vernichtung der armseligen Kreaturen, die draußen die Verheerung überlebt hatten, den sogenannten »Ungeheuern«, Helden geworden. So hatten die Männer erneut die Flußebene in Besitz genommen, von den Bergen hinter 'Troi bis zum Meer.

Der Mut der Nachkommen war belohnt worden. Sie hatten Geschenke von der Sonne erhalten, die ihnen das Überleben ermöglichten. Da war der eßbare Seetang, die Metallminen, die Kohlenflöze, die Brennstoff lieferten, und der Hanf, der ihnen als Nahrungsmittel und als Faserrohstoff diente. Ganz zu schweigen von dem letzten Geschenk, der demütigen Willfährigkeit der unterdrückten Frauen.

»Helden!« höhnte das Lied. »Die Unmänner sind nicht verschwunden, ihr seid durchschaubarer als die dummen Tiere, wenn auch nicht so schön. Ihr seid ärmer als die Schmutzhäute, wenn auch nicht so weise. Ihr träumt die Drogenvisionen des Abschaums, ohne frei zu sein. Ihr seid eitler und eifersüchtiger als die Weiber, und ihr seid schwächer.« Das formelle Ende eines derartigen Geschichtszyklus war eine Ermahnung an alle Weiber, die zuhörten: Wählt euren Haß mit Sorgfalt aus, denn ihr seht, wie die Männer all das bekommen haben, was sie hassen! Und dann erfolgte die dringende Bitte um Geduld, das Versprechen, daß die Männer rechtzeitig wieder ihre geistige Gesundheit und ihre Menschlichkeit zurückgewinnen würden. In der Zwischenzeit mußten die Frauen dafür sorgen, daß sie selbst gesund blieben, bereit, ihnen wieder als Menschen gegenüberzutreten; wenn die Zeit kam. Man muß einen Feind dadurch bekämpfen, daß man nicht so wird wie er, hieß es.

Alldera konnte die Worte nicht mehr ertragen. Sie begann mit einem anderen Lied, in dem gefragt wurde, wieso die Weiber, die von den Führern vor der Verheerung gerettet worden waren, ihr

Schicksal akzeptierten, statt ihre Zungen zu verschlucken und an ihrem Widerstand zu ersticken?

Jede der Trägerinnen, die sich zum Schutz vor dem Wind aneinanderpreßten, kannte die Antwort, denn es war die erste und letzte Lektion, die allen Weibern von den Müttern eingehämmert wurde: Um des Überlebens der Rasse willen.

»Und um ihr eigenes Leben zu retten«, fügte Alldera heiser vor Haß hinzu. Sie selbst hatte zu jammern und zu winseln und auf Befehl hin demütig zu kriechen gelernt, um am Leben zu bleiben. Sie endete mit einem verbotenen Lied, dem Fluchlied.

»Töchter der Mondhexe, Verführerinnen der Männer, rotmündige Erzeugerinnen des Nachwuchses – wenn wir doch nur Macht hätten! Scheusale, Menschenfresser, wilde Bestien, ihr, die ihr Blut und Kraft trinkt – wenn wir doch nur Macht hätten! Überbringer böser Geschenke, Quellen des Chaos, stinkende, gnadenlose, rohe Hasser – wenn wir doch nur Macht hätten! Unverbesserliche Ahnen, Leichenweiber, Kinderfresser, blind und wahnsinnig wie die Finsternis – wenn wir doch nur Macht hätten!«

Die Trägerinnen waren nicht glücklich, ihnen wurde unbehaglich zumute. Sie stellten ihr rhythmisches Klatschen ein, als das Lied endete, und kauerten sich zum Schlaf zusammen. Der Wind hatte nachgelassen. Aus der Sänfte drangen hin und wieder Gesprächsfetzen, manchmal sogar Gelächter.

Alldera lag noch eine Weile wach da und fragte sich, ob sie diese Nacht zum letztenmal die Weiberlieder gesungen hatte.

Am Morgen entdeckten sie hinter sich einen Schatten auf der Ebene. Es war die Alte Stadt, die Überreste einer Ahnensiedlung. Am vergangenen Tag hatte sie der Wind vom Gestank des Hanfes und dem Lärm der Maschinen verschont. Jahrzehntelang hatten Weibergruppen die Ruinen nach brauchbaren Materialien durchstöbert. Nach ihnen waren die Plünderer gekommen. Nichts außer Schutthaufen war zurückgeblieben, zwischen denen eine Reihe Wassermühlen erbaut worden waren, um die Kraft des Flusses zu nutzen und den Hanf zu verarbeiten, den man auf der Ebene erntete.

Der Morgen enthüllte außerdem die ferne, eilige Gestalt eines der Hemaways, der in Richtung Stadt unterwegs war. Er mußte genug davon haben, über die leere Straße einem unsicheren Empfang in 'Troi entgegenzuwandern. Die anderen sahen ihm verächtlich nach und spuckten auf den Boden, aber es gab auch neidische und nachdenkliche Blicke, wenn Bajerman nicht in der Nähe war.
Sorglos saß er in der Sonne. D Layo kniete hinter ihm und rieb ihm den Rücken mit wohlriechendem Öl ein. Gelegentlich beugte sich der DunkelTräumer nach vorn, um dem Senior etwas ins Ohr zu flüstern. Dann grinsten und lachten sie.
Deshalb also saß der Endhelfer abseits und rührte sein Essen nicht an. Alldera hielt dieses Verhalten für absurd. Was erwartete er von seinem Freund? D Layo bewies nur, daß er es verstand, das Beste aus einer schlechten Lage zu machen – ein weibisches Talent, aber es gab viele Männer, die feine Weiber abgeben würden, wenn sie die Gelegenheit dazu bekämen.
Bek wandte sich ab, griff nach dem Wasserbecher und sah die Verachtung auf ihrem Gesicht. Seine Augen verengten sich, aber kein Gebrüll, kein Schlag erfolgte. Sie blinzelte und sah weg. Er nahm den Becher aus ihrer Hand, ohne ihre Finger zu berühren. Sie wußte, er würde es damit nicht bewenden lassen. Es kümmerte sie wenig.
Als die Planen der Sänfte wieder nach unten geschlagen wurden und die Reise weiterging, stützte sich Bek auf die Kissen am Kopfende des Bettes. Er nahm die Decke und befingerte den Verband seines Beines. »Ich habe noch immer Durst«, sagte er. »Gieß mir noch etwas Wasser ein.«
Oh, diese gewissenhaften Typen, dachte sie. Er brauchte einen Vorwand für seinen Zorn, weil er sich seiner schämte. Statt direkt zur Sache zu kommen und sie zu schlagen, weil ihr Gesichtsausdruck ihn wütend gemacht hatte, würde er ihr Befehle erteilen und auf das geringste Anzeichen des Ungehorsams achten – das er so oder so finden würde. Warum also Zeit verschwenden? Mit einer krampfhaften Bewegung drehte sie den Krug, der kalte Inhalt ergoß sich über das Bett.
Mit einem Schmerzlaut zog er die Beine fort, richtete sich auf den

Knien auf und rang ihr den Krug aus der Hand. Mit wutverzerrtem Gesicht hob er ihn hoch über den Kopf.
Alldera ließ sich zurückfallen. Sie spreizte die Beine und zog in der letzten, automatischen Verteidigungshaltung mit beiden Händen den Kittel hoch: Wenn du bedroht wirst, biete dich an.
Einen Augenblick lang hing er über ihr; dann warf er sich auf sie. Sie brauchte all ihre Konzentration und ihre Geschicklichkeit, um ihm zu helfen, die Vergewaltigung durchzuführen. Er war unbeholfen und litt unter Schmerzen, und als er in sie eindrang, hörte sie ihn in Todesangst aufstöhnen. Die Kopulation war für sie schmerzhaft trocken, aber kurz. Nur Sekunden später brach ein unterdrückter Schrei aus seiner Kehle hervor. Er löste sich von ihr und drehte sich auf den Bauch.
Mechanisch zog Alldera Bilanz: Ein Ärmel ihres Kittels war halb abgerissen, an ihrer linken Schläfe wuchs eine Schwellung, und sie litt unter anderen Schmerzen und Abschürfungen, die aber geringfügiger Natur waren. Sie fuhr sich mit den Fingern durch das Haar und wischte ihr verschwitztes Gesicht am Oberteil ihres Kittels ab. Ein Weib sollte nie einen Herrn durch ungepflegtes Aussehen erzürnen, wenn es sich vermeiden ließ.
Sie dachte, wie gut es doch war, daß sie nie zu den Gelobten gehört hatte. Kaum erhob dieser Mann, der nicht viel größer oder schwerer als sie und zudem noch verwundet war, die Hand gegen sie, schon versank all ihr Mut im Überlebenswillen wie ein Stein im Sumpf. Ein kluges Weib mußte manchmal an ihre wirkliche Stellung erinnert werden, und nichts war besser geeignet als ein guter, schneller Fick, um ihr vor Augen zu führen, was für ein Verhältnis zwischen ihr und den Herren bestand: das einfachste aller Verhältnisse, das eines Objektes in der Gewalt jener, die stärker waren als sie.
Weib, sagte sie sich, du denkst nur, daß du denkst. Der Becher, aus dem der Mann trinkt, denkt nicht. Die Sänfte, die ihn trägt, denkt nicht.
Sie fühlte sich körperlich leer, denn ihr Körper war nur ein Behälter, den die Männer für ihre Zwecke benutzen konnten. Sie fühlte sich auch geistig leer, denn nichts, was sie dachte, fühlte

oder wollte, konnte nicht von einem Mann ausgelöscht werden, indem er sie seinen eigenen Wünschen unterwarf. Ein Weib trieb hilflos durch das Leben, in Erwartung seiner Handlungen und Wünsche, bis einer von ihnen ihr unerwartet Wirklichkeit verlieh, indem er sie für einen Moment – wenn auch nur, um einen Irrtum aufzuklären oder einen Satz zu wiederholen – an sich zog. Daß sie – oder andere wie sie, mit denen sie sich verbunden fühlte – eine eigene Mission, ein eigenes Ziel haben konnte, war ein absurder Glaube. Nur der Gebrauch durch einen Mann verlieh ihr Existenz.

Aber dieser Mann kannte seine Rolle nicht. Er hätte sie ignorieren und ihr barsch befehlen müssen, das Bettzeug zu wechseln, um so zu zeigen, daß der Zwischenfall keine Bedeutung für ihn besaß. Statt dessen sank er wieder auf die Knie, trotz der Schmerzen, die ihm das Blut ins Gesicht trieben, packte ihren Kittel und schüttelte sie so, daß ihre Zähne klapperten.

»Du hast dich doch nicht von mir schwängern lassen, oder?«

Die Frage war unerhört. Wenn ein Mann beschloß, ein Junges zu zeugen, ging man davon aus, daß dies auch geschah, sofern es weibische Hexerei nicht verhinderte. Fortpflanzung war etwas, das nicht in den Händen der Weiber lag.

Aufgrund seiner Erregung stammelte sie automatisch und voller Panik: »Nicht, wenn es der Herr nicht will.«

»Und du hast mir auch nicht meine Seele gestohlen, nicht wahr?« schrie er und schüttelte sie erneut. »Dann ist das alles gewesen?«

Er hatte den Verstand verloren. Er würde sie umbringen. Ihr war schwarz vor Augen, seine Gewalttätigkeit machte sie benommen. Sie konnte nicht sprechen.

»Dann ist es nichts!« brüllte er und schleuderte sie gegen die Rückwand der Sänfte. Eine der Trägerinnen stolperte unter der plötzlichen Gewichtsverlagerung.

Alldera blieb liegen. Sie hatte sich auf die Zunge gebissen und schmeckte Blut.

Leise flüsterte der Endhelfer: »Hör zu, Weib. Ich konnte es gestern nacht in der Sänfte nicht aushalten, deshalb habe ich

draußen geschlafen. Ich habe deine Lieder gehört. Und habe gehört, was du ihnen vorgesungen hast. Ich bin näher herangerückt, um dich besser verstehen zu können. Im Jungenhaus wurde mir beigebracht, daß die Lieder der Weiber nur Unsinn enthalten. Man hat mir außerdem beigebracht, daß es eine schreckliche Gefahr bedeutet, außerhalb der Zuchtkammern mit einem Weib Verkehr zu haben. Aber hier bin ich, und ich habe mich in keiner Weise verändert. Vielleicht sind dann auch die Lieder kein Unsinn.
Und jetzt wirst du mit mir sprechen, du Hure, oder ich werde dir das Genick brechen, denn ich habe die Nase gestrichen voll von deinen Listen und Lügen!«

19

Vor Erleichterung lachte sie beinahe. Sie fürchtete sich zu sehr vor einem Verletzten, um sich ihm körperlich entgegenzustellen, dann befahl ihr dieser Mann, mit ihm zu reden, wo doch Worte ihre einzige Waffe waren.
»Der Herr hat alle Lieder gehört, die ich kenne«, erklärte sie und verstummte dann, entsetzt von ihrer eigenen Kühnheit, das Wort »ich« benutzt zu haben. Sie konnte es kaum glauben, daß sie in seiner Gegenwart den magischen Begriff laut ausgesprochen hatte, den gleichmacherischen Namen für das Selbst.
Er hatte es nicht einmal bemerkt. »Keine weiteren Lieder«, sagte er. »Die eine Version der Vergangenheit erscheint mir so wahrscheinlich wie die andere. Sprich jetzt. Erzähl mir von deinen Erfahrungen.«
Das bedeutete, erzähl mir von deinem Leben. Allderas Leben war das einzige, was sie besaß und nicht abgeben würde. Aber sie erkannte, daß sie einen Teil ihrer Erlebnisse und die Erlebnisse anderer Weiber (was er ohnehin nicht bemerken würde) benutzen konnte, um ihn zu besiegen. Er war nicht durch die Gefühllosigkeit geschützt, die sich die meisten Männer beim Umgang mit ihrer Art aneigneten.

Irritierte ihn der Verdacht, daß man ihm vielleicht Lügen im Jungenhaus erzählt hatte? Ausgezeichnet. Sie entschied, mit dem zu beginnen, was jungen Weibern in den Kätzchengruben und Ausbildungslagern in Bayo beigebracht wurde und ihn daraus seine eigenen Schlüsse ziehen zu lassen. Ruhig und nüchtern begann sie zu sprechen, als ob sie eine lange Botschaft übermittelte.

Sie erzählte von dem Leben in den Gruben, wo die jungen Weiber lebten, bis sie neun wurden. Nackt wühlten sie in dem schmutzigen Stroh nach den Essensbrocken, die die Ausbilder hinunterwarfen. Nur starke und kluge Weiber überlebten. Sie ahmte für ihn die Laute der Gruben nach, die Grunzsignale, die die jungen Kätzchen von den älteren gelernt hatten, denn in der Nähe der Gruben benutzte niemand die menschliche Sprache. Nach der Theorie war das Sprachvermögen der Weiber gemeinhin so begrenzt, daß man sie nicht durch mehr Worte außer den grundlegenden Befehlen und den Antwortsätzen verwirren sollte.

Mehr als das Minimum sprechen zu lernen war ein riskantes Vorhaben. Alldera beschrieb die Sorgfalt, mit der sie ihre natürliche Begabung verborgen hatte, damit die Männer von Bayo glaubten, ihre verbalen Fortschritte wären allein den Ausbildern zu verdanken. Andernfalls hätten sie Hexerei geargwöhnt, weil sie den Durchschnitt so weit und so rasch hinter sich ließ. Nur nach und nach enthüllte sie den Ausbildern ihre sprachlichen Fähigkeiten.

Eine Schande, hatten sie gesagt, daß sie nicht hübsch genug war, um zu einem Schoßweibchen ausgebildet zu werden, von denen einige lernten, wie man Geschichten und Scherze auf unterhaltsame Weise darbot. Die Männer von Bayo hatten ihren Essensplan geändert, um die Qualität ihres Haars und ihrer Haut zu verbessern. Sie hatten bis zu einem gewissen Grade Erfolg gehabt, aber sie würde nie schön sein, nur halbwegs ansehnlich.

So hatten sie ihr beigebracht, wie man sich Botschaften merkte, wie man den Weg von einem Ort zum anderen fand, wie man andere Männer anhand ihrer Kleidung, ihrer Mienen und ihrer

Umgebung identifizierte, wie man eine Botschaft richtig übermittelte. Dann kam das Wunder ihrer ersten Reise von Bayo in die Stadt, auf einem Lastkahn, zusammen mit einem Dutzend anderer ausgebildeter Weiber, die von den Sippen angefordert worden waren. Die Pracht der reichen Stadt mit ihren gepflasterten Straßen nach den Lehmbauten Bayos und der majestätische und entsetzliche Klang der Glocken, die sie zuerst für die Stimmen von Ungeheuern gehalten hatte, als sie in der ganzen Stadt läuteten.

Sie erzählte von ihrem Stolz, erwählt worden zu sein, einem wichtigen Senioren zu dienen (für ein Weib, das frisch aus Bayo kam, waren alle Senioren gleichermaßen wichtig): Senior Robrez von der hochangesehenen Squire-Bruderschaft.

Wie beeindruckt sie gewesen war von der Größe seines Weibshaltes, einer Gruppe von sieben Weibern unter der Aufsicht Fossas, die zu dieser Zeit nur noch ein Jahr davon entfernt war, ausrangiert zu werden. Zunächst hatte Alldera nichts von dem gerissenen Taktieren der anderen Weiber bemerkt, dem Kampf um vorteilhafte Positionen, von denen aus ein niedrigeres Weib hoffen konnte, Fossas Platz einzunehmen, sobald er frei wurde. Allmählich hatte die junge Alldera durchschaut, wie die Weiber den hierarchischen Aufbau der Männergesellschaft nachäfften.

Und dann war da Senior Robrez selbst. Mit der Zeit hatten sich seine Prahlerei, seine Bedeutungslosigkeit und seine Bosheit enthüllt, und der gottgleiche Eindruck, den die Herren (die wahren Herren, nicht die Ausbilder, die durch das Leben in Bayo brutalisiert worden waren) auf sie gemacht hatten, verflog für immer.

Sie berichtete, wie Senior Robrez sie eines Nachts als Schoßweibchen hatte anmalen lassen, um einen unwillkommenen Gast zu demütigen, indem er ihm ein häßliches Weib zuteilte. Entzückt hatten die anderen Weiber Alldera für den Anlaß hergerichtet und ihr nicht gestattet, sich im Spiegel zu betrachten oder den wahren Zweck ihrer Aufgabe herauszufinden. Erst später, in der Abgeschiedenheit der Gästenische, hatte sie ihr Gesicht in der spiegelnden Oberfläche der mit Wasser gefüllten Schüssel gesehen, die sie dem Mann gebracht hatte, damit er sich waschen konnte.

Sie hatten ihr Haar zu einer Dornenkrone frisiert! Ihre Haut war mit blauen und grünen Spiralen bedeckt, ihre Augen waren blasse Feuer in Höhlen aus leuchtenden Farben, und ihre Lippen erinnerten an blutfarbene Striemen! Kein Wunder, daß der Gast sie mit Abscheu gemustert hatte, als sie beide nicht mehr den amüsierten Blicken der anderen Gäste ausgesetzt gewesen waren.

Danach hatte Alldera ihre Anstrengungen verdoppelt, um zu einer guten Läuferin zu werden. Senior Robrez hatte zu diesem Zweck einen Mann eingestellt, der sie ausbilden sollte. Ihr Ausbilder war ein ausgestoßener Skidro gewesen, der einst die jungen Männer der Squires für die Rennen trainiert hatte, die zuweilen stattfanden. Sie erinnerte sich, wie befriedigend es gewesen war, sich bis an die Grenzen ihrer Leistungsfähigkeit zu beanspruchen, wie beim Laufen der Wind sie umpfiffen hatte (obwohl ihre Schritte sie am Ende doch immer wieder zurück zu ihrem Ausbilder führten).

Sie brach ab. Sie hatte nicht vorgehabt, ihm davon zu erzählen. Es war ihre Privatangelegenheit und mußte deshalb gut gehütet werden. Sie erinnerte sich an die herrlichen einsamen Läufe durch die Straßen der Stadt, früh am Morgen oder spät in der Nacht. Daß die Botschaften, die sie übermittelte, zumeist trivialer Natur waren (Liebesschwüre und eifersüchtige Klagen, Beschwerden über Verstöße gegen die Etikette, Forderungen an andere in bezug auf deren Zeit, Besitz oder Loyalität, simpler Klatsch), hatte damals keine Rolle gespielt. Ebensowenig, daß ihre mühevoll erworbenen Lauffähigkeiten vor allem dazu benutzt wurden, sie hinter einem fortgegangenen Gast herzuschicken, den sie dann an dessen eigener Haustür mit einer Botschaft von Senior Robrez überraschen konnte, den er soeben verlassen hatte.

Als ihr klargeworden war, daß dringende Botschaften weit schneller von Dach zu Dach per Flaggensignale übermittelt werden konnten, hatte sie zum erstenmal Verzweiflung erfüllt. Die Fähigkeiten, auf die sie so stolz war, besaßen keinen wirklichen Nutzen. Statt als Luxussymbol für den Reichtum und Status ihres Herrn weiterzuleben, hatte sie sich entschlossen, sich zu Tode zu rennen. Ihre gewählte Selbstmordmethode hatte sich aber als armseliger Fehlschlag erwiesen. Lediglich völlige Erschöpfung und eine Erkältung waren die Folge gewesen ...

Nichts davon ging diesen Mann an. Ihre Absicht war, ihn zu ärgern, nicht, sich selbst Schmerz zuzufügen. Sie hatte das unbehagliche Gefühl, daß seine Ruhe und seine Aufmerksamkeit ihr mehr entlockten, als sie hatte verraten wollen.

»Und?« fragte er. »Wie bist du nach Bayo zurückgekehrt?«

»Zuerst ging es nach der Alten Stadt«, erwiderte sie, »um dort Arbeitsdisziplin zu lernen.«

Er runzelte die Stirn. »Was hat ein Weib mit deinen Talenten in der Alten Stadt zu suchen?«

»Nichts. Es ging nur um die Disziplin.«

Die Alte Stadt war das Verarbeitungszentrum für die Hanfernte. Der Hanf lieferte nicht nur Fasern für feine Fäden bis zu kabeldikken Seilen, sondern auch verschiedene Nahrungsmittel, die man aus den Samen, Wurzeln und Blättern zubereitete. Manna zum Träumen war ein Produkt des höheren, weitverbreiteten Hochlandhanfs, der im Westen der Alten Stadt wuchs und nur von Männern geerntet wurde. Weibern war der Umgang mit den Pflanzen, aus denen man die Traumdroge gewann, streng verboten. Allerdings blies der Wind westwärts, und während der Hanfernte wehte von den Feldern ein süßer Duft herüber, der sogar den Weibern der Alten Stadt seltsame Visionen schenken konnte.

Alldera hatte in den Verschlägen gearbeitet, wo die Blätter von den Stengeln getrennt und zerkleinert und die Hanfsamen herausgeschlagen, gepreßt und zu Mehl gemahlen wurden. Die Verschläge besaßen keine Wände und waren erfüllt von dem Gestank der Fäulnisbecken, in denen die Stengel unter Wasser verrotteten, bis sich die Fasern lösten.

Von ihren Träumen – sie hatte tatsächlich Träume gehabt – verriet sie nichts. Die Erinnerung an den Traum, in dem niemand – Mann oder Weib – ein Wort ihrer Sprache verstehen konnte, war noch immer schreckenerregend. Schwitzend und keuchend war sie aus diesem Alptraum aufgewacht. Der Wunsch, zu rennen, bis ihr Herz zerbarst, war mit dem gleichen unbefriedigenden Ergebnis wie beim erstenmal zurückgekehrt.

Schließlich hatten ihr die Mütter eine Botschaft in die Alte Stadt

geschickt und ihr in Form der Nachrichtenlieder ausrichten lassen, daß eine Aufgabe auf sie wartete. Sie hatte vorgetäuscht, ihre Sprachfähigkeit verloren zu haben (wegen der fehlenden Übung), und nachdem ihre Zeit in der Alten Stadt abgelaufen war, schickte man sie zurück nach Bayo, um ihre Kenntnisse aufzufrischen.
Dort hatte sie von der Existenz der rebellischen Gelobten erfahren und war ruhelos geworden. Den ganzen Winter über waren unter den Müttern erbitterte Diskussionen darüber geführt worden, ob sie für die ins Landesinnere führende Mission geeignet war und ob man überhaupt das Risiko wagen sollte, einen Botschafter loszuschicken. Wäre sie geduldiger gewesen, hätte man sich nicht die Zeit genommen, sie zur Züchtigung und zur Prüfung in die Abdeckerei zu verbannen. Man hätte sie früher nach Westen geschickt, zusammen mit einer Gruppe frisch ausgebildeter Weiber, die für die Stadt bestimmt waren. Und wäre sie gehorsamer und weniger stolz den Müttern gegenüber gewesen, hätte sie vielleicht nicht so geendet, ohne ihre Aufgabe erfüllt zu haben, während der Mord an den Weibern bereits begonnen hatte. Da sie die einzige Läuferin war, die zur Verfügung stand, hatte sie gezögert und Einwände vorgebracht, statt sich sofort dem Plan der Mütter zu unterwerfen und aufzubrechen ...
Sie schwieg und dachte über diese Dinge nach. Der Endhelfer beobachtete sie.
»Hast du nicht an Flucht gedacht?« fragte er.
»Aus der Alten Stadt? Wohin? Was soll ein Weib in der Wildnis essen, Steine? Und wenn man sich in der Haltfeste versteckt, gibt man den Männern nur Gelegenheit, sich bei der Jagd auf ein Weib zu vergnügen. Ich habe noch nie eine formelle Weibjagd gesehen. Als man das letzte Mal eine Entlaufene ergriff und in der Stadt als Opfer für die Waldläufer aussetzte, war ich in der Alten Stadt. Daher habe ich sie verpaßt. Es gibt viele Geschichten und Lieder über diese Jagden – verschlossene Türen und viele Männer auf den Dächern, die die Waldläufer anfeuern und dafür sorgen, daß ihre eigenen Weiber die vergebliche Flucht des Opfers sehen.
Aber ich habe in der Alten Stadt ein Weib davonlaufen sehen. Es war früh am Morgen. Sie legte einfach ihren Dreschstock fort, zog

ihren Kittel aus und rannte. Die Männer schickten Waldläufer hinterher, sie einzuholen und zu töten. Die Arbeit ruhte für eine Weile, damit die Männer die Jagd verfolgen und Wetten abschließen konnten. Wir anderen mußten für ihren Mondirrsinn büßen – der Mond war an diesem Morgen aufgegangen – und doppelt soviel arbeiten, bis Ersatz für sie kam.«

»Warum ist sie fortgelaufen?«

»Weiber sind Kreaturen, die aus einem Impuls heraus handeln.«

»Unsinn«, fauchte er. »Das ist offenbar das Letzte, was sich von dir sagen läßt. Haben euch Waldläufer in der Alten Stadt bewacht?«

»Nein, sie haben in der Umgebung der Stadt patrouilliert, aber sie achteten mehr auf Plünderer als auf entlaufene Weiber. Wo wir gearbeitet haben, da war es zu laut und zu hektisch; es hätte die Waldläufer nur nervös gemacht.«

»Dennoch hat Captain Kelmz diese beiden Penneltons in Bayo ohne sichtliche Mühe gebändigt.«

»Er war ein hervorragender Offizier. Von seiner Sorte gab es nur wenige in der Alten Stadt. Die Bruderschaften behalten sie zu Hause für den Fall, daß es zu einem Kampf unter ihnen kommt.«

»Ihr Weiber könnt wohl sofort erkennen, ob jemand ein guter Offizier ist oder nicht.«

»Es ist wichtig für uns. In der Alten Stadt wußten wir sogar, ob ein Waldläufer von Kelmz ausgebildet worden war. Er brachte geschickte, flinke, tüchtige Mörder hervor, die niemals zögerten oder unsicher waren. Für Weiber ist es wertvoll zu wissen, was für ein Verhalten sie von einem Waldläufer zu erwarten haben.«

»Wie für die Junioren«, bemerkte er sardonisch, »obwohl die meisten jungen Männer die Parallele nicht gerne sehen würden. Dir wird es kaum gefallen haben, in Begleitung Captain Kelmz' zu reisen.«

»Nein.«

»Dennoch bist du mit uns gekommen, trotz der Tatsache, daß er zu unserer Gruppe gehörte.«

»Die alte Fossa hat es Euch erklärt; ich mußte Bayo verlassen.«
Er sah sie an und sagte nichts.
Die Sänfte wurde die steile Zufahrtsstraße hinaufgetragen, die von der Ebene zu dem oberen Plateau führte, durch den Engpaß, den der herabströmende Fluß geschnitten hatte. Die langsamen, schaukelnden Bewegungen der Sänfte, die schon mehr als eine Stunde andauerten, plagten den Endhelfer. Dunkle Schweißflekken breiteten sich unter den Achselhöhlen auf seinem Gewand aus. Unruhig bewegte er das verletzte Bein.
Er hatte sie nicht erneut danach gefragt, was er in jener Nacht bei den Plünderern über Kelmz gesagt hatte. Statt dessen, als ob er noch immer über seine Beziehung zu dem toten Mann nachdachte, erkundigte er sich, wie es bei den Weibern mit Liebe und Freundschaft aussah.
In sorgfältig gewählten Allgemeinplätzen skizzierte sie die explosive Art von Beziehungen zwischen Leuten, bei denen das Fehlen von Sicherheit Liebe und Haß zu ungewöhnlicher Stärke intensivierte. Weiber hatten selten Zeit, ihre Verhältnisse zu vertiefen. Weiber gingen dorthin, wohin ihre Herren gingen, oft ohne Vorankündigung und ohne Gelegenheit zu haben, ihren Geliebten in anderen Weibshalten einen Abschiedsgruß zu übermitteln. Empfand dieser Mann Kummer, weil sein Freud d Layo im Unglück unzuverlässig war? Alldera erzählte ihm von Verrat, Verstümmelungen, selbst Morden unter weiblichen Liebenden.
»Und Weiber, die ... Herren lieben?« bohrte er.
»Weiber, die ihre Herren behexen? Sie werden dafür verbrannt.«
»Verlieben sich Weiber überhaupt in Herren, wie sich manche Männer in Weiber verlieben? Erzähl mir, was die Lieder dazu sagen.«
»Sie machen sich über derartige Perversionen lustig.«
»Ah«, machte er mit einem bitteren Zug um den Mund. »Bücher der Ahnen, die von diesem Thema handeln, behaupten oft das gleiche. Aber manchmal deuten sie auch an, daß eine derartige Perversion großes Glück bedeuten konnte.«

»Wie war das möglich?« fragte sie und dachte an d Layo im Hanffeld.
Er bewegte die Schultern. Ob es nun ein Achselzucken oder ein Schaudern bedeuten sollte, konnte sie nicht sagen. »Liebe zwischen Weibern oder zwischen Männern, die Beziehung zwischen gleich und gleich wirkt zweifellos weniger grotesk.« Er lächelte erneut sein schiefes Lächeln. »Oder das wurde uns zumindest gelehrt.«
»Eure Lehren gehören nicht zu den Dingen, von denen ein Weib etwas weiß.«
»Wie dem auch sei«, murmelte er, »es muß amüsant für dich sein, uns zu begleiten – Kelmz, Servan, mich, und jetzt dieser schmutzige Lump von Bajerman.«
»Das sind Männerangelegenheiten«, beharrte sie.
»Oh? Ich würde sagen, es sind genau die Dinge, die man als typisch weiblich bezeichnen könnte, wenn sie auch von nicht so intensiver Natur sind. Liebe und Haß von Dilettanten im Gegensatz zu denen von Künstlern. Du hast keinen Grund, so mürrisch dreinzuschauen, mir gefällt der Vergleich noch weniger als dir.«
Derartige Wortwechsel erfüllten sie beide mit Verwirrung. Alldera sah die Gefahr darin und hätte zu gern damit aufgehört, aber sie konnte es nicht. Selbst unter ihren eigenen Geliebten und Freundinnen hatte sie nie jemanden getroffen, der so redete. Niemals hatte es Sicherheit gegeben, niemals, selbst nicht in der Gegenwart von Weibern, die wirklich sprechen konnten. Dies war ihre erste Erfahrung darin, sich mit der Sprache auf kompliziertere Weise auszudrücken und Antworten von gleicher Qualität zu bekommen. Es vermittelte ihr ein ungewöhnliches Gefühl von Macht, von Realität.
Das war die Gefahr.

Sie kampierten diese Nacht auf dem oberen Plateau. D Layo brachte seinem Freund die Gefangenenration und blieb, während Bek aß. Dann übermittelte er Senior Bajermans Einladung: Der Endhelfer sollte zu ihm kommen und die Nacht bei ihm in der Sänfte verbringen.
Bek, in seine Decke eingewickelt, um sich vor der Kälte des Hochlandes zu schützen, schüttelte den Kopf. »Das Angebot ist nicht nach meinem Geschmack.«
D Layo seufzte. »Ich bin selbst nicht gerade entzückt davon, aber es ist besser, als die Kehle durchgeschnitten zu bekommen. Am Ende ist mein kleines Weib hier faszinierender als der hochgeschätzte Senior? Eine Folge der Vertrautheit, nehme ich an. Aber ich befürchte, er wird nicht erfreut sein, das zu hören.«
»Wird er das hören?« Der Endhelfer berührte behutsam d Layos wundgescheuerte Schulter.
»Nein. Das kommt davon, dich durch die halbe Haltfeste zu schleppen. Ich schaffe es einfach nicht, das Joch vollständig abzupolstern. Bajerman mag es, mich ein wenig zu schlagen, aber mich stört das ebensowenig wie die Tatsache, daß ich mich nicht waschen kann. Ihn scheint Staub und Schweiß zu reizen. Ich kann mich nicht erinnern, daß er damals im Jungenhaus schon so gewesen ist. Und dann noch dieses übelriechende Zeug, das er aufträgt, – ich kann kaum noch meinen eigenen Geruch ertragen. Du solltest dankbar sein, daß ich deswegen noch nicht fortgerannt bin, Eykar.«
»Warum hast du es nicht getan?«
»Was, und dich bei Bajerman lassen? Einen Moment später würde er auf dir liegen.«
»Ich habe außerdem festgestellt«, entgegnete der Endhelfer trokken, »daß es hier draußen keine Versteckmöglichkeiten gibt, wenn der Hanf gemäht ist.«
Der DunkelTräumer sah zum düster werdenden Horizont, kauerte sich frierend zusammen und seufzte. »Ich mache mir Sorgen um dich, Eykar. Du verwandelst dich in eine Art elenden Realisten. Es

ist ein Jammer.« Er blickte zum Zelt hinüber. »Ich gehe besser zurück. Es wäre ein guter Vorwand für ihn, mir nachzukommen und mich vor dir auszupeitschen. Hier oben ist es kalt! Und der alte Schuft erlaubt mir nicht, ein Hemd zu tragen. Eines Tages werde ich seine weibische Haut tragen.«
Alldera schlief wie gewöhnlich bei den Trägerinnen. Als sie am Morgen den Endhelfer bediente, stellte sie fest, daß er sich kaum aufrichten konnte. Gereizt akzeptierte er die grobe Hilfe der Hemaways, als er in die Sänfte stieg, und als sie weiterzogen, hockte er düster in einer Ecke und brütete über die Rechtecke aus Licht, die durch das Gitterdach auf die Decke fielen. Dann sah er Alldera an. Seine Augen waren rotgerändert und staubverklebt, als ob er nicht geschlafen hätte.
»Wohin führen sie uns, diese Gespräche?« sagte er.
Sie schwieg. Mit Absicht wartete sie, bis er ihr Sprecherlaubnis erteilte, eine Art Genehmigung für die Dinge, die sie zu sagen hatte. Im Falle eines Mannes, der so voller Zweifel war, wie dieser es zu sein schien, mochte dies vielleicht recht nützlich sein, falls sie selbst für ihn zu weit gehen sollte. Zudem erfüllte sie sein Eingehen auf ihren unausgesprochenen Entschluß mit einem Gefühl gerechter Macht.
Er wirkte an diesem Morgen erschöpft und niedergeschlagen, und das war ihr Werk; ihres und d Layos. Bek würde ihr nicht mehr befehlen, den Mund zu halten und ihn in Ruhe zu lassen, ebensowenig, wie er die Augen von der Liebelei zwischen d Layo und Bajerman abwenden würde. Er nahm alles in sich auf, wie ein Weib eine Strafe auf sich nahm. Sie verachtete ihn dafür.
»Ah, da ist wieder dieser Ausdruck«, stellte er fest. »Wenn ich dich für diesen Blick schlagen würde, dann würdest du mir Respekt erweisen, nicht wahr? Servan an meiner Stelle hätte dich ausgepeitscht. Würde dich das beeindrucken? Du akzeptierst uns nicht nach unseren eigenen Maßstäben, nicht wahr? Nein, gewiß bist du zu klug, viel zu klug, um uns nicht durchschauen zu können.«
Sie gab keine Antwort. Er klopfte gegen den Verband an seinem Oberschenkel. »Wechsel ihn, er ist wieder naß.«
Die Schwellung der Wunde war zurückgegangen, aber sie blutete

noch immer, und der Verband klebte in der Mitte fest und mußte vorsichtig gelöst werden. Einmal sah sie auf und bemerkte, daß er ihre Hände mit demselben starren, direkten Blick maß, mit dem er Kelmz, Bajerman, sogar d Layo betrachtet hatte. Er sah nur zu. Nicht, weil es ihn befriedigte, nicht, weil es ihm nützte, nicht einmal, um sich die Zeit zu vertreiben oder sich von weniger angenehmen Dingen abzulenken, sondern nur, um das zu sehen, was war.

Einen Moment lang ließ sie ihrer Vorstellungskraft freien Lauf, fragte sich, was seine Augen in ihr sehen konnten. Zorn. Und hinter dem Zorn, dem Kummer, mit dem ihre Hilflosigkeit sie erfüllte ... sie war nicht da. Es war kein Wunder. Schließlich hatte sie noch keine Erfahrung mit dieser Art des Sehens. Sie konnte sich nur um das kümmern, was ihr beim Überleben nützlich war. Sie entfernte den Verband und legte die Wunde bloß.

»Wird das denn niemals heilen?« entfuhr es ihm.

»Es heilt«, sagte sie.

»Aber der Heilungsprozeß könnte mit einem Zauberspruch verlangsamt oder beschleunigt werden, nicht wahr?«

»Ich bin keine Hexe«, protestierte sie, beunruhigt durch die Richtung, die seine Bemerkungen genommen hatten.

»Sag mir«, erklärte er, lehnte sich zurück und legte den Handrükken auf die Augen, »warum du keine Hexe bist.«

Während sie seine Wunde verband, sagte sie es ihm.

Die Sucher waren eine Vereinigung junger Weiber in Senior Robrez' Weibshalt gewesen. Sie hatte sich ihnen angeschlossen, fasziniert von ihrer tiefen Überzeugung, daß die Weiber aus der Zeit der Ahnen tatsächlich die Verheerung durch Hexerei verursacht hatten, genau wie es die Männer behaupteten. Wenn die Mächte der verfolgten Vorfahrinnen wiederentdeckt werden konnten, dann würden die Männer einen Grund haben, sich vor Hexerei zu fürchten – und vor den Suchern. Diese Weiber hatten sich unter großen Risiken getroffen, um zu schwatzen und Zaubersprüche zu rezitieren, die ihnen im Traum eingegeben worden waren, und um pathetische »Neuigkeiten« auszutauschen: Ein Weib in Lammintown hätte mit einem Lied einen Sturm ausge-

löst, bei dem mehrere Männer ertrunken waren; ein anderes Weib in Bayo hätte einem Lehmklumpen Leben eingehaucht.
Bis Alldera widerstrebend eingesehen hatte, daß die Kräfte, hätte es sie wirklich gegeben, wie die Sucher behaupteten, den Sieg über die Verheerung gebracht hätten. Ihre Freundinnen suchten nicht nach echten Waffen, sondern verschwendeten ihren Mut und ihre Kräfte mit Unsinn, den sich furchtsame Männer ausgedacht hatten. Das bedeutete nicht, daß die Herren nur vorgaben, den Weibern (oder deren Vorfahrinnen) besondere Fähigkeiten zuzutrauen – die Gestalt verändern, Seelen stehlen, das Wetter beherrschen, Objekte und Gedanken durch die Luft schicken, Krankheit und Tod aus großer Entfernung erzeugen, mit vergangenen und zukünftigen Generationen sprechen können und so weiter –, es bedeutete nur, die Männer waren Opfer ihrer eigenen Ideologie.
Sie hatte sich bemüht, die Sucher von ihrem Irrweg abzubringen. Aber sie war nicht zu ihnen durchgedrungen, vor allem nicht mit logischen Argumenten. Sie hatten sie als Verräterin bezeichnet und ihr die Teilnahme an ihren Treffen verboten.
Von dem Rest verriet sie nichts. Eines der jüngeren Mitglieder der Gruppe, ein Weib, das Alldera geliebt hatte, war kurz darauf bei dem Versuch, auf einem Mondstrahl zu reisen, von einem Dach in den Tod gesprungen. Allderas Reaktion – Rückzug in lethargische Verdrossenheit – war verantwortlich für ihren Disziplinareinsatz in der Alten Stadt gewesen. Senior Robrez, ein erfahrener Weibshalter, war nachsichtig mit ihr verfahren, nicht zuletzt wegen der Höhe der Kosten für ihre Ausbildung. Sie für die Jagd freizugeben hätte ihren Verlust bedeutet. Die anderen Weiber waren über ihren Fortgang froh gewesen. Ihre düstere Stimmung hatte sie alle in Gefahr gebracht.
»Aber wenn ich dich beschuldigen würde ...« begann Bek.
Sie zuckte die Achseln. »Dann würde man mich verbrennen.«
»Ohne Beweis, nur weil ich dich im Verdacht hätte?«
»Ihr müßtet die Anklage nicht unbedingt vorbringen. Das Weib, das Euch geboren hat, wurde verbrannt, weil sie Euren Vater mit Hexerei dazu gebracht haben soll, das Gesetz der Gene-

rationen zu brechen. Die Ratsmänner selbst haben sie angeklagt.«
Sobald sein Interesse geweckt war, konnte er nicht mehr gebremst werden; enthüllte man ihm das Grauen, bat er um mehr. »Hast du Junge gehabt?«
»Zweimal«, sagte sie rasch. »Glücklicherweise beide Male Kätzchen, die nicht von Euren Krankenhausmännern aus meinem Bauch geholt zu werden brauchten. Ich hatte nur wenig Milch und mußte nicht lange in diesem langweiligen Loch, der Molkerei, bleiben. Mehr Glück und mehr Bälger verlange ich nicht.«
»Weißt du, welche Bälger es in der Kätzchengrube sind?«
Sie sah ihn an. »Warum sollte ein Weib wissen wollen, ob es ihr eigenes erwachsenes Kätzchen ist, das auf dem Scheiterhaufen verbrennt? Oder andererseits ihr erwachsener Junge, der sie in den Zuchtkammern fickt?«
»Und woher wollte man dann wissen, wer meine Stute war?« fragte er scharf. »Das Zeichen an ihrem Hals mußte lange vor dem Auftauchen der Gerüchte über den Gesetzesbruch verschwunden sein, und sie hätte es selbst auch nicht gewußt.«
»Einer der Krankenhausmänner bemerkte eine Farbmarkierung an ihrem Hals, als sie ins Hospital kam und ihr Junges warf. Er sprach mit ihrem Herrn darüber. Ihr Herr stellte sie zur Rede, erhielt keine vernünftige Antwort, ließ sie verprügeln und vergaß die Angelegenheit wieder. Sie war ein wertvoller Besitz, eine Sprecherin und eine Schönheit. Später, als die Ratsmänner Erkundigungen wegen dieser Geschichte über Raff Maggomas und seinen angeblichen Sohn einzuziehen begannen, da erinnerte sich ihr Herr an die Kennzeichnung. Sie war inzwischen älter geworden. Er lieferte sie an den Rat aus, und der verbrannte sie.«
»Was weißt du noch über sie?«
»Was ich in einigen Liedern gehört habe.«
»Wie war sie?«
»Sie war nichts. Sie war das, wofür sie ausgebildet wurde – wie alle Weiber.«
»Wurdest du zur Unverschämtheit und Verbitterung erzogen?« stieß er hervor.

»Ich bin nur das, was meine Ausbilder und Herren aus mir gemacht haben«, murmelte sie. Sollte er sie doch schlagen. Zumindest wußte sie dann, woran sie war.
»Das gleiche könnte auch von anderen gesagt werden«, meinte er. »Von Männern.«
»Männer haben die Wahl, wenn sie alt genug sind, um zu verstehen, was vor sich geht«, erwiderte sie und wandte sich ab, um den gebrauchten Verband in eine Waschschüssel zu legen.
Er stützte sich auf den Ellbogen und strich die Plane der Sänfte glatt.
Mitten in der Bewegung schien er aber zu erstarren, den Arm noch immer ausgestreckt. Ohne sie anzusehen, sagte er: »Angenommen, ich sage dir, du sollst dein Kleid ausziehen?«
Sie hatte dies erwartet. Oft, wenn sie sich um sein Bein kümmerte, hatte er eine Erektion bekommen. Beide hatten sie es bis jetzt ignoriert.
Sie begann, ihren Kittel abzustreifen.
Er packte ihr Handgelenk. »Nein!« Er bog ihr den Arm zurück, hielt sie kniend neben dem Bett und der Waschschüssel fest, aus der der Verband hing.
»Als Bajerman Servan anrührte«, flüsterte er, »in dieser ersten Nacht in dieser Sänfte, da hat Servan in dem Moment, bevor er sich darauf einließ, den gleichen Gesichtsausdruck gehabt wie du jetzt. Ich glaube, ich kenne diesen Ausdruck, weil ich ihn auf meinem eigenen Gesicht getragen habe, in den Gängen der Jungenhaus-Bibliothek, wenn Bajerman oder jemand wie er gesagt hat: ›Knie nieder, Junge‹ oder: ›Komm und küß mich, Junge‹ . . .«
Er stotterte vor Zorn und Ekel. »Oder: ›Dreh dich, dreh dich um, Junge, und bleib so stehen.‹
Jetzt siehst du genauso aus, und du hast das Recht dazu – ich wollte sie schon übernehmen und gegen dich wenden – Bajermans Art, jemand routiniert und gefühllos zu vergewaltigen!«
»Männer ›vergewaltigen‹ Weiber nicht«, erklärte Alldera. »Sie benutzen sie. Diese Handlung hat etwas Reines an sich, erinnert

sie ein Weib doch daran, daß es ihre Pflicht ist, alles zu tun, was ihr Herr von ihr verlangen mag.«

»Sprich nicht auf diese Weise zu mir, nicht über ihn! Eine andere Person zu benutzen ist etwas Schmutziges.«

»Ihr sprecht nicht mit einer Person«, schnappte sie, »sondern nur mit einem Weib – das Ihr bereits auf diese Art benutzt habt, gewiß, ohne Eure feine männliche Ehre zu beschmutzen!«

»Das war vorher!« rief er. »Schau dich um. Wo siehst du ›Männer‹, wo siehst du ›Weiber‹ hier drinnen? Hier ist niemand außer uns beiden. Ich kenne dich jetzt. Du hast mir einiges verraten, anderes habe ich so herausgefunden, auch wenn du versucht hast, es mir zu verheimlichen. Ich kenne dich fast so gut, wie du mich kennst. Aber es ist nichts wert, solange ich noch die Macht über Leben und Tod habe.« Er löste seine Finger von ihrem Handgelenk und hinterließ weiße Druckstellen auf ihrer geröteten Haut.

Bitter, mehr zu sich selbst, fügte er hinzu: »Nichts, was zwischen uns geschieht, kann etwas anderes als eine Vergewaltigung sein.

Ich bin nicht Bajerman!« brach es aus ihm hervor. »Ich möchte nicht wie Bajerman sein! Es muß noch ein wenig Reinheit in mir sein, wenn ich meinem Vater gegenüberstehe!«

Er legte sich auf die Kissen und starrte hinauf zum Gitterdach und murmelte:

»Alles muß dann über Bord geworfen werden, selbst das Wertvolle, von dem ich nicht wußte, daß ich es besaß.« Er drehte sich zu ihr herum und sagte mit müder, sachlicher Stimme: »Nur in Träumen kann ein Mann ein Held in allen Lagen sein. Ich habe kein zweites Leben, das ich damit verbringen kann, die Feindschaft zwischen Männern und Weibern zu beenden – oder auch nur zwischen uns beiden. Ich bin auf dem Weg zu Raff Maggomas. Diese Begegnung ist wichtiger als alles andere.«

Er schloß die Augen und atmete tief ein. Dann sagte er in seinem alten, barschen Tonfall: »Es darf keine Feindschaft, keine Vergewaltigung geben, nur die normale, oberflächliche Beziehung zwischen Männern und Weibern. Deshalb kann ich dir nicht erlauben, eine Person zu sein. Was du mir nicht gesagt hast, behalte für dich. Den Rest werde ich zu vergessen versuchen – obwohl es mir kaum gelingen wird, falls dich das irgendwie befriedigt. Hast du mich verstanden?«

Sie verstand ihn sehr gut. Sie hatte ihn in die Defensive getrieben. Sie neigte den Kopf. »So es dem Herrn gefällt.«

DAS ZIEL

21

Es hieß, daß zwei Sonnen am Hochlandhimmel strahlten. Eine, die im Osten emporstieg, und eine andere, die tief am Fluß der westlichen Berge flammte und die Nacht erhellte. Diese zweite Sonne war 'Troi, dessen Betongebäude umhüllt waren vom flachgewalzten, polierten Metall der Maschinen, die man aus den Minen geholt hatte – dem einzigen Prunk, den sich die 'Troimänner gestatteten. Nach Einbruch der Dunkelheit erglühte 'Troi im eigenen Licht, einem Licht, das 'Troi aus dem Fluß gewann, wie man sagte. Angesichts der hell leuchtenden Lampen entlang der Straßen, die nach Norden zu den Kohlenbergwerken und nach Süden zu den Minen führten, war Servan geneigt, daran zu glauben. Es waren keine Petroleumlampen. Man hätte sie sogar als Hexerei bezeichnen können, wären sie nicht das Werk von Männern gewesen.

Die Straßen waren jetzt leer, obwohl die Beleuchtung eigentlich für die Weiber bestimmt war, die Tag und Nacht Kohle und Metall zu den Hochöfen von 'Troi schafften. Dumpfes, schweres Dröhnen drang aus der glitzernden Stadt – die Stimmen der Maschinen. 'Trois Musik gegen die Stille am Rand der Haltfeste.

Hoch über den steilen westlichen Gipfeln der Berge von 'Troi hing die Sonne fahl am Himmel. Rauch verhüllte die Berge, die nur als lange, düstere Schemen erkennbar waren. Das Abendlicht schuf grelles Gefunkel an ihren Spitzen, als hätten die 'Troimänner auch diese Felsen mit Metall verkleidet. Die Stadt bot der Wildnis ihre Rückseite dar, wie zum Hohn einem besiegten Feind gegenüber.

Der Fluß, der steil von den Bergen hinter der Stadt stürzte, führte mitten durch sie hindurch und dann weiter nach Osten, nach der Alten Stadt und der Stadt. Die niedrigeren Hänge zu beiden Seiten des 'Troitales waren mit Steinmauern und schwarzen Schlackehaufen aus den Hochöfen 'Trois befestigt. Quer durch das untere

Tal führte eine neu errichtete Palisade aus Metallplatten und schirmte die Stadt vom Rest der Haltfeste ab. Schwere Metallplatten blockierten den Fluß für den Verkehr. Die nördlichen und südlichen Flußstraßen waren durch ähnliche Gitter versperrt, die am Rande der östlichen Stadtgrenze die Palisade durchbrachen.
Die Trägerinnen setzten die Sänfte an einem Pier vor einem dieser Stahlgitter ab. Hinter der Palisade erhob sich ein Betonturm. Von der Zinne des Turms starrten Männer auf sie herab.
In sicherer Entfernung von der Palisade palaverten die Hemaways über die neue Befestigungsanlage, als wären sie alle Waldläufer-Offiziere und Veteranen eines jeden Kampfes, der jemals ausgefochten worden war. Senior Bajerman hielt sich der Diskussion fern. Ihn schien mehr der Sonnenuntergang als die Stadt zu interessieren, und Servan half ihm, seinen zerknitterten und von der Reise in Mitleidenschaft gezogenen Mantel zu ordnen. Selbst ohne Stärke ließen sich die Falten des hohen Kragens aufrichten, so daß sie wie ein Kranz um Kopf und Gesicht lagen und dem Senior ein würdevolles und bedeutendes Aussehen verliehen.
Je höher man steht, dachte Servan, desto größer das Vergnügen, dich zu stürzen. Er summte vor sich hin.
Eykar verließ die Sänfte (er wollte nicht noch einmal in den Armen eines Weibes überrascht werden) und richtete sich auf, stützte sich mit einer Hand auf das Gitterdach und mit der anderen auf Allderas Schulter. Und wie er dreinschaute, als ein grauhaariger 'Troimann aus einer schmalen Tür am Fuß des Turmes schlüpfte und ihnen entgegenkam. Er war stämmig und trug statt eines Mantels das Radzeichen der Trukker von 'Troi.
Das war nicht Maggomas, erkannte Servan. Er besaß keine Ähnlichkeit mit ihm, und kein Erkennen leuchtete in seinen Augen auf. Eykar entspannte sich sichtlich. Servans Neugier wurde von einem plumpen Metallwerkzeug erregt, das der Trukker in der Hand trug und wie einen Finger auf den Boden gerichtet hielt. Wenn das keine Waffe war, sagte sich Servan, dann hatte er noch nie eine gesehen.
Ein Dutzend Schritte von der Sänfte entfernt blieb der Trukker stehen und musterte sie. »Wer von euch ...« begann er, aber

Senior Bajerman trat vor und überging seine Frage mit einer wohltönenden Erklärung.
»Sagt Raff Maggomas, Gor Bajerman hat ihm zusammen mit einigen anderen, geringeren Hemaway-Senioren seinen Sohn gebracht. Wir bieten ihm Eykar Bek an im Austausch gegen Macht und Rang hier in 'Troi.«
Stolz stand Bajerman da, eine Hand gegen die Brust gepreßt, das Bild eines Mannes, der einen Gruß von einem Rangniedrigeren erwartete. Ein Windstoß zerzauste sein dünnes weißes Haar.
Der Trukker grüßte nicht. Er schüttelte den Kopf. »Meine Befehle lauten, Eykar Bek, seinen Freund d Layo und alle Weiber in ihrer Begleitung einzulassen. Das ist alles. Wir brauchen hier keine Stadtmänner. Ein Haufen von ihnen wird noch früh genug an unsere Tore klopfen.«
Er hob das Metallding und richtete es auf den ihm am nächsten stehenden Hemaway. Ein Krachen ertönte, betäubend laut und nah, dann lag der Hemaway auf seinem breiten Rücken, Arme und Beine ausgestreckt, und Blut rann unter ihm hervor.
Zwei andere Hemaways stürmten auf die Palisade zu. Vom Wachturm erklang Donnern, und sie stürzten. Das war zuviel für die Trägerinnen; sie flohen in das hohe Gras, das am Rand des Piers wuchs. Der Rest der Hemaways verteilte sich. Die Luft war von Krachen, Donnern und seltsamem Heulen erfüllt. Andere 'Troimänner entlang der Palisade sprangen auf und ab und klopften einander auf die Schulter, begeistert vom Anblick der davonstolpernden Gestalten, die vom unsichtbaren Donnern niedergestreckt wurden.
Der Lärm brach ab, die Stimme des Trukkers war mit einemmal wieder vernehmbar, als er den Männern im Turm Beschimpfungen zuschrie. Rauchfäden stiegen gen Himmel. Keiner der Hemaways hatte die Palisade erreicht. Eine der Trägerinnen versuchte noch immer, in den Schutz des Grases zu kriechen. Sie zog eine Blutspur über die Steinplatten hinter sich her.
Bajerman stand wie betäubt da. Hinter ihm konnte Servan Alldera sehen, wie sie sich an Eykars Faust klammerte, deren Knöchel kalkweiß waren.

»...werde euch dafür den Arsch aufreißen!« brüllte der Trukker die Männer im Turm an. Mit rotem Gesicht wandte er sich wieder an die Neuankömmlinge, die sich nicht vom Fleck gerührt hatten. »Blöde Hurensöhne, halten eine Waffe für ein Spielzeug! Kaum sehen sie etwas vor sich, das sich bewegt, können sie sich nicht mehr beherrschen. Und selbst dann machen sie die Arbeit nur halb!«

Er hob seinen Donnerer und legte auf Senior Bajerman an. Ein Klicken ertönte. Fluchend äugte der Trukker in die Waffenröhre.

Servan dachte: Bin ich ein Weib oder ein Blag, daß ich hier zitternd vor diesem alten Wolf stehenbleibe, weil er Kräfte besitzt, die er nicht einmal kontrollieren kann? »Nicht daß ich Sie kritisieren möchte«, sagte er, »aber seit wann töten 'Troi-Senioren ihre eigenen Altersgenossen, nur weil sie in die Stadt wollen?«

»Es ist notwendig«, erwiderte der Trukker roh. »Wir haben diese Klassifizierungen ohnehin abgeschafft. In Kürze werden wir von den Stadtmännern belagert werden. Unsere Versorgungslage ist kritisch. Wir lassen niemand herein, den wir nicht gebrauchen können, und ihn können wir nicht gebrauchen.«

»Dann«, verkündete Servan mit einem fröhlichen Gelächter, »werde ich den Senior für sie übernehmen. Haben Sie ein Messer?«

Der Senior zog eine Klinge aus seinem Gürtel und murmelte: »Manchmal denke ich, daß wir mit Messern besser zurechtkommen würden als mit diesen wunderlichen Feuerwaffen.« Und er schüttelte das widerspenstige Mordinstrument.

»Wir sind im gleichen Alter, Sie und ich!« rief Bajerman.

Der Trukker musterte ihn erneut. »Kennen Sie sich mit technischen Dingen aus?«

Senior Bajerman faßte sich und intonierte: »Ich bin ein Experte auf dem Gebiet der Etikette, ein Meister in Fragen der Hierarchie...«

»Das ist für uns ohne Wert«, unterbrach der Trukker.

Servan trat zwischen sie, wandte sich zu Bajerman um und

machte geschwind mit dem Messer jene Dinge, von denen er geträumt hatte. Der Senior kreischte und taumelte zurück. Mit aufgeschlitztem Bauch, die blutigen Hände gegen die Leisten gepreßt, brach er zuckend auf den Steinplatten zusammen. Servan bückte sich, um den rötlichen Blutfilm an der Klinge des Trukkers mit Bajermans Mantel abzuwischen. Es war ein gutes Messer mit einer völlig neuen Klinge und einem Griff aus irgendeinem harten Material, das gerillt war, um der Hand festen Halt zu verleihen. Noch immer gebückt drehte er sich und reichte es fast widerwillig dem Trukker.

»Wollen Sie ihn nicht ganz erledigen?« fragte der Trukker.

»Er ist erledigt.«

Eykar streckte seine Hand aus. »Gib mir das Messer.«

»O nein, Eykar.« Servan warf dem 'Troimann das Messer zu. »Du vergißt, wer von uns die ganze Zeit über Bajerman ertragen mußte.«

Servan packte den Senior an seinem Mantel und zerrte ihn zum Rand der gepflasterten Fläche, wo die Uferböschung begann. Bajerman wand sich, um zu ihm aufzuschauen. Servan stieß ihn über den Rand. Polternd rutschte der Senior den Hang hinunter, stürzte ins Wasser und wurde fortgetragen. Das Gewicht seines schmutzigen, vollgesogenen Mantels zog ihn nach unten. Servan tauchte seine blutigen Hände in das Wasser.

Zwei 'Troimänner vom Turm durchsuchten die toten Hemaways nach Waffen und Vorräten. Servan dachte daran, sie zu bitten, ihm sein eigenes Messer zurückzugeben – oder ein anderes als Ersatz. Aber es würde besser aussehen, wenn er Maggomas' Festung mit leeren Händen betrat. Außerdem, vielleicht gelang es ihm, statt dessen einen von diesen donnernden Tötern zu bekommen. Alles war jetzt möglich.

In den breiten Straßen 'Trois waren nicht viele Leute während der Dämmerung unterwegs, und es waren weder sehr junge Männer noch mantelbekleidete Senioren. Es waren keine Waldläufer und keine Weiber zu sehen, nur Männer mittleren Alters in schlichter Kleidung. Einige trugen breite Gürtel, an denen Metallwerkzeuge hingen, und ein Mann, der an ihnen vorbeiging, hielt einen

Gegenstand im Arm, der an einen polierten Schädel erinnerte – eine Art Helm.
Die Straßen waren lückenlos mit einem glatten, dunklen Material bedeckt. In der Mitte liefen parallele Metallschienen und glänzten wie Eis. Kein Abfall bedeckte die Gassen und Wege, aber eine Schmutzschicht lag auf den Metallmosaiken, die die Fassaden der Häuser zierten. Über ihnen hingen dünne schwarze Kabel und folgten dem Lauf der Straße. Die Hauptgebäude thronten über dem Flußbett. Lampen hingen an Metallhalterungen an den Wänden und waren jetzt, wo die Dunkelheit zunahm, blendend hell. Überall schienen die Straßen und Gebäude unter dem endlosen Brummen der Maschinen von 'Troi zu vibrieren.
Kein Wunder, daß die Männer rasch und nur dann, wenn sie einen triftigen Grund besaßen, die Straßen durcheilten. Es mußte schwierig sein, in diesen kahlen Gassen zu bummeln und ein Schwätzchen zu halten, zumal sie offensichtlich in erster Linie für den Transport von Material und erst danach für Fußgänger bestimmt waren.
Servan war beeindruckt. Er nahm alles in sich auf – die massive Bauweise, die Kombination von Effizienz und Schmutz. Ein häßlicher Ort, dachte er, aber funktionell. Schade, daß Eykar nichts davon bemerkte, dem es nur um eines ging. Servan beobachtete, wie Eykar, gestützt auf das Weib, weiterhinkte. Der Anblick seines Freundes erfüllte ihn mit Wärme.
Vor einem massiven Gebäudekomplex trat der Trukker zur Seite. 'Troimänner hielten vor dem Eingang Wache und schoben die Metallflügel des Tores bei ihrem Nahen in die Wände. Zwei der Wächter folgten den Fremden. Die Silberstreifen auf den Krägen ihrer Eskorte kennzeichnete sie als Mitglieder der Armicors, die als unbarmherzig bekannt waren. Jeder von ihnen trug in einer Spezialtasche am Gürtel eine Donnerwaffe.
Glaskugeln an der Decke verbreiteten ein durchdringendes, kaltes Licht. Die genagelten Stiefelabsätze der Armicors polterten über den Boden.
Stufen führten zu einer mit einem Geländer versehenen Galerie hinauf, die entlang der Wand eines riesigen, lärmenden Raumes

verlief. Vertrauter, warmer Feuerschein erhellte diesen Raum – aber was für Feuer! Die gesamte Wand gegenüber der Galerie war ein Gewirr aus Metallröhren, -streben und -platten, in dem eine Reihe rotierender Kessel montiert waren. Die gewaltigen Kessel glühten rot vor Hitze und knirschten, während sie sich drehten. Männer mit Helmen und in schwerer Kleidung bewegten sich zwischen den Maschinen und trugen lange, rußgeschwärzte Stangen mit gebogenen Enden. Andere bückten oder reckten sich, um verglaste Anzeigen abzulesen, und machten sich Notizen auf Schreibtafeln, die an ihren Ärmeln befestigt waren. Sie steckten die Köpfe zusammen und überschrien den Lärm.

Vor einer erleuchteten Tür am anderen Ende der Galerie lehnte sich ein Mann über das Geländer, gestikulierte und brüllte jemandem auf dem Boden etwas zu. Seine eindringlichen Gesten verrieten bemerkenswerte Vitalität, obwohl er der erste wirklich alte Mann war, den sie bisher in 'Troi gesehen hatten. Sein kurzgeschnittenes, krauses Haar erinnerte an ein auf Silber eingraviertes Muster. Unter seiner langen Schürze aus einem leuchtenden Material sahen Beine, dünn wie Seile, hervor. Seine Stimme, hell und klar, war trotz des Dröhnens der Maschinen zu verstehen.

Eine Pfeife gellte auf. Am Boden kippten die Männer einen der Kessel mit den gekrümmten Enden ihrer langen Stangen. Flüssiges Feuer spritzte heraus, Funken tanzten, und ein scharfer, knisternder Laut ertönte. Ein Mann nahm eine Abstrichprobe aus der Rinne und schloß den Abfluß. Der heiße, glühende Strom wurde dunkelrot, während er in den Rinnen erstarrte. In der Luft hing ein stechender, prickelnder Geruch.

Der Trukker ging davon und sprach mit dem alten Mann, der herumfuhr und zuerst Servan anstarrte. Mit einer abrupten Geste bedeutete ihnen der Mann, zu ihm zu kommen.

Für einen Moment zögerte Eykar Bek mit nachdenklichem Gesichtsausdruck. Was immer er auch erwartet haben mochte, dachte Servan, auf keinen Fall diesen mageren, schmalgesichtigen alten Burschen. Und er konnte nicht die Ernüchterung im forschenden Blick des alten Mannes übersehen haben, als ihm der

Trukker erklärte, daß nicht Servan, sondern Eykar der Endhelfer war. Vater und Sohn würden einige Vorurteile über Bord werfen müssen.

»Ich sehe«, brüllte der alte Mann über den Lärm der Kessel hinweg, »du bist verletzt – aber offenbar nicht so schlimm, daß du dich nicht mehr auf den Beinen halten kannst.«

»Es heilt bereits«, rief Eykar zurück.

Maggomas wandte sich an den Trukker und schrie: »Übergib deine Waffe und deine Gruppe Anjon. Hoffen wir, daß er den Turmposten besser im Griff hat als du.« Der Trukker wurde rot und schlich sich davon.

Maggomas drehte sich um, als hätte er den Mann bereits vergessen, und führte die anderen durch die Tür hinter ihm in einen weiteren Korridor. Die Armicors fielen diskret zurück, als er ihnen gereizt zuwinkte, aber sie eskortierten sie weiter.

»Du hast gewußt, daß ich komme«, stellte Eykar fest.

»Als ich erfuhr, daß du Wegend verlassen hast, habe ich einen Mann losgeschickt, um dich zu suchen. Ich sehe, daß meine Hilfe überflüssig war. Das ist gut. Selbstvertrauen und Tüchtigkeit werden hier in 'Troi geschätzt.«

»Was erwartest du von mir?«

»Ah«, machte der alte Mann zustimmend, »so einfach ist das nicht. Wir leben in komplizierten Zeiten. Was hat Bajerman gesagt? Daß wir uns in einem Generationenkrieg befinden? Wahrscheinlich, er war schon immer ein Einfaltspinsel.

Wir sehen uns diesmal nicht einem politischen Streit zwischen alten und jungen Männern gegenüber. Sondern einer Hungersnot, einer großen Hungersnot. Sag mir, wie, glaubst du wohl, hat der Seetang, von dem wir leben, die Verheerung überstanden? Ich weiß, daß dies nicht eine von den Fragen ist, zu der man euch im Jungenhaus ermuntert. Sei wegen deiner Unwissenheit nicht verlegen. Die Antwort lautet, bei dem Seetang hat es sich um einen zähen, einfachen Organismus gehandelt, der sich bereits bis zu einem gewissen Grad von dem Abfall der Zivilisation der Ahnen ernährt hat. Es gelang ihm, sich an die großen Giftmengen zu gewöhnen, die während der Verheerung freigesetzt worden

sind, eine Folge des Kampfes der Männer um die Erhaltung ihrer Zivilisation.
Unser Problem ist, daß Lammin und Laver inzwischen den Großteil der von der Verheerung stammenden Gifte aufgenommen und abgebaut haben und sie nun immer weniger von den Nährstoffen finden, auf die sie angewiesen sind. So fällt jede Ernte magerer aus, und die Lage wird sich noch weiter verschlechtern, nicht verbessern. Natürlich, ein großer Teil des Seetangs wird in den Abwässern der Stadt überleben, und ein Teil wird sich vielleicht den veränderten Umständen anpassen, aber nicht in dem Überfluß, an den wir lange Zeit gewöhnt waren – wenn überhaupt. Und wir wissen nicht, welche der anderen Pflanzen wir verwenden können, die an seine Stelle treten werden. Diese Veränderung wird ebenfalls lange Zeit in Anspruch nehmen. In der Zwischenzeit, da die Männer so sehr von Lammin und Laver abhängig sind, werden sie hungern müssen.«
»Sofern«, bemerkte Servan, »sie sich nicht vorbereiten. Bajerman sagte, Sie hätten hier in 'Troi große Mengen Nahrungsmittel gelagert.«
»Das ist eine Möglichkeit der Vorbereitung«, nickte Maggomas. »Es gibt auch eine andere – wie ich dem Rat beizubringen versucht habe, obwohl mir nur der Höflichkeit halber Gehör geschenkt wurde –, und zwar die Nahrungsmittelquellen so weit wie möglich zu streuen, damit wir nicht so sehr auf Lammin und Laver angewiesen sind. Das haben wir hier getan. Wir haben uns eingeschränkt, die Rationen gekürzt und Vorräte eingelagert, um in der Übergangszeit existieren zu können, bis neue Pflanzenarten, die wir gezüchtet haben, in ausreichender Zahl zur Verfügung stehen.
Bedenken Sie, wir haben keinen Überschuß und können nicht noch mehr Mäuler stopfen. Wir haben Rückschläge erlitten; einige der benötigten Informationen gab es nur im Jungenhaus. Die waren unerreichbar für mich. Dennoch werden wir weitermachen, und das ist mehr, als sich vom Rest der Haltfeste sagen läßt. Wir haben vor, die Krise zu überleben.
Dann, wenn die Zeit gekommen ist, wird 'Troi das übernehmen,

was übriggeblieben ist, und wir werden mit dem Aufbau einer neuen, besseren und rationaleren Gesellschaft beginnen. All das wird die Führung durch opferbereite, intelligente Männer verlangen, von Helden.«

Er öffnete eine Außentür, wo eine Metallbrücke das Brennofengebäude mit einem anderen, größeren, eine Straße weiter gelegenen Haus verband. Rußiger Wind bauschte ihre Kleidung und brannte in den Augen. Weiter unten säumten leuchtende Glaskugeln die leere Straße.

»Helden«, wiederholte Eykar und trat auf die vibrierende Metallbrücke. Er hob seine Stimme, übertönte den Wind. »Und was soll ich dann sein?«

»Schau dort hinunter«, forderte ihn Maggomas auf. »Schau dir meine Stadt an. Sie wird noch immer dasein, stark und lebensfähig, wenn der Rest der Haltfeste nur noch aus Schutt und Knochen besteht. Das ist mein Werk.

Warum, glaubst du, habe ich mich darum gekümmert? Damit ich hier eine Weile bleiben kann, bis du kommst, um mich zu töten – sofern ich dich nicht zuerst töte –, weil man dir beigebracht hat, daß dies deine Pflicht ist? Du bist zu wertvoll, um deine Kraft an dramatische Auftritte zu verschwenden. Wenn ich es nicht wüßte, könnte ich es jetzt sehen. Deine Verletzung bereitet dir Schmerzen, deine Umgebung ist fremd und bedrohlich, und die einzige Waffe, die du hast, ist dein Verstand. Aber du hast nicht um Ruhe gebeten oder um Zeit oder um Hilfe. Selbstbeherrschung ist für einen Mann die Voraussetzung zur Macht.«

»Du hast meine Frage nicht beantwortet«, sagte Eykar.

Servan fluchte im stillen. Was war mit Eykar los? Erkannte er denn nicht, daß sie frei waren? Nichts konnte sie aufhalten. Jeder verdammte Schritt auf der Reise und alles andere war diese Begegnung wert gewesen. Legenden? Sie würden Götter sein. Selbst Eykars wunderschöner, absurder Stolz würde sich vor der köstlichen Kunstfertigkeit der Entwicklung verbeugen müssen.

Maggomas stieß die Tür an der anderen Seite der Brücke auf und führte sie in eine Flucht unordentlicher Räume. Überall lagen Papiere und Bücher herum. Eselsohrige Zeichnungen und Karten hingen an den Wänden. An den Tischen waren gebogene Lampen befestigt, eine sogar an der Rückenlehne eines Sessels.

»Bedenke, mein Sohn«, sagte der alte Mann, »was für einen rationalen Grund könntest du haben, um gegen mich zu arbeiten? Du kannst keine ehrgeizigeren Ziele mit dir verfolgen als ich.« Er breitete beide Arme aus und wies auf das Durcheinander, durch das sie schritten. »Dieser Ort der Unordnung wird das Zentrum der neuen Zuflucht und eines Tages das einer neuen Haltfeste werden. Von hier aus herrsche ich jetzt über 'Troi. Der gesamte Fluß und noch viel mehr wird mir im Lauf der Zeit zufallen. Ich bin der Herr dieser Stadt und der Schöpfer ihrer Zukunft.

Mein Platz hier wird dir gehören. Du sollst mein Nachfolger werden. Glaubst du, daß du für geringere Dinge gezeugt worden bist?«

22

Ein Blick verriet Alldera, daß keine Weiber diesen Ort für ihre Herren sauberhielten. Hatte man etwa alle Weiber 'Trois in die Minen geschickt oder irgendwo eingeschlossen, in Erwartung einer Schlacht mit den Stadtmännern?

»Nicht, daß es mit der Nachfolge keine Probleme gibt«, fuhr der alte Mann fort. »Ich bin bereits auf Widerstand bei den 'Troimännern gestoßen, als ich ihnen zu erklären versucht habe, mein Sohn müsse nicht notwendigerweise mein natürlicher Feind sein. Wir werden einen Beweis für unsere Einigkeit erbringen müssen. Zunächst lege deine Namen ab und nimm meinen an. Dein Freund, der DunkelTräumer, kann eine Zeremonie entwerfen, um die Erbfolge zu legitimieren.«

»Angenommen«, wandte Bek ein, »ich bin dein natürlicher Feind?«

Maggomas machte eine ungeduldige, ablehnende Geste. »Wenn du dich dafür hältst, dann nicht, weil es natürlich ist, sondern aus Unwissenheit. Was würde ich vernünftigerweise unternehmen müssen, falls ich dein Gegner wäre? Ich würde dir im Wege stehen. Aber ich habe den Weg für dich geebnet.«

»Das ist grotesk!« entfuhr es Bek.

»Nicht im geringsten. Es ist ein sehr weiser Brauch. In der alten Zeit übernahmen die Söhne den Besitz ihrer Väter, verfolgten deren Pläne weiter und suchten die Ehre und den Reichtum des Geschlechtes zu stärken.« Maggomas sah sich ruhelos um, nahm von einem Tisch einen Stoß Unterlagen und blätterte sie durch, während er fortfuhr: »Vergiß nicht, manche Söhne kehrten sich auch vor der Verheerung gegen ihre Väter. Aber ich bin überzeugt, dies war eine Folge des unseligen Einflusses ihrer Stuten. Die Ahnen waren sorglos genug, um die Erziehung ihrer Jungen den Weibern zu überlassen. Dennoch kannten die Ahnen das Grundprinzip: Ein Mann, der klug genug ist, um Reichtum und Macht anzuhäufen, hat eine gute Chance, daß sich seine Fähigkeiten seinem Sohn vererben. Das ist wichtig, damit ein großes Lebenswerk nicht in die Hände zänkischer Tölpel oder Idioten fällt. Und Idioten gibt es genug.

Erfrischt euch jetzt. Kleidung findet ihr im Alkoven; irgend etwas Passendes wird schon darunter sein. Ich habe niemand, den ich euch zur Seite stellen kann – hier in 'Troi sorgt jeder für sich selbst – aber euer Weib kann euch helfen. Wir sehen uns später wieder.«

Im kleinen Badezimmer schrubbte sich d Layo rasch ab, ächzte vor Behagen, als er sich den Schmutz der Reise abwusch, und verbeugte sich in spöttischer Unterwürfigkeit vor seinem Gefährten, dem Kronprinzen. Bek ignorierte ihn.

Der DunkelTräumer hatte sich bereits rasiert und ein einfach geschnittenes Hemd und eine weiche, graue Hose angezogen, als Bek und Alldera den Ankleidealkoven betraten. D Layos aufrechte, würdige Haltung verlieh den nüchternen Kleidungsstükken einen Hauch von Eleganz. Er war zu ungeduldig, um auf Bek zu warten, und machte sich auf die Suche nach ihrem Gastgeber.

Bek nahm vor dem Spiegel Platz und rasierte sich mit grimmiger Sorgfalt. »Wasch dich«, befahl er Alldera.

Das heiße Wasser, das auf einen Knopfdruck hin aus Öffnungen in der Wand spritzte, machte sie schläfrig. Sie hatte nicht bemerkt, wie erschöpft sie war. Sie machte einige gymnastische Übungen, und das Wasser spülte den Schweiß fort und ließ sie sich sauber fühlen. Züchtig eingehüllt in eines der feuchten, gebrauchten Handtücher der Männer, kehrte sie in den Alkoven zurück.

Bek stand schlank und steif, bekleidet mit dunklem Hemd und dunkler Hose, vor dem großen Spiegel und musterte sich ausdruckslos. »Ich dachte, ich würde älter aussehen«, sagte er.

Im Alkoven gab es keine Weiberkittel. Alldera wählte ein Hemd, das weit genug war, um als Ersatz zu dienen, aber die Ärmel waren entsprechend lang. Doch Bek war nicht zu Scherzen aufgelegt. Er ließ es sie ausziehen und gab ihr eine Hose und ein normales Hemd. Die Bedeutung seiner schlichten Kleidung und seiner sorgfältigen Vorbereitungen war klar: Er wappnete sich mit seinem Ritualrang und wollte seinem Vater als Endhelfer von Wegend gegenübertreten.

Der Klang von Stimmen führte sie in den großen Vorraum der Zimmerflucht. Dunkelheit erfüllte ihn. Eine Wand bestand aus einem transparenten Material, bedeckt von einem leuchtenden Muster. Allderas Ausbildung als Kurier hatte auch Kartenlesen beinhaltet. Diese seltsame Karte verstand sie sofort. Dort war Bayo, dort Wegend, dort die Stadt. Weiter landeinwärts glühte ein Gitterwerk, das die Alte Stadt darstellte, ein größeres stand für 'Troi – und flußaufwärts, in einem Gebiet, das sonst in keiner Karte verzeichnet war, befanden sich die sorgfältig ausgearbeiteten Umrisse von Bergen, nicht nur Symbole wie üblich.

D Layo zog mit dem Finger die Berge nach und fragte: »Also hat die Rückeroberung bereits begonnen?«

Maggomas, der sich über einen mit Papieren bedeckten Tisch gebeugt hatte, blickte auf und lachte zornig. »Was für eine Rückeroberung? Ich habe auf eigene Faust ein paar Forschungsgruppen losgeschickt. Es gibt keine Rückeroberung, sie ist ein Mythos.

Dem Rat liegt nur daran, daß nichts seine Herrschaft ins Wanken bringt. Das bedeutet, keine neuen Ideen und keine neuen Territorien und nicht zu viele junge Männer! Ich bin überrascht, daß keiner von euch darauf gekommen ist. Wozu gibt es denn die Hierarchie oder die Spiele und Wettkämpfe, wenn nicht, um die Energie der jungen Männer zu kanalisieren? Die ohnehin schon wegen der unzureichenden Ernährung gering ist, denn die alten Männer nehmen sich mehr als nur den ihnen zustehenden Anteil an der Ernte der Haltfeste. Sie wissen, in der Zuflucht lenken sich die Männer mit Spielen ab, um nicht den Verstand zu verlieren. Die sportlichen Wettkämpfe in der Haltfeste dienen dem gleichen Zweck.

Und du, mein Sohn, was glaubst du, warum Wegend existiert? Wenn der Rat entscheidet, daß es zu viele unruhige junge Männer gibt, die die Stabilität gefährden, dann fällt es ihm nicht schwer, die Rangordnung zu manipulieren oder Liebesverhältnisse zu zerstören, so daß Stolz und Verzweiflung zahlreiche Junioren nach Wegend ziehen lassen, um dort zu sterben. Die Duelle in den Straßen der Ehre raffen die anderen dahin.

Dann schau dir unsere Wirtschaft an: Ein Modell institutionalisierter Unwirtschaftlichkeit! Die alten Männer sammeln den Überschuß jeder Fünfjahresproduktion und stecken sich das meiste in die eigene Tasche. Nicht daß es in der Haltfeste viel Überschuß gibt – die Wanderung der Sippen nach jedem Fünfjahr von Arbeitsterrain zu Arbeitsterrain bedeutet, daß ein Haufen unfähiger Burschen in ihrem Bemühen, alles besser zu machen als der letzte Haufen unfähiger Burschen, in Wirklichkeit alles noch verschlimmert.

Es geht nur um eines, junge Freunde: Die Juniorbevölkerung soll klein, arm und unwissend gehalten werden, damit sie die Grenzen der Haltfeste nicht sprengt und wirklich mit der Rückeroberung beginnt – um später vielleicht zurückzukehren und mit ihrer neugewonnenen Stärke, ihrem Selbstvertrauen die Herrschaft über die Haltfeste an sich zu reißen. Nun, ich behaupte ...«

Leise knallende Laute von draußen ließen ihn verstummen, um Ruhe bittend die Hand heben und lauschen. »Das wird der erste Zusammenstoß mit den Stadtmännern sein. Kommt mit.«

Sie folgten ihm auf eine gepflasterte Terrasse, von der aus man die Ebene überblicken konnte. Ein Tisch war aufgestellt worden, mit einer Mosaikplatte aus prächtigen grünen und goldenen Kacheln, die im Licht zweier Kugellampen auf der Brustwehr glitzerten. Das Licht der Lampen ließ die Ausrüstung der vier Armicors glänzen, die von Maggomas entlang der Terrasse postiert worden waren. Er unterhielt sich mit einem stämmigen jungen Mann von der gleichen Bruderschaft, der Bericht erstattete, ohne das Fernglas zu senken, mit dem er die Ebene beobachtete.

»Kein Problem«, erklärte der alte Mann, als er zu den anderen am Tisch zurückkehrte. »Weiter flußabwärts hat es einige Scharmützel gegeben. Wir haben das Feuer unserer Leute beobachten können. Unsere Patrouillen sind zu klein, um diesen Mob aufzuhalten, aber die Waffen werden sie in Furcht und Schrecken versetzen! Uns steht eine interessante Nacht bevor.

Wie gefällt euch das?« fügte er hinzu und fuhr mit der Handfläche über die glitzernden Kacheln der Tischplatte. »'Troimänner sind Realisten, aber glaubt ja nicht, daß sie keinen Geschmack haben. Das ist ein Produkt unserer eigenen Brennöfen.«

»Sie haben hier Brennöfen gebaut?« fragte d Layo neugierig. »Wissen Sie, etwas Ähnliches haben wir Ihnen als Gastgeschenk mitgebracht, einige Platten und Kacheln aus den Ruinen der Alten Stadt. Plündererbeute. Sie befinden sich in der Sänfte, die draußen vor der Palisade zurückgelassen wurde.«

»Dann werden sie dort noch eine Weile bleiben müssen. Die Tore 'Trois werden sich lange Zeit nicht mehr öffnen. Sagen Sie mir dennoch, um was hätten Sie als Gegenleistung für Ihr Gastgeschenk gebeten?«

»Es waren hübsche Stücke«, erwiderte der DunkelTräumer nachdenklich. »Ich glaube, sehr alte. Eine faire Gegenleistung wäre eine dieser Waffen gewesen.« Er deutete auf die glänzende Waffe im Gurthalfter an der Hüfte des nächsten Armicors.

»Gut gewählt«, nickte Maggomas zufrieden. »Mit den Pistolen bin ich zwar noch nicht ganz zufrieden, aber trotz ihrer Unvollkommenheit werden sie diesen Mob aus der Stadt zurückschlagen. Setzt euch, ich habe eine Mahlzeit vorbereiten lassen. Auch das Weib soll sitzen. Ich hasse es, wenn Leute neben dem Tisch stehen, während ich esse.« Er hob seine Stimme. »Eine Schüssel Waschwasser und etwas zu Trinken, während wir warten!«

Keine Weiber erschienen auf den Ruf hin. Statt dessen verschwand einer der Wächter und kehrte mit einem Tablett zurück, auf dem Gläser, eine Metallschüssel und eine Wasserkaraffe standen. Die halb gefüllte Schüssel war für Maggomas gedacht. Er fummelte einen Moment lang an dem Verschluß seiner Schürze, fluchte und setzte sich dann, um sich so zu waschen, wie er war, obwohl der Schürzenlatz unter sein Kinn drückte. Er trocknete die Hände an einem fleckigen Tuch, das er aus seiner Tasche zog. Mehrere kleine, farblose Gegenstände fielen aus den Falten des Tuches auf die Tischplatte.

Maggomas erklärte, daß es sich um Würfel aus einem Material namens »Plastik« handelte, das die Ahnen aus Kohle und anderen Substanzen hergestellt hatten.

Er warf seinem Sohn dabei einen forschenden Blick zu, aber Bek schenkte den verblüffenden kleinen Objekten nur einen flüchtigen Blick. Er hielt die Augen auf seinen Vater gerichtet. D Layo war der einzige, der nach den Würfeln griff und sie über seine Handfläche rollen ließ. Er rieb die »Plastik«-Oberfläche und pries sehnsüchtig und ehrfurchtsvoll die Macht der Ahnen – und erneut blieb sein Blick an den Waffen haften, die die Armicors trugen.

Maggomas roch an der Suppe, die vor ihm hingestellt worden war. »Zu lang gekocht«, sagte er und gab den Männern und sich eine Schöpfkelle voll auf die Teller. Alldera war erleichtert, daß man ihr nichts servierte. In der Suppe schwammen dunkle, glänzende Dinge, und sie roch modrig. Die jungen Männer setzten sich und betrachteten unbehaglich ihre Portionen.

»Ihr wißt einfach nicht, wovon ihr redet«, erklärte Maggomas, »wenn ihr solche Phrasen wie ›die Macht der Ahnen‹ von euch gebt. Sie waren große Männer, nicht nur Plünderer, die in Aschehaufen wühlen. Nur ein Beispiel: Die Ahnen besaßen so viele Fasern, natürliche und künstliche, daß ein Mann nicht nur jeden Tag sein Hemd wechseln konnte, sondern die Kleidungsstücke sogar mit Etiketten versehen werden mußten, um dem Besitzer zu verraten, auf welche Weise der jeweilige Stoff

gereinigt werden mußte! Stellt euch diese Vielfalt auf allen Gebieten vor, und ihr habt eine Ahnung von dem Reichtum und der Macht der Ahnen.«
»Dennoch«, wandte Bek rauh ein, »wurden sie gestürzt.«
»O ja«, spottete der alte Mann und wies mit seinem Löffel auf Alldera, »und gleich wirst du mir sagen, daß dies die Zauberkräfte ihrer Vorfahren verursacht haben!
Laßt mich euch etwas verraten: Die Ahnen wurden nicht gestürzt, sie sind untergegangen – es war ihre eigene Schuld. Sie haben die Verheerung früh genug vorhergesehen, um sie verhindern zu können. Die Wissenschaft der Ahnen war so hochentwickelt, daß Maschinen die Arbeit der Schmutzhäute übernahmen. Sie besaßen künstliche Nahrungsmittel und Materialien, die sie unabhängig von Pflanzen und Tieren machten, und es gab sogar künstliche Fortpflanzungssysteme, die die Weiber womöglich überflüssig gemacht hätten. Aber die Männer erkannten nicht, wohin die Entwicklung führte.
Die Wissenschaft der Ahnen«, fuhr Maggomas fort, »war so weit fortgeschritten, daß sie dabei waren, unabhängig von dieser sterblichen Hure einer Welt und Götter zu werden – nicht diese verdammten Mysteriengötter, die jegliches Verständnis übersteigen, sondern richtige, rationale, unsterbliche Götter mit wirklicher, rationaler Macht. Die Ahnen entwickelten künstliche Körperteile und Drogen gegen das Altern, die unter Umständen sogar Söhne überflüssig gemacht hätten. Wer braucht Nachkommen, wenn die Männer unsterblich sind? Und versehen mit der Ewigkeit hätten sie alles erforschen können, was es zu erforschen gibt.«
Nach einem Schluck Bier sagte er dann hastig: »Ihr seht, die Weiber hätten es niemals fertiggebracht. Sie waren – und sind – verdammt zu dem endlosen, sinnlosen Kreislauf der Geburt und des Todes. Sie wußten, daß man sie vernichten würde, wenn man sie nicht mehr zur Fortpflanzung benötigte. Daher haben sie zuerst angegriffen.
Wie schmeckt euch die Suppe?« fragte er mit plötzlicher Besorgnis. »Die schwarzen Stücke sind nur Pilze. Wir haben gelernt, wie

man sie in großer Zahl in unseren Kellern züchten und die eßbaren von den giftigen unterscheiden kann, die allen Pilzen einen schlechten Ruf verliehen haben. Mit der Zeit werdet ihr euch an den Geschmack gewöhnen. Wenn sich die Ahnen an den Abendtisch setzten, verzehrten sie zahllose verschiedene Pilzarten, obwohl sie natürlich ihre Wahl auch unter vielen anderen Dingen treffen konnten.
Wenn ihr jungen Männer nichts dagegen habt, werde ich jetzt euer Weib füttern lassen.«
Alldera schauderte. Als er von den Weibern in der Zeit der Verheerung gesprochen hatte, da hatte sein Tonfall sie entsetzt. Sie hatte das Fehlen ihrer eigenen Art wie einen kühlen Luftzug gespürt.
Ein dampfender Teller wurde von einem der Armicors vor ihr abgestellt. Kein Quarkkuchen oder Seetang, sondern eine bräunliche, körnige Masse, die viel gröber war als Hanfwurzelklein. Ein süßlicher Geruch stieg davon auf. Allderas Hunger verschwand.
»Iß«, befahl Maggomas.
Sie aß. Der Brei war dick und klebrig.
»Was ist das?« fragte Bek.
»Das Grundnahrungsmittel der neuen Haltfeste – und der Welt der Ahnen und sogar noch davor. Es ist die Saat reifer Gräser, ›Korn‹ genannt. Wir haben bereits zwei erfolgreiche Kornernten in den westlichen Hochebenen eingebracht – natürlich ohne Wissen des Rates. Im Lauf der Zeit werden wir das gesamte obere Plateau in ein Kornanbaugebiet verwandeln. Das ist unser erster Schritt, wenn wir die Macht übernehmen.«
»Und wo wollen Sie dann Manna-Hanf anpflanzen?« fragte d Layo. »Oder kann man auch mit dem ›Korn‹ träumen?«
»Träumen!« höhnte der alte Mann. »Sie meinen, den klaren Kopf verlieren. Männer, die eine ganze wirkliche Welt zu erforschen haben, brauchen nicht mehr zu träumen. In der neuen Haltfeste wird es kein Manna mehr geben.«
Mit einem Blick zu den Armicors sagte d Layo: »Sind alle 'Troimänner Ihrer Ansicht?«
»Seit zweieinhalb Jahren hat in 'Troi kein richtiges Träumen mehr

stattgefunden«, erwiderte Maggomas, »nur ein wenig Mummenschanz, um den Rat zu befriedigen. Ich habe Ihnen bereits gesagt, daß 'Troimänner Realisten sind. In ihren Augen sind Nutzpflanzen offensichtlich mehr wert als eine Droge.«

D Layo lehnte sich zurück. Sein Gesicht drückte höfliche Ungläubigkeit aus.

»Kommen Sie, junger Mann«, tadelte Maggomas, »haben Sie nicht mehr Ehrgeiz, als ein DunkelTräumer zu sein und durch die Gassen von einem hirnrissigen Kunden zum anderen zu streunen? Das ist kein Leben für einen begabten jungen Burschen. Ich kann Ihnen ein besseres Angebot machen. Sie haben die Tore von 'Troi durchschritten, weil hier Arbeit auf Sie wartet – aber nicht als DunkelTräumer. Mein Sohn wird einen tüchtigen Ratgeber benötigen.«

D Layo lächelte und hub zu einer freundlichen Ablehnung an, aber in diesem Moment eilte der Armicor-Offizier herbei und drückte Maggomas das Fernrohr in die Hand.

»Achten Sie auf die Docks«, sagte der Armicor. »Die Hauptstreitmacht der Stadtmänner nähert sich von der Alten Stadt per Schiff.«

Selbst ohne Fernglas war die erste Barke der Flotte zu erkennen, wie sie sich am Pier aus der Dunkelheit schälte. Stadtmänner sprangen heraus und rannten an der Palisade entlang, auf der Suche nach einer schwachen Stelle. Eine Donnersalve der 'Troimänner ließ sie zurückweichen. Die 'Troimänner auf der Brustwehr der Palisade schüttelten ihre Fäuste und Waffen. Ihr Jubelgeschrei wurde vom Nachtwind fortgetragen.

Maggomas nahm den Ellbogen des Armicor-Offiziers und schritt auf der Terrasse auf und ab, während er erregt auf ihn einsprach. Die anderen Armicors schleppten eine große Kiste heran, und einer von ihnen schnallte sie sich auf den Rücken. Kabel führten von der Kiste zu Anschlüssen an der Brustwehr. Maggomas drehte eine Kurbel, die aus der Kiste hervorragte, und sprach in eine Schachtel, deren Kabel in der anderen Seite der Kiste verschwand.

Eine leise, knisternde Stimme drang aus der Kiste.

Männerzauber, dachte Alldera grimmig. Wer hat über große Entfernungen zu anderen sprechen können? Nicht weibische Hexen, sondern die Ahnen selbst, deren Wunder sich Maggomas zunutze machte.

Als der alte Mann zu ihnen zurückkehrte, sagte Bek: »Du hast erstaunliche Dinge vollbracht. Aber wieso haben die Senioren von 'Troi die Entwicklung solch fortgeschrittener Maschinen erlaubt?«

Maggomas setzte sich wieder und lehnte sich zurück. »Eine gute Frage. Sobald ich die Tatsache akzeptierte, daß echte Neuerungen verboten waren, da war alles einfach. Ich präsentierte ihnen nur Ideen, die den Status quo zu festigen schienen. Ich erbot mich, die 'Troi-Senioren so wirksam zu bewaffnen, daß sie in Zukunft nicht mehr auf den Schutz von Waldläufern angewiesen waren und sich keine Sorgen mehr um die Tatkraft und Aggressivität der jungen Männer zu machen brauchten. Du erinnerst dich an die Pfeil-und-Bogen-Panik vor einer Dekade? Man kann einen Waldläufer nicht mit einer Fernwaffe ausrüsten, deshalb darf sie auch kein anderer haben.

Diese 'Troi-Senioren haben mir vertraut, weil ich selbst ein Senior war. Sie gaben mir freie Hand. Ich nutzte meine Freiheit, indem ich dafür sorgte, daß die Männer, die die neuen Waffen herstellten, auch mit ihnen umzugehen verstanden – und die mir dafür dankbar waren. Und so bin ich hier.«

»Und wo sind sie«, fragte Bek, »die Senioren von 'Troi?«

»Du bist einem auf dem Wachturm begegnet. Er und einige andere, die von Nutzen waren, wurden gebeten, sich uns anzuschließen. Den Rest haben wir zusammen mit den Waldläufern und ihren Offizieren getötet. So hatten meine Leute die Möglichkeit, die neuen Waffen auszuprobieren, bevor es zu einer ernsten Auseinandersetzung kam, und wir wurden so von sehr viel Ballast in unseren Reihen befreit. Nichts davon sollte dich stören, von deiner Hand sind in Wegend mehr Männer getötet worden als von meiner hier in 'Troi.«

»Das läßt sich nicht vergleichen ...« begann Bek heftig, aber dann riß er sich zusammen. »Ich möchte über diesen Punkt nicht mit dir

streiten. Ich habe nur noch eine Frage. Ist dir nie der Gedanke gekommen, während du deine ... Vorbereitungen getroffen hast, daß ich es ablehnen könnte, dein Nachfolger zu werden?«
Der alte Mann runzelte die Stirn, und Alldera dachte, er würde die falsche Antwort geben.
Unduldsam entgegnete Maggomas: »Du verstehst nicht. Du hast jede Prüfung bestanden: das Jungenhaus, Wegend, bist sogar rechtzeitig hier eingetroffen. Deine Gegenwart ist mein Beweis, obwohl ich kaum Zweifel hatte. Ich habe den Weg ausgesucht, und du hast ihn eingeschlagen, alles andere ist arrangiert. Ich hatte alles geplant, noch bevor ich Gelegenheit fand, den Hals deiner Stute zu kennzeichnen.«
»Danke«, sagte Bek scharf, »danke, daß du mein Leben so vorausschauend geplant hast. Aber wenn du all das für mich getan hast, dann hast du es umsonst getan. Ich nehme nichts von dir an, weder deinen Namen noch deine Stellung, noch deine Zukunft!«

23

Jetzt, in dieser Auseinandersetzung, nur ruhig bleiben, sagte sich Bek.
Maggomas wölbte die Brauen. »Ich sehe, wir sind weiter voneinander entfernt, als ich angenommen hatte. Vielleicht habe ich mich geirrt, was den reifenden Einfluß von Wegend betrifft. Du hättest keine Zukunft, hätte ich nicht meine Seele riskiert, um deine in die schwarze Bauchhöhle eines Weibes zu pflanzen, hätte ich nicht meinen Einfluß geltend gemacht, um gewisse Senioren davon abzuhalten, dich bereits im Jungenhaus zu töten, hätte ich dich nicht später vor den Konsequenzen deines närrischen Benehmens geschützt.«
»Indem du mich nach Wegend geschickt hast.«
»Ja«, fauchte der alte Mann, »und es hat mich einiges gekostet. Du schuldest mir etwas, Junge.«
»Es gibt mehr unbezahlte Schulden, als mir jetzt einfallen. Erinnerst du dich an Karz Kambl?«

»Natürlich«, sagte Maggomas scharf. »Ein guter Freund, aber ein unfähiger Ingenieur. Ich hätte ihn nie flußaufwärts mitnehmen sollen. Als Gegenleistung für deine Abschiebung nach Wegend bestand der Rat darauf, daß ich unverzüglich die Stadt verließ – und damals konnte ich niemand sonst um Hilfe bitten. Daß Karz in die Stadt zurückkehrte, statt zusammen mit der Maschine meines Bootes in die Luft zu fliegen, beweist nur die Richtigkeit meiner Überzeugung. Er war der falsche Mann für diese Arbeit.«
»Du wußtest, daß er überlebt hat«, nickte Bek. »Ja, ich habe es vermutet. Warum hast du dich nicht mit ihm in Verbindung gesetzt? Er starb vor zwei Wochen.«
»Ah, der arme Karz.« Maggomas brütete über seinem Teller. »Ich habe oft an ihn gedacht. Er wäre hier oben nicht glücklich geworden. Er war zu idealistisch, zu leicht zu beeindrucken, einfältig auf eine unschuldige und verletzliche Art. Ich bezweifle, daß er auch nur den kleinsten Teil von dem verstanden hätte, was ich hier in 'Troi zu tun hatte. Sieh mal, Junge, dies hier ist kein Spiel. Ich bin das erste wirkliche Genie seit Generationen, das hier am Arsch der Welt geboren wurde, und mit meinen Fähigkeiten mußte ich all das erschaffen. Das ist der Grund für deine Existenz, und er ist vernünftiger als der, den die meisten Männer für ihre Existenz besitzen. Du wirst hier gebraucht, und ich behandle dich entsprechend. Du bist als mein Feind gekommen, wie man es dir beigebracht hat, aber habe ich dich um meiner eigenen Sicherheit willen unter Drogen gesetzt oder in Ketten gelegt?«
Er schob den Teller zur Seite, stützte sich mit den Ellbogen auf den Tisch und fuhr eindringlich fort: »Dein Stolz schmerzt mich, du ertrinkst in einem See aus Selbstmitleid – wegen nichts. Ich bin von Geburt an ein Versager und ein Außenseiter gewesen, mit Talenten versehen, die niemand verstand. Ich habe einige Anhänger, wenige Freunde gehabt und niemanden, der es mit mir aufnehmen konnte. Ich habe in jedem schmutzigen Winkel der Haltfeste und jenseits der Grenzen herumgewühlt, nach Fragmenten der Vergangenheit gesucht, für die andere Männer mich bezahlten, ohne ihren Nutzen zu erkennen. Nachdem ein Plünderer ein Buch vor meinen Augen verbrannt hatte, weil ich seinen

Preis nicht akzeptieren wollte – ein Buch, das er nicht lesen, geschweige denn verstehen konnte –, habe ich bezahlt, was verlangt wurde, trotz ihres Gelächters.«
Bek warf heftig ein: »Wie konntest du mich zu einem Außenseiter stempeln, obwohl du selber wußtest, was das bedeutet?«
»Wovon redest du?« fragte Maggomas. »Das läßt sich gar nicht vergleichen! Du wurdest geboren, um geformt zu werden. Ich wurde geboren, um mich selbst zu formen. Du hast durch die Hilfe, die ich dir gegeben habe, nichts verloren. In einem anderen Zeitalter wäre ich ein reicher Mann gewesen, ein Führer unter Führern. Ich hätte dir ein Reich hinterlassen können statt dieses armseligen Winkels und eines Planes, einen großen Schritt zurück zu machen, ohne sich ein Bein zu brechen!«
»Ich verstehe nur nicht, was ein Mann wir Karz Kambl in dir gesehen hat, um sich in dich verlieben zu können.«
»Was geht das dich an?« schnappte der alte Mann. »Ich verlange nur Respekt von dir, sonst nichts.«
»Den hast du. Wie könnte ich deiner brillanten Leistung Respekt versagen, mein Leben so zu lenken, daß du nur noch warten mußtest, bis ich kam, um« – Beks Verzweiflung entlud sich in einem schmerzerfüllten Schrei – »ein Ungeheuer wie du zu werden!«
»Du läßt mich wie einen Verbrecher dastehen«, erwiderte Maggomas. »Beherrsche dich! Du lenkst mit dieser Auseinandersetzung meine Männer von der Arbeit ab – und du beschämst dich selbst vor deinem Freund.«
Für einen Moment war Bek versucht, den alten Mann zu bitten, noch einmal alles zu überdenken, das Zornfeuer seines Sohnes zu löschen und zu sagen, ja, es ist eine schreckliche Katastrophe, die ich in meiner Unwissenheit angerichtet habe ... Aber das Gefühl wurde erstickt von ungeheurer, eisiger Trauer um etwas, das unwiederbringlich verloren war. Eine Trauer, kälter als die Leere.
Als Bek sprach, fragte er ruhig: »Wann ... wirst du sterben?«
Der alte Mann fuhr vor ihm zurück. »Ich habe seit Jahren gegen meine schlechte Gesundheit gekämpft«, antwortete er trotzig. »Es kann noch eine Weile dauern.«

»Du stopfst dich wie ein verfressener Junge voll und hast die Energie eines Junioren«, stellte Bek kühl fest. »Zumindest noch eine weitere Dekade liegt vor dir. Du brauchst mich jetzt noch nicht. Aber ich möchte gerne wissen, was du geplant hast, um mich in der Zwischenzeit zu beschäftigen. Vielleicht etwas, um mich noch härter zu machen? Vielleicht willst du mich in einen Käfig sperren?«
Barsch sagte Maggomas: »Ich habe dir zuviel zugemutet. Ich entschuldige mich. Ich habe mich nur so lange schon danach gesehnt, mit dir zu sprechen, daß...«
»Natürlich, du konntest kaum auf ein Schwätzchen in Wegend vorbeikommen. Vielleicht hätte man dich für einen Pilger gehalten und dich nicht wieder hinausgelassen. Aber mach dir keine Sorgen, du hast schon alles gesagt. Ich hoffe nur, daß du einen Ersatz für mich hast – oder besser, einen Ersatz für dich. Was ist mit diesem Armicor-Offizier dort? Zweifellos glaubt er an deine Pläne und Ideen, mehr, als ich jemals daran glauben könnte.«
Der Offizier, der etwas in die Sprechkiste sagte, gab nicht zu erkennen, ob er es gehört hatte.
»Ich verstehe dich nicht!« rief Maggomas und schlug auf den Tisch, daß die Teller klirrten. »Wäre es denn so schrecklich, das Werkzeug zu sein, das die Mannheit rettet?«
»Die Mannheit«, erklärte Bek eisig, »hat nichts damit zu tun. Du willst dich selbst vor dem Vergessen retten. Du willst mich zu deiner toten Hand machen und mit ihr die Zukunft nach deinem Bilde formen. Du bist durchschaubar, alter Mann. Glaubst du nicht, daß der Endhelfer von Wegend die Furcht vor dem Tod erkennt, wenn er sie sieht?«
»Vielleicht«, wandte eine andere Stimme ein, »gibt es eine Möglichkeit, eure Schwierigkeiten zu überwinden.«
Wie entspannt Servan wirkte! Er verriet freundliche Besorgnis, wie er mit dem Bierkrug in der Hand dasaß und sie beide gewinnend anlächelte. Wir sind für ihn nicht mehr als Träumer, die er manipulieren kann, dachte Bek bedrückt, und die von Gefühlen, statt von Manna berauscht sind. Das ist der einzige Unterschied.

»Mir scheint«, fuhr Servan sanft fort, »Eykar ist hervorragend für die Ausübung der Macht geeignet, die Sie ihm anbieten, Sir, aber er sieht noch keinen persönlichen Nutzen für sich selbst darin. Ich glaube, Eykar würde Ihrer Vorstellung von der neuen Haltfeste weitaus zugänglicher sein, wenn Sie ihm freie Hand in der, sagen wir, Gestaltung der Stellung der Weiber in diesem Modell geben. Während unserer Reise hat er sich mein eigenes Weib angeeignet, und manches Mal verriet er sogar Besorgnis um ihr Wohlergehen. Ich kann mir vorstellen, daß er bereits sehr genaue Vorstellungen über ihre korrekte Behandlung besitzt. Habe ich recht, Eykar?«
O hilfreicher Servan, den Köder für Maggomas' Falle anzubieten! Wunderschöner Servan, begierig nach Macht, mit der er nicht einmal umzugehen verstehen würde; kluger, verräterischer, geliebter, blinder Servan.
Bek schwieg, verzichtete auf eine Antwort.
»Das Problem der Weiber«, erklärte Maggomas, »gehört zu den wenigen Dingen, die bereits im Frühstadium fehlschlugen. Als wir uns auf die lange Belagerung vorzubereiten begannen und die Weiber abschlachteten, griffen einige von ihnen tatsächlich die Männer an. Es war ein unglaubliches Ereignis, und meine Leute haben dementsprechend reagiert. Als ich die Kontrolle über die Situation wieder zurückgewann, gab es nicht ein einziges lebendiges Weib mehr in der Stadt. Selbst meine Laborexemplare waren in ihren Käfigen erschossen und alle Minenweiber ausgelöscht worden. Das ist allerdings kein großes Unglück. Wenn die Stadtmänner ihre Lage erkennen, werden sie glücklich sein, uns alles, Weiber eingeschlossen, im Tausch gegen ein Paket Lammin geben zu können.
Aber in gewisser Hinsicht war es mein Fehler. Die Aufmerksamkeit, die einigen unserer 'Troi-Weiber bei meinen Experimenten entgegengebracht wurde, muß ihnen Illusionen über ihren Wert eingegeben haben. Mit jenen in meinen Laboratorien fanden gleichzeitig mehrere Versuchsreihen statt, und es waren nicht nur Ernährungsexperimente.«
Geistesabwesend und gierig pickte er die Krümel von Beks Teller auf und sprach hastig weiter, während er aß.

»Im Krankenhaus habe ich Rückentwickler gesehen, die sofort nach der Geburt getötet wurden – Mißbildungen an Gestalt, Hautfarbe, Haartyp, all die Charaktermerkmale der Schmutzhäute. Eine närrische Verschwendung, es gibt keinen Grund, warum man sich nicht durch sorgfältige Selektion einige nützliche Rückentwickler-Typen heranzüchten sollte. Zum Beispiel eine Züchtung, die groß und stark genug ist, um mit einem Mann auf dem Rücken große Entfernungen in kürzester Zeit zurückzulegen – aber zu dumm, um gefährlich werden zu können. Im Laboratorium hatte ich bereits einige sehr vielversprechende Ergebnisse erzielt: Zwei Bälger mit dicker, haariger Haut, die man vielleicht zu einem felltragenden Typ hätte zurückentwickeln können.
Das einzige Problem ist die Zeit. Wir müssen an Methoden arbeiten, den natürlichen Reifeprozeß zu beschleunigen. Es ist schon hilfreich, wenn man sie sich im frühen Alter vermehren läßt, auch wenn man die Stute verliert – schließlich sind es die Anlagen der Bälger, die man für die nächste Generation benötigt.«

»Das hört sich so an, als wollten Sie die Unmänner wieder zum Leben erwecken!« rief Servan. Er war von all dem gefesselt, begeistert wie ein Kind.

Das Weib saß gefaßt und reglos da, hielt den Kopf gesenkt, so daß Bek ihren Gesichtsausdruck nicht erkennen konnte.

»Nicht direkt Unmänner«, entgegnete Maggomas nachdenklich, »aber, ja, sie müssen einen Namen bekommen, eine Bezeichnung, um insbesondere die männlichen Typen von Ihnen und mir zu unterscheiden. Glücklicherweise benötigt man nur eine kleine Anzahl männlicher Rückentwickler zu Zuchtzwecken.« Er wischte seine Finger an seinem Schürzenlatz ab und griff nach einem Stück Lammin. »Wenn Sie sich näher damit beschäftigen, können Sie ja in meiner Bibliothek nach einer treffenden Bezeichnung für sie suchen. Und wahrscheinlich war meine Entscheidung, ganz auf das Manna zu verzichten, ein wenig übereilt. Wir sollten nachforschen, ob Drogen nicht dazu geeignet sind, die Rückentwickler friedlich und folgsam zu machen. Später, wenn man die gewünschten Typen getrennt hat, kann man vielleicht die zäheren

Arten in der Wildnis freilassen, wo sie sich dann weiter vermehren können.«

Schmerzhaft wurde Bek an Kelmz erinnert, der auf der Suche nach nicht-männlichen Kreaturen in die Wildnis gegangen wäre, hätte er die Zeit gehabt. Trotz seiner geistigen Fähigkeiten, wie klein war Maggomas doch im Vergleich mit dem toten Waldläufer-Offizier!

Fasziniert fragte Servan Maggomas, was er mit einem Weib wie Alldera tun würde.

»Sie könnte Ihre und Eykars Söhne ausbrüten, falls sie klug genug ist, um intelligente Junge zu werfen – was ich annehme, da sie in privaten Diensten steht. Natürlich wird es keinen individuellen Besitz von Weibern geben, das wäre Verschwendung. Nun, je klüger ein Weib ist, desto mehr muß man sich darum kümmern, daß ihr nichts zustößt. Man kann sie nicht die ganze Zeit über schwängern, das verringert die Qualität der Jungen. Aber zwischen ihren Schwangerschaften kann man sie die Aufsicht über die Arbeitsgruppen der Rückentwickler führen lassen.«

»Aber sagten Sie nicht, daß Sie die Rückentwickler unter Drogen setzen wollen, um sie fügsam zu halten?« fragte Servan. »Wie sollen sie dann arbeiten?«

Geduldig erklärte der alte Mann: »Es sind nur die gefährlicheren Typen, die weniger kontrollierbaren und umgänglichen, fast tierischen Exemplare, die man sedieren muß. Die höher entwickelten Weiber werden von vielerlei Nutzen sein. Natürlich werden sie keine Männer ausbrüten können, sondern nur weitere Kreaturen von ihrer Art – wie die Schmutzhäute. Beaufsichtigt von unseren intelligenten Zuchtweibern können diese Schmutzhaut-Typen die meisten unserer Maschinen ersetzen, wenn Metallmangel auftritt und wir keine Reparaturen mehr durchführen können. Wir werden sie mit mehr Korn füttern müssen für die schwere körperliche Arbeit, aber das gleicht sich aus. Arbeit stärkt die Muskulatur, verhindert Fettansatz und erhöht gleichzeitig den Geschmack.«

»Geschmack?« echote Servan.

»Geschmack, Geschmack«, wiederholte Maggomas ungeduldig,

»den Geschmack ihres Fleisches. Haben Sie nicht zugehört? Ich rede über Ökonomie, die totale Nutzung der wenigen Ressourcen, die uns noch verbleiben werden. Man kann keine Rückeroberung mit Nahrungsmitteln aus Korn durchführen, die zuviel Platz beanspruchen, deshalb muß man Rückentwickler-Weiber als Fleischlieferanten verwenden, ein Nahrungsmittel, das junge Männer in großen Mengen auf langen Expeditionen mitnehmen können. In der zukünftigen Gesellschaft wird die Existenz einer kleinen Gruppe überlegener Männer hauptsächlich vom Fleisch, von der Haut und von der Muskelkraft einer großen Zahl zurückgezüchteter Weiber garantiert werden.«
Er sprang auf, beugte sich vor und starrte in ihre verzerrten Gesichter. »Warum hätte ich die 'Troi-Weiber sonst töten lassen, wenn nicht wegen ihres Fleisches? Ihr habt doch nicht geglaubt, man könnte in 'Troi genug Lammin und Laver lagern, um meine Männer lange Zeit zu ernähren – wir würden ein Dutzend 'Trois benötigen, um diese Menge Seetang zu horten!« In beschwichtigendem Tonfall fuhr er fort: »Der Verzehr von Weiberfleisch mag euch im Moment noch bizarr erscheinen, aber glaubt mir, ihr werdet euch daran gewöhnen. Ihr habt keine Wahl, ihr habt bereits damit begonnen.
Fragt doch euer Weib hier, sie ist selbst eine Kannibalin. Was, meint ihr wohl, befindet sich in dem Quarkkuchen, den sie essen?«
Alldera blickte auf, sah direkt in Beks Augen. Sie lächelte ein grimmiges, wildes Lächeln.
Servan rutschte von seinem Stuhl und wankte zurück. Der Stuhl polterte auf die Bodenplatten.
»Ihr haltet uns doch nicht für so herzlos«, protestierte Maggomas, »daß ihr glaubt, wir hätten eure eigenen Trägerinnen an euch verfüttert! Wir sind uns darüber im klaren, daß es gewisse Hemmungen gibt, die die Männer noch überwinden müssen. Allerdings ist es in einer Hinsicht schade. Ihr würdet anders darüber denken, wenn ihr das Fleisch in seiner geschmackvollsten Form zu euch genommen hättet – als frisches Steak und nicht als Dörrfleischwürfel in eurer Pilzsuppe.«

Servan wankte und begann zu würgen, klammerte sich mit beiden Händen an der Tischkante fest. Auf ihn war die Aufmerksamkeit der Armicors gerichtet, als Beks Gefühle wie eine Sturmflut die Dämme seiner Beherrschung überspülten, ihn hochfahren und herumwirbeln ließen, um zum Schlag anzusetzen. Seine rechte Hand ballte sich zu einer Faust wie ein Hammerkopf, und er schmetterte sie mit aller Macht in Maggomas' Gesicht.

24

Alldera kauerte sich an die erhalten gebliebene Mauer nahe der Kuppe des südlichen Hangs. Die Steine in ihrem Rücken waren naß. Vor ihr wucherte hohes gelbes Büschelgras und bot ihr Schutz. Das erste Licht des Morgens wurde von dem dünnen Regen, der schon seit Stunden fiel, in Grau verwandelt.

'Troi war genommen worden. Während der Nacht war eine der großen Kanonen explodiert und hatte einen Teil der Palisade zerstört. Stadtmänner waren brüllend durch das Loch gestürmt, und die Explosionen, die serienweise folgten, hatten zunächst die Fabrikgebäude entlang des Flusses und dann ganze Stadtviertel vernichtet. Die zurückweichenden 'Troimänner hatten die Minen in die Luft gesprengt und den siegreichen Stadtmännern nur eine Handvoll Asche überlassen. Der Rauch von 'Troi stieg an diesem Morgen von ruinenübersäten Hügeln auf.

Sie konnte einige der Eroberer auf der Palisade erkennen. Zwei kleine Stadtpatrouillen suchten die unteren Ausläufer des Tals nach flüchtenden 'Troimännern ab. Der Rest der Invasoren hatte sich bei den Docks versammelt, und sie stritten miteinander, während sie die magere Beute in die Barken verluden. Die Toten lagen bleich und verkrümmt entlang der Palisade. Alle Wertgegenstände hatte man ihnen bereits abgenommen.

Alldera hockte auf einem Rucksack, den sie bei ihrer Flucht aus der Stadt gestohlen und mit Proviant aus der Küche eines verlassenen Wohnheims vollgestopft hatte. Sie kaute auf einem Stück Lammin. Nicht, daß sie hungrig war – ihr Magen war aufgebläht, und

Krämpfe plagten sie, entweder vom Beginn der Menstruation oder von der fremden Nahrung, die sie an Maggomas' Tisch zu sich genommen hatte –, aber sie war die ganze Nacht hindurch gelaufen und sie wußte, daß sie etwas essen mußte.
Sie war bedrückt und empfand keinen Triumph bei dem Gedanken, der Herrschaft der Männer entronnen zu sein. Sie hatte nicht den Schlag gesehen, der Raff Maggomas' Nasenbein tief in sein Gehirn getrieben hatte. Sie erinnerte sich nur an seinen Leichnam, wie er ausgestreckt zwischen den beiden Lampen auf der Brustwehr dalag.
Niemand rührte Bek an. Er stand da, umklammerte die Lehne von Maggomas' Stuhl mit seinen dunkelgefleckten Händen und starrte an dem Kopf und den Schultern des knienden Zweiten vorbei – des Mannes, der Maggomas' engster Vertrauter gewesen war. Die Armicors richteten ihre Waffen auf Bek und auf d Layo, der an seine Seite gesprungen war, aber alle Blicke ruhten auf dem sterbenden Mann, bis der Zweite seine Jacke über Maggomas' Gesicht ausbreitete und ausdruckslos aufsah.
Alle fuhren zusammen, als sich Bek mit gelassener Stimme an den Zweiten wandte: »Arrestieren Sie mich, lassen Sie mich hinrichten, wenn Sie es wagen – aber Sie werden nicht länger der Zweite sein, wenn Ihr fahrlässiges Verhalten bekannt wird. Oder Sie bleiben weiter der Zweite in 'Troi – der Zweite nach mir, dem Erben Maggomas', als der ich die gesamte Verantwortung für seinen Tod auf mich nehme.
Glauben Sie etwa, er kann mir die Macht übergeben wie ein Weib, das Kuchen auf einem Tablett anbietet? Ich bin sein Sohn und Nachfolger, wie er gesagt hat, aber nur zu einem Zeitpunkt, den ich bestimme, und unter meinen Bedingungen.« Ruhig und eindrucksvoll stand er zwischen seinen sprachlosen Feinden, das Gesicht benetzt vom Blut seines Vaters.
Der Zweite kam unsicher auf die Beine und fuhr sich mit der Hand über den Mund. Er wagte Bek nicht in die Augen zu sehen. Die anderen Armicors warteten auf die Entscheidung ihres Offiziers.
Bek befahl: »Bringt den Leichnam meines Vaters in sein Zimmer.«

Nach einem Moment des Zögerns machte der Zweite mit bebender Hand das Kreuzzeichen, und mehrere der anderen folgten seinem Beispiel. Sie akzeptierten den gekreuzten Willen von Vater und Sohn. Mit abgewandten Gesichtern hoben die Armicors Maggomas hoch und schafften ihn ins Innere des Hauses.
»O meine Seele«, seufzte d Layo. Er wirkte benommen, als würde er noch immer in der Zukunft leben, die vom Tod und von Beks plötzlicher Weigerung für sie beide verschlossen worden war. Wenn er sich von dem Schock erholt hatte, würde der Dunkel-Träumer seine nächste Fleischmahlzeit mit bewundernswürdiger Nonchalance verzehren – er war solch ein anpassungsfähiger Bursche, dachte Alldera, die ebenfalls benommen war.
Und dann Bek, ihr Lebensretter, weil er die Zukunft in die Hand genommen hatte, auf die er soeben noch gespuckt hatte, als sie ihm von seinem Vater angeboten worden war – als ob seine Weigerung zu einem kaltblütigen Plan gehörte, den Platz seines Vaters sofort einzunehmen. Es war unglaublich.
Bek wandte sich an d Layo und sagte in demselben klaren, ruhigen Tonfall: »Zweiter, sperren Sie diesen Mann ein.«
D Layo wurde bleich. »Was ...« begann er und verstummte. Er starrte auf die Waffe des Zweiten, die auf seine Brust gerichtet war. »Was soll das? Eykar, ich habe heute Bajerman mit meinen eigenen Händen und vor deinen Augen getötet!«
»Was immer das auch für dich bedeuten mag, mir bedeutet es nichts«, entgegnete Eykar. Er ließ sich auf Maggomas' Stuhl nieder. »Es ist eine Frage der Politik, Servan. Ich will hier neu anfangen. Meine engsten Gefährten werden Männer aus 'Troi sein.«
D Layo wandte sich mit geballten Fäusten ab. Vielleicht hatte ihn sein Verhältnis mit Bajerman dazu gebracht, Eifersucht dort zu sehen, wo keine vorhanden war. Vielleicht hatte er immer gefürchtet (und gehofft), Bek würde sich als nicht anders, nicht ehrlicher als er selbst erweisen. Vielleicht blickte er tiefer, erkannte Beks eigentliche Intentionen und ging instinktiv darauf ein, weil sie ihm am Ende Freiheit und Leben sichern würden. Er fuhr herum und schrie: »Du kannst diese Tölpel nicht zum Sieg

führen, Eykar – du bist kein Stratege! Du verstößt mich zu früh! Und was ist, wenn 'Troi fällt?«

Der Zweite, der unbehaglich von einem zum anderen geblickt hatte, warf ein: »'Troi wird nicht fallen.«

»Ist das 'Troi-Realismus?« rief d Layo. »Die Ahnen gingen unter, alles kann untergehen! Eykar, du kennst dich nicht mit Verrat aus. Ich glaube nicht, daß du alles jetzt schon begreifst. Bist du sicher, daß du dir diesen blasierten Idioten zu deinem ›engsten Gefährten‹ machen kannst – bis er sich gegen dich wendet? Du kannst mich nicht...«

Seine letzten Worte wurden von einem Donnerschlag aus der Ebene verschluckt, der die Terrasse erbeben ließ. Der Zweite lächelte. »Deshalb werden wir 'Troi nicht verlieren. Das sind unsere großen Kanonen, die entlang der Palisade das Feuer eröffnen.«

»Heldenwaffen«, höhnte d Layo, »die aus sicherer Entfernung töten!«

Der Zweite wehrte den Kistenträger ab, der ihm die kleine Schachtel der Sprechkiste entgegenhielt. »Endhelfer Bek, was soll mit diesem Mann geschehen?«

»Er soll zum Tor geführt und hinausgeworfen werden«, befahl Bek. »Und sorgen Sie dafür, daß er ein Messer bekommt.«

»Er wird sich auf die Seite der Stadtmänner schlagen«, wandte der Zweite ein. »Er weiß zuviel über unsere Einrichtungen und daß wir unseren ... bisherigen Führer verloren haben. Es ist zu gefährlich, ihn so einfach ziehen zu lassen.«

»Ich habe Ihnen einen Befehl erteilt, Zweiter«, sagte Bek.

»Zu unserem Besten oder zu unserem Untergang?« fragte der Zweite und bewegte die Hand, so daß seine Waffe sowohl Bek als auch d Layo bedrohte. »Sie scheinen sehr begierig zu sein, ihn von hier verschwinden zu sehen...«

Bek sah den Zweiten an. »Ich möchte nicht, daß er getötet wird. Ich habe ihn mein ganzes Leben lang geliebt.«

»Eykar, du bist ein Heuchler!« brach es aus d Layo hervor, und in seinen Augen schimmerten Tränen. »Ich habe dir geholfen, hierher zu gelangen, habe mich sogar diesem alten Sack von

Bajerman ausgeliefert, und jetzt befiehlst du diesem Lumpen, mich hinauszuwerfen und mich dem Hungertod zu überantworten, und das nennst du Liebe?«

»Ich bin deiner müde, Servan«, entgegnete der Endhelfer. »Sag Lebwohl wie ein Mann.«

Plötzlich trat d Layo einen Schritt nach vorn, beugte sich hinab und küßte Bek lang und hart auf den Mund. Bek leistete keinen Widerstand, aber ein Armicor setzte d Layo nach und wollte ihn fortzerren. D Layo rammte ihm den Ellbogen in die Magengrube, und der Armicor stolperte zurück und prallte gegen den Sprechkistenträger und den Zweiten.

Der DunkelTräumer sprang auf die Tischplatte, daß die Teller klapperten. Ohne innezuhalten glitt er weiter auf die Brustwehr und machte drei Schritte, bückte sich und ließ sich fallen.

Schreiend, sich nach vorn lehnend, sahen sie, wie er sich wie ein Akrobat drehte und mit dem Rücken aufkam – in dem Kabelnetz, das die Gebäude zu beiden Seiten der Straße unterhalb der Terrasse miteinander verband. Die Kabel lösten sich aus ihren Verankerungen und schnappten nach oben, worauf die Zuschauer zurückwichen. D Layos Sturz war unterbrochen worden. Er wirbelte wieder durch die Luft und kam federnd auf der Straße auf und rannte davon, ehe die fluchenden Armicors ihre Waffen feuerbereit machen konnten.

Der Zweite brüllte in die Schachtel der Sprechkiste. Er schüttelte sie und warf sie wütend dem Träger an den Schädel, der aufschrie.

»Es sind die Drähte! Dieser verdammte Verrückte hat die Drähte zerrissen!« Düster starrte der Zweite seine Handvoll Männer an, die nun zu Fuß die Botschaften übermitteln mußten. »Das Glück dieses Lumpen möchte ich haben. Diese Kabel hätten ihn rösten müssen, bevor er den Boden erreichte.«

»Sie haben ihn unterschätzt«, stellte Bek fest. Aber als der Zweite ihm seine Waffe mit dem Griff zuerst anbot, schüttelte er den Kopf. »Sie brauchen deswegen Ihr Kommando nicht abzugeben. Es tut mir nicht leid, daß er entkommen ist, Zweiter. Ich wollte nicht, daß sein Blut an den Händen meiner Freunde klebt.«

Verlegen wich der Zweite zurück.
Bek richtete sich steif auf und winkte Alldera zu, ihn zu stützen. Er machte sich mit ihr zu Maggomas' Räumen auf und sagte müde zu dem Zweiten: »Ich werde mich etwas zurückziehen. Sie haben hier den Befehl, Zweiter. Handeln Sie, wie Sie es für richtig halten.«
»Ja, Sir«, nickte der Zweite. Er war jetzt Beks Mann.
In der Abgeschiedenheit des dunklen Vorraums trug Beks verbranntes Bein sein Gewicht nicht mehr. Er sackte so plötzlich zusammen, daß Alldera stehenbleiben und ihr eigenes Gleichgewicht zurückgewinnen mußte. »Alles in Ordnung«, murmelte er und holte tief Luft. Dann lachte er leise auf. »Nun, das war typisch Servan! Ich versuche alles mögliche, damit er von einer Eskorte nach draußen begleitet wird, und er dreht sich herum und improvisiert auf eigene Faust einen spektakulären Abgang. Du mußt ein wenig unauffälliger verschwinden...«
»Und Ihr?« fragte sie, obwohl sie die Antwort kannte.
»Glaubst du, ich bin nur hierhergekommen, um einem alten Mann ins Gesicht zu schlagen?« entgegnete er. »Ich habe noch mehr zu tun.«
Sie spürte das Verlangen, ihm etwas von der Weisheit mitzuteilen, die ihre Art auf so schmerzliche Weise errungen hatte. »Es braucht einen Mann wie Raff Maggomas, um Raff Maggomas' Werk zu zerstören«, erklärte sie.
»Ein Mann wie Raff Maggomas war nötig, um ihn zu töten«, fauchte er. »Die Zerstörung seines Werkes obliegt seinem Sohn. Ich werde ihn und alles, was er geschaffen hat, auslöschen. Du verstehst mich, nicht wahr? Ich glaube, auch Servan hat mich bis zu einem gewissen Grade verstanden. Jeder außer dieser Kreatur, die sich selbst mein Vater genannt hat... Nimm die Fußbrücke«, befahl er. »Danach hast du die besten Chancen, wenn du dich landeinwärts von 'Troi entfernst. Wende dich zu den Felsen an den hohen Hängen, und er wird dich finden. Du bist jetzt wertvoller denn je.«
Sie entzog sich heftig seinem Griff, so daß er stolperte und fluchte und an einem Tisch Halt suchte. »Wenn einer diesen Aufruhr

überlebt«, fuhr er barsch fort, »dann sind es Servan und jene, die er beschützt.«
»Überleben«, echote sie. »Als was? Für wie lange? Zu welchem Zweck? Ich verstehe Euch, und Ihr versteht nichts. Ihr gebt mir den gleichen fauligen Ratschlag, den mir auch die Mütter geben würden. Glaubt Ihr, Ihr seid der einzige, der das Recht besitzt, nein zu sagen?«
»Aha«, seufzte er. »Wir scheinen auf traurige und närrische Weise miteinander verwandt zu sein, trotz allem anderen. Aber du hast doch gewiß nicht vor, dich in die Hände dieser ...«
»Nein.« Sie näherte sich der Karte. »Ich werde ins Landesinnere wandern.«
Bek humpelte hinter ihr her und fragte besorgt: »Aber wovon willst du leben? Der Winter steht vor der Tür!«
»Wahrscheinlich werde ich verhungern. Offen gesagt, ich sterbe lieber allein in den Bergen als hier in der Gesellschaft von Männern, die gierig darauf sind, meine Knochen abzunagen.«
»In der Wildnis erwartet dich keine Gnade.«
»Gut!« schrie sie. »Von dem, was man hier als Gnade bezeichnet, habe ich genug. Gleichgültigkeit wird für mich eine Gnade sein.«
»Selbst wenn du schwanger bist?«
»Dagegen gibt es Mittel, und weder Männer noch Mütter werden in der Wildnis sein, um mich daran zu hindern.«
»Und wenn die Wildnis nicht leer ist?« beharrte er. »Wenn es dort Ungeheuer gibt?«
»Im Umgang mit Ungeheuern bin ich erfahren«, fauchte sie, verstummte dann aber überrascht. Offenbar schien sie nun doch zu den Gelobten zu gehören, und vielleicht war sie die einzige – bis auf Bek, der auf seine Art ebenfalls ein Gelobter war.
Aus einem Impuls heraus fügte sie hinzu: »Ihr habt mich einst gefragt, was Ihr über Kelmz gesagt habt, in der Nacht bei den Plünderern. Ich habe es Euch nie gesagt.« In der Stille vernahm sie das ferne Donnern der Waffen. Hastig fuhr sie fort: »Ihr habt gesagt, daß Ihr traurig seid und es ungerecht war – Kambl wollte Euch und nicht Kelmz töten –, daß Ihr mit jemand darüber

sprechen wolltet, ohne jemand zu haben, mit dem sich ernsthaft darüber sprechen ließe, daß es Eure Schuld war. Ihr wart beschämt, ihn verlassen zu haben. Ihr wolltet ihn besser kennenlernen. Manchmal gabt Ihr ihm die Schuld, sein Leben einfach fortgeworfen zu haben, aber meistens habt Ihr Euch selbst die Schuld an seinem Tod gegeben. Ihr sagtet, es tue Euch leid. Nichts davon konnte als Zeichen von Lust gedeutet werden, außer von einem eifersüchtigen oder böswilligen Zuhörer. Ihr habt Trauer um einen verlorenen Freund empfunden.«

Er hob den Kopf. »Ich habe versucht, Kelmz aus meinen Gedanken zu verbannen«, gestand er bitter, »denn es schien keine Möglichkeit zu geben, an ihn zu denken, ohne ihn und mich zu beschämen. Aber es scheint, daß die Scham nur mir gebührt. Ich muß jetzt ein erwachsener Mann sein. Als Junge galt ich als kluger Schüler, aber ich habe mich wie ein Dummkopf benommen.« Der dunkle Schatten seines Kopfes bewegte sich über die leuchtenden Linien der Karte; von Wegend nach Lammintown und weiter zur Küste. »Direkt von diesem grimmigen Marsch nach Süden mit diesen elenden Pilgern zu den wilden jungen Männern auf der Fähre und zu deinen Leuten in Bayo – die so alarmierend tüchtig und doch nicht fremd genug waren. Und dann dieses Gewirr aus Leidenschaften in der Stadt, sogar Bajerman, sogar Servan und auch du. Alles hat meine Augen geschärft, um Maggomas als Ungeheuer zu erkennen, als ich ihn getroffen habe. Dennoch konnte ich so etwas Einfaches wie das zwischen Kelmz und mir nicht durchschauen, bis du es mir jetzt gezeigt hast.«

Das Licht schimmerte auf seinem hohlwangigen Gesicht und den Sehnen seines Halses, als er sich zu ihr umdrehte. »Willst du näher kommen? Ich möchte dir etwas zeigen. Diese Zeichen, siehst du sie, die zwischen jenen stehen, die den Bergen gelten?«

»Ich kann nicht lesen«, gestand sie.

Er ergriff ihre Hand und führte sie zur Karte. Sie war erstaunt über die Wärme und Intensität der Berührung. Er bebte vor Erregung, er lachte fast, als er sagte: »Es heißt *Zuflucht*! Wenn du dorthin gelangst und keine 'Troimänner dort stationiert sind, dann findest du vielleicht einen Unterschlupf, Werkzeuge, sogar Nahrung, wer weiß? Schau genau hin. Wirst du den Weg finden?«

Sie schien den größten Teil der Strecke dem Fluß folgen zu müssen. Sie nickte, fühlte sich plötzlich wichtig und mächtig.

»Gut.« Er ließ ihre Hand los und trat zurück. »Und dort wird es keine Herren geben, die dich herumstoßen – oder dich unterhalten.«

Wütend zuckte sie die Achseln. »Wir könnten uns ebensogut hier trennen. Meine Hoffnung liegt in der Schnelligkeit, und Ihr könnt kaum humpeln.«

Er stieß ein Gelächter hervor. »Worauf wartest du dann noch? Der Zweite kommt vielleicht auf den Gedanken, einen wertvollen Besitz wie dich einzusperren.«

»Ich würde eher meine Zunge hinunterschlucken«, murmelte sie.

Abrupt schüttelte er sie. »Nun geh schon!« rief Bek. Seine Finger bohrten sich in ihren Arm. Die alte Abneigung vor der Berührung durch einen Mann ließ sie erstarren. Sofort zog er die Hand zurück, dann stand er besorgt und schweigend da, ein unförmiger Schatten auf der hellen Karte.

Mit zorniger Verzweiflung sagte sie: »Sichere Reise!«

Sie konnte sogar das Schimmern seiner entblößten Zähne, den Glanz seiner Augen erkennen.

In der Absurdität dieses Abschieds verließ sie ihn.

Sie saß auf dem Hügel und wußte nicht, worauf sie noch wartete. Die Sonne kam hervor und trocknete ihr Haar und ihre Kleidung. Unter ihr legten die Schiffe der Stadtmänner ab, bis auf zwei Barken, die während der Kämpfe zerstört worden waren. 'Troi war eine verlassene Ruine.

Sie hegte keinen Zweifel, daß 'Trois Fall das Werk Beks war. Nach der Zerstörung der Palisade mußte er die Zerstörung der Stadt angeordnet haben, bevor sie wirklich verloren gewesen war. Von Wegend nach Wegend, der Kreis hatte sich geschlossen. Nicht auf ihn wartete sie.

Kurz vor Sonnenuntergang bemerkte sie die ersten Bewegungen an den Felsen hoch auf den westlichen Hängen. Flüchtlinge aus 'Troi sammelten sich, um die Trümmer nach brauchbaren Dingen zu durchsuchen und jedem zurückgebliebenen Stadtmann die Kehle durchzuschneiden.

Wenn die Männer alle ins Tal hinabgestiegen waren, konnte sie aufbrechen.

Schließlich entdeckte sie in dem trügerischen Zwielicht d Layo. Weit rechts von ihr passierte er sie. Sie hörte das Knistern des Grases unter seinen Schritten, als er den Hang hinunterhastete und einen Zickzackkurs beschrieb, um seine Geschwindigkeit zu bremsen.

Während sie ihn reglos beobachtete, verschwand er hinter einem erhalten gebliebenen Mauerrest.

Er hatte sie an ein hungriges Tier erinnert, an eine jener amoralischen, instinktgeleiteten Kreaturen, die Captain Kelmz fasziniert hatten. So stark war der Eindruck eines jagenden Raubtieres, daß sie sich vorstellte, wie d Layo einen weniger klugen Überlebenden niederstach und sein Fleisch verzehrte, Rang hin, Rang her. Und so würde er, wenn nötig, mit derselben unschuldigen Erbarmungslosigkeit töten wie jedes Tier. Das Tal, in dem er verschwunden war, wirkte jetzt sehr dunkel. Etwas Urtümliches hatte der Gedanke an die Überlebenden an sich, wie sie einander zwischen den Ruinen belauerten – alles Jäger, alles Opfer.

Im Westen, fern, doch in der vom Regen klargewaschenen Luft deutlich sichtbar, reckten sich die Berge wie die Wellen des Meeres dem Abendhimmel entgegen. Ein fahler Herbstmond ging auf und würde bald genügend Licht spenden, damit sie selbst in unbekanntem Gebiet ihren Weg fand. Sie entschied, den Hang hinter ihr zu erklimmen und entlang der Bergkette in Richtung Westen zu marschieren.

Ihre Beinmuskeln waren steif vom stundenlangen Kauern. Sie erhob sich langsam und trat von einem Bein auf das andere, während sie die Tragriemen des Rucksackes festzurrte, damit er richtig saß und nicht verrutschte oder ihren Rücken wundrieb.

Eine Melodie kam ihr in den Sinn, ein Marschlied für die Reise: »Unmänner, die Helden sind fort . . .«
Ohne sich noch einmal umzuschauen, kletterte sie den Hang hinauf, mit den langsamen Bewegungen eines Läufers, der sich für einen langen, harten Marsch aufwärmte.

Knaur®

Sachbuch

Büdeler, Werner: Faszinierendes Weltall
Das moderne Weltbild der Astronomie. 272 S. mit 100 Abb. Band 3700

Berlitz, Charles: Das Atlantis-Rätsel
196 S. mit 15 Fotos, 23 Abb. Band 3561

Berlitz, Charles: Weltuntergang 1999
Droht der Menschheit die Apokalypse?
192 S. Band 3703

Berlitz, Charles/ Manson, Valentine J.: Das Bermuda-Dreieck
Augenzeugen von bisher ungeklärten Phänomenen im Bermuda-Dreieck kommen zu Wort.
216 S. mit 53 Abb. Band 3500

Fischer-Fabian, S.: Die deutschen Cäsaren
Triumph und Tragödie der Kaiser des Mittelalters. 320 S. mit 50 Abb. Band 3606

Fischer-Fabian, S.: Die ersten Deutschen
Der Bericht über das rätselhafte Volk der Germanen.
319 S. mit 50 Abb. Band 3529

Fischer-Fabian, S.: Preußens Gloria
Der Aufstieg eines Staates.
352 S. mit 31 Abb. Band 3695

Fischer-Fabian, S.: Preußens Krieg und Frieden
Der Weg ins Deutsche Reich.
320 S. Band 3720

George, Uwe: In den Wüsten dieser Erde
Ein packender Report über die Geheimnisse der Wüste.
432 S. Band 3714

Kersten, Holger: Jesus lebte in Indien
Kersten verfolgte die Spuren Jesu und kommt zu sensationellen Schlüssen.
280 S. Band 3712

Kerremans, Chuck/ Kerremans, Marlies: Wundern inbegriffen
Die Weltwunder unserer Zeit.
223 S. Band 3694

Ogger, Günter: Kauf dir einen Kaiser
Die Geschichte der Fugger.
352 S. Band 3613

Sagan, Carl: Signale der Erde
Unser Planet stellt sich vor.
301 S. mit 320 z.T. farb. Abb. Band 3676

Sagan, Carl: ...und werdet sein wie Götter
Das Wunder der menschlichen Intelligenz.
272 S. mit 81 Abb. Band 3646

Knaur

Sachbuch

Champdor, Albert:
Das Ägyptische Totenbuch
In Bild und Deutung.
208 S. Mit zahlr. Abb.
Band 3626

Cotterell, Arthur:
Der Erste Kaiser von China
Der größte archäologische Fund unserer Zeit.
240 S. Band 3715

Charroux, Robert:
Vergessene Welten
Auf den Spuren des Geheimnisvollen.
288 S., 53 Abb.
Band 3420

Eisele, Petra:
Babylon
Pforte der Götter und Große Hure.
368 S. Mit 77 z. T. farb. Abb. Band 3711

Hovin, Thomas:
Der Goldene Pharao
Tut-ench-Amun.
319 S. Band 3639

Keller, Werner:
Und wurden zerstreut unter alle Völker
Die nachbiblische Geschichte des jüdischen Volkes.
544 S. 38 Abb.
Band 3325

Mauer, Kuno:
Die Samurai
Ihre Geschichte und ihr Einfluß auf das moderne Japan.
384 S. Mit 29 Abb.
Band 3709

Pörtner, Rudolf:
Operation Heiliges Grab
Legende und Wirklichkeit der Kreuzzüge (1095–1187).
480 S. Mit zahlr. Abb.
Band 3618

Stingl, Miloslav:
Den Maya auf der Spur
Die Geheimnisse der indianischen Pyramiden.
313 S. Mit Abb.
Band 3691

Stingl, Miloslav:
Die Inkas
Ahnen der »Sonnensöhne«.
288 S. Mit zahlr. Abb.
Band 3645

Stingl, Miloslav:
Indianer vor Kolumbus
Von den Prärie-Indianern zu den Inkas.
336 S. Mit 140 Abb.
Band 3692

Tichy, Herbert:
Weiße Wolken über gelber Erde
Eine Reise in das Innere Asiens.
416 S. Mit 16 Abb.
Band 3710

Tompkins, Peter:
Cheops
Die Geheimnisse der Großen Pyramide, Zentrum allen Wissens der alten Ägypter.
296 S. Mit zahlr. Abb.
Band 3591

Vandenberg, Philipp:
Nofretete, Echnaton und ihre Zeit
272 S. Mit z. T. farb. Abb.
Band 3545